人民共和國文化與文學叢書

七 編

李 怡 主編

第 **1** 冊

當代中國文學中的思想意識
——從文本經驗到批評立場

吳 德 利 著

花木蘭文化事業有限公司

國家圖書館出版品預行編目資料

當代中國文學中的思想意識——從文本經驗到批評立場／吳德利
著 — 初版 — 新北市：花木蘭文化事業有限公司，2019〔民 108〕
目 2+206 面；19×26 公分
（人民共和國文化與文學叢書 七編：第 1 冊）
ISBN 978-986-485-773-9（精裝）
1. 中國當代文學 2. 文學思想史 3. 文學評論
820.8   108011410

特邀編委（以姓氏筆畫為序）：

吳義勤　孟繁華　張 檸
張志忠　張清華　陳思和
陳曉明　程光煒　劉福春
（臺灣）宋如珊
（日本）岩佐昌暲
（新西蘭）王一燕
（澳大利亞）鄭 怡

人民共和國文化與文學叢書
七 編 第 一 冊   ISBN：978-986-485-773-9

當代中國文學中的思想意識
——從文本經驗到批評立場

作　　者　吳德利
主　　編　李 怡
企　　劃　四川大學中國詩歌研究院
總 編 輯　杜潔祥
副總編輯　楊嘉樂
編　　輯　許郁翎、王筑、張雅淋　美術編輯　陳逸婷
印　　刷　普羅文化出版廣告事業
出　　版　花木蘭文化事業有限公司
發 行 人　高小娟
聯絡地址　235 新北市中和區中安街七二號十三樓
　　　　　電話：02-2923-1455／傳真：02-2923-1452
網　　址　http://www.huamulan.tw 信箱 hml810518@gmail.com
初　　版　2019 年 9 月
全書字數　155105 字
定　　價　七編 13 冊（精裝）台幣25,000 元

當代中國文學中的思想意識
——從文本經驗到批評立場

吳德利　著

作者簡介

吳德利，江西都昌人，北京師範大學文學博士，現爲西南交通大學人文學院副教授。主要從事於 20 世紀中國文學思潮、短篇小說研究；著有《闡釋與批評》（文學評論集）、《20 世紀中國文學期刊與思潮（1949～2000）》（合著）、《表達的舛途——20 世紀中國短篇小說文體形式研究》（博士論文）等；近年來，主持國家社科基金項目「中國現代短篇小說的形成」，並在學術期刊發表文學評論與研究論文 30 餘篇。

提　　要

　　本書爲文學與學術評論自選集。作者從過去的寫作足跡中窺見一條由文本經驗到批評立場的線路，並由此感受到當代中國文學中思想意識的流轉。進入評論選本的作品依稀勾勒出當代文學的時代影像及精神意蘊：從短篇小說的文學敘事窺探到「十七年」文學的一體雙面：激情年代的文本風格和壓抑年代的情感狀態，並揭示文學生產的政治正確與個人情感表達之間的矛盾與悖論；從富於象徵化的「立春」影像回溯「八十年代」文學對「人的回歸」的啓蒙思想和改革初期的歷史體驗，《十八歲出門遠行》和《透明的紅蘿蔔》則不僅展示文學現代化進程中的先鋒意識和後革命年代的自由探詢，更提供了本土式的現代派文學範例；「人文精神大討論」從思想上開啓「九十年代」知識分子身份與文學觀念轉型的序幕，影響至深；《廚房》、《一個老外在中國》形象地從性別、民族視角講述了當代中國的社會轉型故事；市場化潮流衝擊了人們傳統的時空觀，無論是《長恨歌》的小說和電影時空轉換，還是老去的地方作家楊廷貴、昔日的朦朧詩人北島，均給人一種「世紀末」的懷舊情緒；「新世紀十年」經濟繁榮背景下的社會斷裂、價值失落、精神困頓，在《手術》、《酒鬼的魚鷹》、《誰能讓我害羞》、《那兒》、《丁莊夢》等作品中盡顯無奈與荒誕；而像《水與火的纏綿》、《兄弟》這樣的小說更多留給大眾市場一種自我消解或消費。

　　最後，囿於自身經驗與視野，作者努力將零散的批評經驗搭建成並不完美的思想立場。

人民共和國時代新文學史料的保存與整理——《人民共和國文化與文學叢書》第七編引言

李　怡

　　中國新文學創生於民國時期，其文獻史料的保存、整理與研究、出版工作也肇始於民國時期。不過，這些重要的工作主要還在民間和學者個人的層面上展開，缺乏來自國家制度的頂層擘畫，也未能進入當時學科建設的正軌。

　　作爲國家層面的新文學文獻史料的搜集整理工作始於新中國成立以後。

　　十七年間，作爲新文學總結的各類作家文集、選集開始有計劃地編輯出版。如在周揚主持下，由柯仲平、陳湧等編輯了《中國人民文藝叢書》。該工作始於 1948 年，1949 年 5 月起由新華書店陸續出版。叢書收入作家創作（包括集體創作）的作品 170 餘篇，工農兵群眾創作的作品 50 多篇，展現了解放區文學，特別是自《在延安文藝座談會上的講話》以來的文學成果，從此開啓了國家政府層面肯定和總結新文學成績的新方式。此外，開明書店、人民文學出版社等也先後編選了一些現代作家的選集、文集，通過對新文學「進步」力量的梳理昭示了新中國所認可的新文學遺產。

　　除了文學作品的選編，文學研究史料也開始被分類整理出版，如上海文藝出版社影印了二、三十年代的革命文學期刊四十餘種，編輯了《魯迅研究資料編目》、《中國現代文學期刊目錄》等專題資料，還創辦了《中國現代文藝資料叢刊》；作爲「內部讀物」，上海圖書館在 1961 年編輯出版了《辛亥革命時期期刊總目錄》。這樣的基礎性的史料工作在新文學的歷史上，都還是第

一次。第二年 5 月，在《中國現代文藝資料叢刊》的創刊號上，周天提出了對現代文學資料整理出版的具體設想，包括現代文學資料的分類法：「一、調查、訪問、回憶；二、專題文字資料的整理、選輯；三、編目；四、影印；五、考證。」〔註1〕標誌著中國新文學史料文獻研究之理論探討的起步。

作家個人的專題資料搜集、整理開始受到了重視，在十七年間，當然主要還是作爲「新文學旗手」的魯迅的相關資料。1936 年魯迅逝世後即有不少回憶問世，新中國成立後，又陸續出版了許廣平、馮雪峰、周作人、周建人、唐弢等親友所寫的系列回憶，魯迅作爲個體作家的史料完善工作，繼續成爲新文學史料建設的主要引擎。

隨著新中國學科規劃的制定，中國新文學（現代文學）學科被納入到國家教育文化事業的主要組成部分，對作爲學科基礎的文獻工作的重視也就自然成了新中國教育和學術發展的必然。大約從 1960 年代開始，部分的高等院校和國家研究機構也組織學者隊伍，投入到新文學史料的編輯整理之中。1960年，山東師範學院中文系薛綏之等先生主持編輯了「中國現代作家研究資料叢書」，名爲內部發行，實則在高校學界傳播較廣，影響很大。叢書分作家作品研究十一種，包括《郭沫若研究資料彙編》、《茅盾研究資料彙編》、《巴金研究資料彙編》、《老舍研究資料彙編》、《曹禺研究資料彙編》、《夏衍研究資料彙編》、《趙樹理研究資料彙編》、《周立波研究資料彙編》、《李季研究資料彙編》、《杜鵬程研究資料彙編》、《毛主席詩詞研究資料彙編》等；目錄索引兩種，包括《中國現代作家著作目錄》、《中國現代作家研究資料索引》；傳記一種，爲《中國現代作家小傳》；社團期刊資料兩種，有《中國現代文學社團及期刊介紹》和《1937～1949 主要文學期刊目錄索引》。全套叢書共計 300 餘萬字。以後，教研室還編輯了《魯迅主編及參與或指導編輯的雜誌》，收錄了十七種期刊的簡介、目錄、發刊詞、終刊詞、復刊詞等內容。這樣的工作在當時可謂聲勢浩大，在整個新文學學術史上也是開創性的。另據樊駿先生所述，中國社會科學院文學研究所現代文學研究室在五十年代末也做過類似工作。〔註2〕

〔註 1〕周天：《關於現代文學資料整理、出版工作的一些看法》，載《中國現代文藝資料叢刊》第 1 輯，上海文藝出版社 1962 年版。

〔註 2〕樊駿：《這是一項宏大的系統工程——關於中國現代文學史料工作的總體考察》（上），《新文學史料》1989 年 1 期。

　　當然，這些文獻史料工作在奠定我們新文學學術基礎的同時也構製了一種史料的「限制性機制」，因為，按照當時的理解，只有「革命」的、「進步」的文獻才擁有整理、開放的必要，在特定政治意識形態下，某些歷史記敘和回憶可能出現有意無意的「修正」、「改編」，例如許廣平 1959 年「奉命」寫作的《魯迅回憶錄》，1961 年 5 月由作家出版社出版。周海嬰先生後來告訴我們：「這本《魯迅回憶錄》母親許廣平寫於五十年前的 1959 年 8 月，11 月底完成，雖然不足十萬字，但對於當時已六十高齡且又時時被高血壓困擾的母親來說，確是一件為了『獻禮』而『遵命』的苦差事。看到她忍受高血壓而泛紅的面龐，寫作中不時地拭擦額頭的汗珠，我們家人雖心有不忍，卻也不能攔阻。」「確切地說許廣平只是初稿執筆者，『何者應刪，何者應加，使書的內容更加充實健康』是要經過集體討論、上級拍板的。因此書中有些內容也是有悖作者原意的。」〔註 3〕

　　而所謂「反動」的、「落後」的、「消極」的文獻現象則可能失去了及時整理出版的機會，以致到了時過境遷、心態開放的時代，再試圖廣泛保存和利用歷史文獻之時，可能已經造成了某些不可挽回的物理損失。

　　1950 年代中期特別是「大躍進」以後，以研究者個人署名的文學史著作開始為集體署名的成果所取代，除了如復旦大學、吉林大學、中國人民大學、北京大學中文系師生先後集體編著出版的《中國現代文學史》外，以「參考資料」命名的著作還包括東北師範大學中文系中國現代文學教研室《中國現代文學參考資料》（1954）、北京師範大學中文系編《中國現代文學史參考資料》（高等教育出版社 1959）、吉林師範大學中文系現代文學教研室《中國現代文學參考資料》（1961）等，所謂「資料」其實是在明確的意識形態框架中對文藝思想鬥爭言論的選擇和截取，東北師範大學中文系中國現代文學教研室《中國現代文學參考資料》在文學史的標題上彙編理論批評的片段，讀者無法看到完整的論述，而其他保留了完整文章的「資料」也對原本豐富的歷史作了大刀闊斧的刪削，甚至還出現了樊駿先生所指出的現象：

　　　　「大躍進」期間，採用群眾運動方式編輯出版的一些「中國現代文學參考資料」書籍，有的不知是因為粗心大意，還是出於政治需要，所收史料中文字缺漏、刪節、改動等，到了遍體鱗傷的地步，叫人慘不忍睹，更不敢輕易引用。理論上把堅持階級性、黨性原則

〔註 3〕周海嬰、馬新雲：《媽媽的心血》，見許廣平《魯迅回憶錄：手稿本》1～2 頁，長江文藝出版社 2010 年。

和為無產階級政治服務的要求簡單化、絕對化了，又一再斥責史料工作中的客觀主義、「非政治傾向」，也導致了人們忽略這個工作必不可少的客觀性和科學性。〔註4〕

不過，較之於後來的「文革」，新中國十七年間的文獻工作還是值得充分肯定的，新文學的史料整理和出版在此期間的確在總體上獲得了相當的發展，——雖然「大躍進」期間也出現過修正歷史的史料書籍，不過，比起隨之而來的十年文革則畢竟多有收穫。在文革那浩劫的歲月中，不僅大量的文學文獻被人為地破壞，再難修復和尋覓，就是繼續出版的種種「史料」竟也被理直氣壯地加以增刪修改，給後來的學術工作造成了根本性的干擾，正如樊駿痛心疾首的描述：

「文化大革命」後期，有的高校所編的現代文學參考資料，竟然把胡適的《文學改良芻議》和陳獨秀的《文學革命論》，與林紓等守舊文人反對新文學的文章一起作為附錄。這就是說，他們不但不是「五四」文學革命最早的倡導者，而且從一開始就是這場變革的反對者、破壞者。顛倒事實，以至於此！不尊重史料，就是不尊重歷史；改動史料，就是歪曲歷史真相的第一步。這樣的史料，除了將人們對於歷史的認識引入歧途，還能有什麼參考價值呢？

「文化大革命」期間，朝不保夕的「黑幫」和「準黑幫」、他們的膽戰心驚的親屬友好、還有「義憤填膺」的「革命小將」，從各不相同的動機出發，爭先恐後地展開了一場毀滅與現代歷史有關的事物的無比殘酷的競賽。很少有人能夠完全逃脫這場劫難。不要說不計其數的史料在尚未公諸世人之前，或者尚未為人們認識和使用之前，就都化為塵土，連一些死去多年的革命作家的墳墓之類的歷史文物都被搗毀了。江青、張春橋等人為了掩蓋自己三十年代混跡文藝界時不可告人的行徑，更利用至高無上的權力查禁、封鎖、消滅有關史料，連多少知道一些當年內情的人也因此成了「反革命」，甚至遭到「殺人滅口」的厄運。真可以說是到了「上窮碧落下黃泉」的乾淨徹底的地步。

這類出於政治原因、來自政治暴力的非正常破壞所造成的損

〔註4〕樊駿：《這是一項宏大的系統工程——關於中國現代文學史料工作的總體考察》（上），《新文學史料》1989年1期。

　　失，更是不知多少倍於因爲歲月消逝所帶來的自然損耗。試問有誰
能夠大致估計由此造成的史料損失？更有誰能夠補救這些損失於萬
一呢？」〔註5〕

至此，我們可以說，中國新文學的文獻史料工作出現了中斷。

　　中國新文學文獻史料工作的再度復蘇始於新時期。隨著新時期改革開放
的步伐，一些中斷已久的文化事業工作陸續恢復和發展起來，中國新文學研
究包括作爲這一研究的基礎性文獻工作也重新得到了學界的重視。1980 年，
在中國現當代文學研究剛剛恢復之際，作爲學科創始人的王瑤先生就提醒我
們，「必須對史料進行嚴格的鑒別」，「在古典文學的研究中，我們有一套大家
所熟知的整理和鑒別文獻材料的學問，版本、目錄、辨僞、輯佚，都是研究
者必須掌握或進行的工作，其實這些工作在現代文學的研究中同樣存在，不
過還沒有引起人們應有的重視罷了。」〔註6〕

　　新時期的文獻史料工作首先體現在一系列扎扎實實的編輯出版活動中。
其中，值得一提的著作如下：

　　作爲文獻史料的最基礎的部分——作家選集、文集、全集及社團流派爲
單位的作品集逐漸由各地出版社推出，人民文學出版社與各省級出版社在重
編作家文集方面作了大量的工作，中國社會科學院文學研究所現代文學研究
室主編的《中國現代文學創作選集》叢書，人民文學出版社編輯出版的《中
國現代文學流派創作選》叢書，錢谷融主編的《中國新文學社團、流派叢書》
等都成爲學術研究的重要文獻，大型叢書編撰更連續不斷，如《延安文藝叢
書》、《上海抗戰時期文學叢書》、《抗戰文藝叢書》、《中國抗日戰爭時期大後
方文學書系》、《中國解放區文學研究叢書》、《中國淪陷區文學大系》等，《中
國新文學大系》的續編工作也有序展開。

　　北京魯迅博物館於 1976 年 10 月率先編輯出版不定期刊物《魯迅研究資
料》，人民文學出版社於 1978 年秋季也創辦了《新文學史料》季刊。稍後，
各地紛紛推出各種專題的文學史料叢刊，包括《東北現代文學史料》〔註7〕、

〔註5〕樊駿：《這是一項宏大的系統工程——關於中國現代文學史料工作的總體考
　　　　察》（上），《新文學史料》1989 年 1 期。

〔註6〕王瑤：《關於中國現代文學研究工作的隨想》，載《中國現代文學研究叢刊》
　　　　1980 年 4 期。

〔註7〕黑龍江、遼寧社會科學院文學研究所共同編印，不定期刊物，1980 年 3 月出
　　　　版第一輯。

《抗戰文藝研究》、〔註8〕《延安文藝研究》、〔註9〕《晉察冀文藝研究》〔註10〕等，創刊於六十年代初期的《中國現代文藝資料叢刊》於七十年代末期復刊〔註11〕，創刊較早的《文教資料簡報》也繼續發行，並影響擴大。〔註12〕

　　1979 年中國社會科學院文學研究所現代文學研究室發起編纂大型史料叢書《中國現代文學史資料彙編》，該叢書包括甲乙丙三大序列，甲種爲「中國現代文學運動、論爭、社團資料叢書」31 卷，乙種爲「中國現代作家作品研究資料叢書」，先後囊括了 170 多位作家的研究專集或合集近 150 種，丙種爲「中國現代文學期刊目錄彙編」、「中國現代文學總書目」等大型工具書多種。甲乙丙三大序列總計五六千萬字，由 60 多所高校和科研機構的數百位研究人員參加編選，十幾家出版社承擔出版任務。這是自中國新文學誕生以來規模最大的一項文獻整理出版工程。2010 年，知識產權出版社將已經面世的各種著作盡數搜集，在《中國文學史資料全編‧現代卷》之名下再次隆重推出，全套凡 60 種 81 冊逾 3000 萬字，蔚爲大觀。

　　一些較大規模的專題性文學研究彙編本也陸續出版，有 1981～1986 年天津人民出版社出版的由薛綏之先生主編的《魯迅生平史料彙編》，全書分五輯六冊計三百餘萬字，是對於現存的魯迅回憶錄的一種摘錄式的彙編。除外，先後有上海社會科學院文學研究所主編的《上海「孤島」時期文學資料叢書》、廣西社會科學院主編的《抗戰時期桂林文化運動史料叢書》、中國社會科學院文學研究所魯迅研究室主編的《1923～1983 年魯迅研究學術論著資料彙編》以及《中國人民解放軍文藝史料叢書》、《新文學史料叢書》、《江蘇革命根據地文藝資料彙編》等。

〔註8〕四川省社科院文學所與重慶中國抗戰文藝研究會聯合編輯，1981 年底開始「內部發行」，至 1983 年 1 期起公開發行，到 1987 年底共出版 27 期，1988 年 3 月起改由四川省社科院出版社出版，重新編號出版了 3 期，1990 年由成都出版社出版 1 期。

〔註9〕陝西省社會科學院文學研究所和陝西延安文藝學會合辦的《延安文藝研究》雜誌，於 1984 年 11 月創刊。

〔註10〕天津社科院文學所創辦，最初作爲「津門文藝論叢」增刊，1983 年 10 月出版第一輯。

〔註11〕上海文藝出版社 1962 年 5 月創刊，出版 3 輯後停刊，第 4 輯於 1979 年復刊。

〔註12〕最初是南京師範學院內部編印的資料性月刊，創辦於 1972 年 12 月，1～15 期名爲《文教動態簡報》，從第 16 期（1974 年 3 月）起更名爲《文教資料簡報》，並沿用至 1985 年底。1986 年 1 月該刊改名《文教資料》，1987 年 1 月改爲公開發行。

　　上述「文學史資料彙編」中涉及的著作、期刊目錄可謂是文獻史料工作的「基礎之基礎」，在這方面，也出現了大量的成果，除了唐沅等編輯的《中國現代文學期刊目錄彙編》〔註13〕外，引人注目的還有董健主編的《中國現代戲劇總目提要》，〔註14〕賈植芳等主編的《中國現代文學總書目》，〔註15〕《中國現代作家著譯書目》，〔註16〕郭志剛等編《中國現代文學書目匯要》〔註17〕，應國靖著《現代文學期刊漫話》，〔註18〕吳俊、李今、劉曉麗等編《中國現代文學期刊目錄新編》等。〔註19〕此外，來自圖書館系統的目錄成果也為釐清文學的「家底」提供了幫助，如國家圖書館、上海圖書館編《1833～1949全國中文期刊聯合目錄》（補充本）、〔註20〕《民國時期總書目》〔註21〕等。

　　隨著史料文獻的陸續出版，文獻工作的理論探索與學科建設工作也被提上了議事日程。

　　20世紀80年代以來，學術界即不斷有人發出建立「中國現代文學文獻學」的呼籲。《中國現代文學研究叢刊》1985年第1期刊登了馬良春《關於建立中國現代文學「史料學」的建議》，他提出了文獻史料的七分法：專題性研究史料、工具性史料、敘事性史料、作品史料、傳記性史料、文獻史料和考辨性史料。《新文學史料》1989年第1、2、4期連續刊登了著名學者樊駿的八萬字長文《這是一項宏大的系統工程——關於中國現代文學史料工作的總體考察》。樊駿先生富有戰略性地指出：「如果我們不把史料工作理解為拾遺補缺、剪刀加漿糊之類的簡單勞動，而承認它有自己的領域和職責、嚴密的方法和要求、獨立的品格和價值——不只在整個文學研究事業中佔有不容忽略、無法替代的位置，而且它本身就是一項宏大的系統工程；那麼就不難發現迄今

〔註13〕上下冊，天津人民出版社，1988年。
〔註14〕南京大學出版社，2003年。
〔註15〕福建教育出版社，1993年。
〔註16〕兩冊（含續編），書目文獻出版社分別於1982、1985年出版。
〔註17〕小說卷、詩歌卷各一冊，書目文獻出版社，1994年。
〔註18〕花城出版社，1986年。
〔註19〕上海人民出版社，2010年。
〔註20〕中央民族大學出版社，2000年。
〔註21〕北京圖書館編，書目文獻出版社1986年～1997年陸續出版。它以北京圖書館、上海圖書館、重慶圖書館的館藏為基礎，收錄了1911年至1949年9月間出版的中文圖書124000餘種，基本反映了民國時期出版的圖書全貌。

所作的，無論就史料工作理應包羅的眾多方面和廣泛內容，還是史料工作必須達到的嚴謹程度和科學水平而言，都存在著許多不足。」

1986 年北京語言學院出版社出版了朱金順先生的《新文學資料引論》，這是關於中國現代文學史料學的第一部專著。

1989 年，中華文學史料學學會成立，著名學者馬良春任會長，徐迺翔任副會長，並編輯出版了會刊《中華文學史料》，〔註22〕2007 年，中華文學史料學學會在聊城大學集會成立了中國近現代文學史料學分會，標誌著新文學（現代文學）文獻學學科的建設又上了一個臺階。

進入 1990 年代，從學術大環境來說，新文學研究的「學術性」被格外強調，「學術規範」問題獲得了鄭重的強調和肯定，應當說，文獻史料工作的自覺推進獲得了更加有利的條件。近 20 年來，我們的確看到有越來越多的學者自覺投入了文獻收藏、整理與研究的領域，河南大學、清華大學、中國現代文學館、重慶師範大學、長沙理工大學等都先後舉辦了現代文學文獻史料研討的專題會議。2004 年至 2007 年，《學術與探索》、《中國現代文學研究叢刊》、《河南大學學報》、《汕頭大學學報》、《現代中文學刊》等刊物闢專欄相繼刊發了專題「筆談」，《中國現代文學研究叢刊》還在 2005 年第 6 期策劃了「文獻史料專號」，《現代中國文化與文學》設立「文學檔案」欄目，每期發表新文學史料或史料辨析論文。新文學文獻史料的一系列新的課題得以深入展開，例如版本問題、手稿問題、副文本問題、目錄、校勘、輯佚、辨偽等等，對文獻史料作為獨立學科的價值、意義及研究方法等多個方面都展開了前所未有的研討。

陳子善先生及其主編的《現代中文學刊》特別值得一提。陳子善先生長期致力於中國現代文學史料研究，尤其對張愛玲佚文的搜集研究貢獻良多。2009 年 8 月，原《中文自學指導》改刊成為《現代中文學刊》，由陳子善先生主持。這份刊物除了對中國現代文學研究突出「問題意識」之外，最引人矚目之處便是它為現代文學的史料文獻研究提供了大量的篇幅，不僅有文獻的考辨、佚文的再現，甚至還有新出版的文獻書刊信息及作家故居圖片，《現代中文學刊》的彩色封底、封二、封三幾乎成為學人愛不釋手的歷史文獻的櫥窗。

劉增人等出版了 100 多萬字的《中國現代文學期刊史論》，既有「中國現

〔註22〕《中華文學史料（一）》由上海百家出版社 1990 年 6 月推出。

代文學期刊敘錄」，又有「中國現代文學期刊研究資料目錄」的史料彙編，從「史」的梳理和資料的呈現等方面作了扎實的積累。〔註23〕2015 年 12 月，劉增人、劉泉、王今暉編著的《1872～1949 文學期刊信息總匯》由青島出版社推出，全書分四巨冊， 500 萬字，包括了 2000 幅圖片， 正文近 4000 頁，涵蓋了 1872～1949 年間中國文學期刊的基本信息。

一些著名學者都在新文學的文獻學理論建設上貢獻了重要的意見。楊義提出「文獻還原與學理原創」的「八事」：1、版本的鑒定和對這些鑒定的思考；2、作家思想表述和當時其他材料印證；3、文本眞偽和對其風格的鑒賞；4、文本的搜集閱讀和文本之外的調查；5、印刷文本和作者手稿，圖書館藏書和作家自留書版本之間的互補互勘；6、文學材料和史學材料的互證；7、現代材料和古代材料的借用、引申和旁出；8、圖和文互相闡釋。〔註24〕

徐鵬緒、逄錦波試圖綜合運用文獻學、傳播學、闡釋學、接受美學等理論方法，對中國現代文學文獻學的基本概念進行界定，嘗試建構中國現代文學文獻學理論體系的基本模式。〔註25〕

2008 年，謝泳發表論文《建立中國現代文學史料學的構想》，〔註26〕先後出版《中國現代文學史料概述》（廈門大學出版社 2009 年版）和《中國現代文學史料的搜集與應用》（臺北秀威信息科技股份有限公司 2010 年版）、《中國現代文學史研究法》（廣西師範大學出版社 2010 年版），就「中國現代文學史料學」問題闡述了自己的詳盡設想。

劉增杰集多年現代文學史料研究和研究生教學成果而成《中國現代文學史料學》，〔註27〕此書被學者視爲 2012 年現代文學史料考釋與研究方面的「重大突破」。

最近十多年來，在新文學文獻理論或實際整理方面作出了貢獻的學者還有孫玉石、朱正、王得後、錢理群、楊義、劉福春、吳福輝、林賢次、方錫德、李今、解志熙、張桂興、高恒文、王風、金宏宇、廖久明、李楠、魏建等。

〔註23〕新華出版社，2005 年。
〔註24〕楊義：《文獻還原與學理原創的互動》，《.河南大學學報》2005 年 2 期。
〔註25〕徐鵬緒、逄錦波：《中國現代文學文獻學之建立》，《東方論壇》2007 年 1～3 期。
〔註26〕《文藝爭鳴》2008 年 7 期。
〔註27〕中西書局，2012 年。

　　隨著中國文學傳播與研究的國際化，境外出版機構也開始介入到文獻史料的整理與出版活動，如香港牛津大學出版社出版蕭軍《延安日記》、《東北日記》，臺灣秀威信息科技股份有限公司出版謝泳整理的《現代文學史稀見資料》，臺灣花木蘭文化出版社自 2016 年起推出劉福春、李怡主編《民國文學珍稀文獻集成》大型系列叢書。

　　在中國現代文學的史料文獻意識日益強化的同時，當代文學的史料文獻問題也被有志之士提上了議事日程，洪子誠、吳秀明、程光煒等都對此貢獻良多，〔註 28〕這無疑將大大地推動新文學學科的文獻研究，更為新文學研究走向深入，為現代新文學傳統的經典化進程加大力度，甚至有人據此斷言中國新文學研究已經出現了現代文學研究的「文獻學轉向」。〔註 29〕

　　但是，與之同時，一個嚴峻的現實卻也毫不留情地日益顯現在了我們面前，這就是，作為新文學出版的物質基礎──民國出版物卻已經逼近了它的生存界限，再沒有系統、強大的編輯出版或刻不容緩的數字化工程，一切關於文獻史料的議論都會最終流於紙上談兵，對此，一直憂心忡忡的劉福春先生形象地說：「歷史正在消失」：「第一，我們賴以生存的紙質書報刊已經臨近閱讀的極限；第二，歷史的參與者和見證者現在很多都已經再沒有發言的機會了。2005 年，《人民日報》海外版的消息，國家圖書館民國文獻，中度以上破壞已達 90%。民國初期的文獻已 100% 損壞。有相當數量的文獻，一觸即破，瀕臨毀滅。國家圖書館一位副館長講：若干年後，我們的後人也許能看到甲骨文，敦煌遺書，卻看不到民國的書刊。而更嚴重的是，隨著一批批老作家的故去，那些鮮活的歷史就永遠無法打撈了。」〔註 30〕

　　由此說來，中國新文學的文獻史料工作不僅僅有任重道遠的沉重感，而且更有它的刻不容緩的緊迫性。

　　新文學百年文獻史料，即便是中華人民共和國文學史料這一部分，也是好幾代史料工作者精心搜集、保存和整理的成果，雖然現代印刷已經無法還

〔註 28〕 參見洪子誠《當代文學的史料問題》（《長沙理工大學學報》2016 年 6 期），吳秀明、章濤《當代文學文獻史料研究的歷史與現狀──基於現有成果的一種考察》（《文藝理論研究》2012 年 6 期），吳秀明、章濤《當代文學文獻史料研究的歷史困境與主要問題》（《浙江大學學報》2013 年 3 期）等。

〔註 29〕 王賀：《現代文學研究的「文獻學轉向」》，《長沙理工大學學報》2016 年 6 期。

〔註 30〕 劉福春：《尋求中國現代文學文獻學學科的獨立學術價值》，《長沙理工大學學報》2016 年 6 期。

原它們那發黃的歷史印跡，無法通過色彩和字型的恢復來揭示歷史的秘密，然而，其中盡力保存的歷史的精神和思想還是「原樣」的，閱讀這些歷經歲月風霜雨雪的文獻，相信我們能夠依稀觸摸到中國新文學存在和發展的更為豐富的靈魂，在其他作品選集之外，這些被稱作「史料」的文學內部或外部的「故事」與「瘢痕」同樣生動、餘味悠長。

2019 年 1 月修改於成都江安花園

目

次

「十七年」：激情與壓抑

「激情年代」的文學敘事——
「十七年」短篇小說的形式意蘊

一、「激情年代」的形成：在文本敘述與歷史境況之間

 建國後「十七年」所造就的「激情年代」不僅是一種歷史敘述，如那個年代對青年人理想主義和革命崇高精神的教育，以及他們響應黨的號召所展開的一系列運動；還是一種文學敘述，如革命歷史小說的主題風格、農村題材小說的新人塑造，以及政治抒情詩等「紅色經典」的產生；更尤甚者，她還成爲今天被不斷虛構的一種歷史想像。面對當下大眾文化傳播中復現「十七年」文學、歷史經典的影視作品〔註1〕，當下觀眾似乎更加確證了建國初「十七年」屬於「激情年代」的時代本質。

 從社會文化心理看，「十七年」文學的這種時代本質無疑是潛合了一種集體無意識。因爲對於能進入20世紀後半葉的中國人民來說，他們是幸運的。漫長動盪的戰爭歲月足以摧毀普通個體生存者的希望，苟活的幸存者難以獨自承受這巨大的生命負荷。所以從殘酷的戰爭遺存中逃生的中國人都能接受集體式的激情狀態，忘卻個體的傷殘與痛苦，將戰爭與不幸帶來的個體生活史全都遺忘在無意識的深處，一心要融入集體式的激情狂歡之中，一種對社會主義烏托邦的信念之中。沒有誰會輕易地懷疑她的存在，即便是一貫敏感的知識分子，也同樣失去了對社會歷史發展邏輯的判斷。所以，當硝煙散盡，

〔註1〕 從《亮劍》、《激情燃燒的歲月》、《解放》、《開國大典》等一系列的紅色影視
　　　　形成了一股當下文化熱潮。

戰爭帷幕拉上的時候，他們沉浸在一種激情式的、詩意化的、對幸福與光明的嚮往之中，很少有個人的哀憐與悲吟，這正是建國後書寫革命歷史與社會現實小說的整體基調。

不僅「十七年」文學的敘述風格強調了這個「激情年代」的本質，一些研究者也強調這一時代風格特有的文學史地位。董之林在論及五十年代小說藝術類型時強調，50 年代小說中「有的表現戎馬倥傯的戰爭年代；有的反映農業合作化時期的農村生活；有的重在描摹新中國成立初期青年人的思想和情感軌跡；還有的力圖再現 20 世紀初中國在由傳統走向現代社會過程中動盪、變革的歷史風貌等。儘管這些作品描寫的內容和表現手法各有不同，但是它們在本質上都富於時代的浪漫氣質，也曾以高昂的理想和熱情激勵著當時的社會，塑造了一代青年的人生，並構成現代文學向當代演化過程中重要的歷史環節。」她繼而提出，以「悲涼之霧，遍被華林」的 20 世紀中國文學史敘述評價來涵蓋整個文學史的發展無疑是淡漠了 50 年代文學作品的「青春氣韻、英雄理想、浪漫情懷」的文學敘述風格。〔註 2〕

然而，在文學史敘述的另一面，尤其是涉及當代歷史和當代思潮史時，我們卻常常感受到這一時代灰色和沉悶的生存環境，接踵而來的文學批判和意識形態鬥爭。小到具體的作品批判，如《我們夫婦之間》、《窪地上的戰役》、《青春之歌》、《創業史》等；中到創作觀念的批判，如「中間人物論」、「寫真實」、「人性論」等；大到對胡風文藝陣營的批判、對資產階級文藝的批判等，整個時代呈現一片噤若寒蟬、如履薄冰的文藝生態。為何這種「激情年代」的文學生長和壓抑的文藝生態土壤呈如此相反之勢？那個年代的作家作品如何生成？它們之間有何複雜的關聯？

從深層的歷史邏輯來看，歷史的「遮蔽」層遠大於歷史的「裸露」層，裸露得越多遮蔽得越深，反之亦然。從「十七年」文學的狀況看，文藝生態土壤是「裸露」的，但文藝創作的心理過程卻是「遮蔽」的；作品的情感主題是「裸露」的，作品的內在情感形式卻是「遮蔽」的。所以說，在當代作家的意識深處，在當代文學文本的內部，可能存在另一種情感形式。

正因為此，本文意圖從「十七年」主流短篇小說創作的形式特徵入手，去考察和挖掘一個時代「內面的風景」；著力擺脫文學表面的風格和作家創作

〔註 2〕董之林：《追憶燃情歲月——五十年代小說藝術類型論》，鄭州：河南人民
　　　　出版社，2001 年，第 4～6 頁。

意識的影響，分析一個時代內部如何在激情式的詩意講述中深藏著作家潛意
識中壓抑性的情感狀態，挖掘一個時代的精神史與形式史的內在聯繫。

二、革命歷史小說的敘述裝置：嵌入式回憶

從「裸露」的歷史看，「十七年」小說集中於兩大題材，即革命歷史小說
和農村題材小說；不像今天的現代小說追求主題的多義性和豐富性，這個年
代的主流小說創作在主題上追求思想主題的正當性、確定性。

從革命歷史小說創作來看，這些革命歷史題材的短篇創作多表達出時代
幸存者對革命歷史記憶的詩意回想。這種回想式的講述不光是承擔宣教式的
意識形態功能，而且通過作家個人的選材、剪裁、設置、精心構撰，把對革
命歷史的理解與強烈情感融注在講述過程之中。革命歷史小說的創作者不再
是一味地歌頌和塑造偉大的黨的領導形象，或者是高大完美的英雄形象；而
是回到一個個普通的卻煥發出最寶貴的生命意義的無數犧牲者，如默默無聞
的小戰士，無名的長征者，普通的敵後鄉親等。對戰爭的回想無疑將革命歷
史題材深化了，它彰顯了作家主體情思的表達功效，體現出他們對革命歷史
的深層認識和詩意情懷。

就具體的作家而言，峻青的短篇創作多設置一些慘烈的暴力鏡頭，通過
驚心動魄的故事設置，運用情節化的懸念感與動人心悸的高潮來打動閱讀者
的神經，並以生死的抉擇與考驗來表現主人公的崇高與悲壯，敵人的兇殘與
醜陋，從而在小說的講述過程中迴蕩著一種濃厚的英雄主義基調；與峻青在
情節化的波瀾中展示激蕩的動感相比，王願堅更喜歡用一個局部的場景，如
一個瞬間、一個細節、一個行動等，來展示人物心靈的無私與偉大，對革命
理想的信奉與忠貞。他的小說多通過一種靜態的描繪來展示內在的動感，具
有一種雕塑性的審美質感。這種藝術手法也同樣是爲了突出人物形象的精神
力度，從而爲革命歷史的講述鍍上了一層光亮而厚重的金屬外殼。

跟峻青、王願堅直接選取革命典型場景和弘揚革命歷史崇高感相比，孫
犁、茹志鵑對革命歷史的詩意再現是另一種視野。他們從日常生活的細節出
發，以小見大，襯托出革命戰爭背後的人情美和「軍民一家親」的和諧戰爭
畫面。

早在解放區時期，孫犁就把中國古典抒情傳統很好地融入到對戰爭生活
的描寫當中。他的短篇創作善於捕捉日常生活中的詩意，通過敘述普通人的

美好生活願望襯托出人物內心的性格和心靈之美，從而給殘酷的戰爭滲入一
縷縷溫情的撫慰。這種撫慰體現了根據地人們對美好生活的願望和對民族戰
爭的堅韌；茹志鵑則更傾向於在某一個獨特的生活側面去挖掘有意義的主
題，通過捕捉細節化的生活場景，借助於女性的敏感和筆法的細膩來表現時
代主題。從藝術形式上比較，孫犁對戰爭生活的講述情深意淡，娓娓而談；
茹志鵑的講述則是以小見大，言短意深；前者自然從容一些，後者刻意表現
多一點。但他們都迴避了血腥的戰爭暴力場面，而將革命歷史的鏡頭轉向了
較爲柔和的日常生活場景，並有意將人物與故事染上抒情化、詩意化的色彩。

　　然而，無論是直接對革命歷史的崇高書寫，還是從普通的日常場景來呈現
革命詩意生活，革命歷史小說幾乎都落入了慣用的「回憶模式」之中。雖然站
在戰爭結束後的新時代，每個個體的回憶都是獨特的，但這些革命回憶幾乎一
致表現革命歷史故事的大圓滿。他們在小說的敘述模式上都採用一種回憶式的
「倒敘裝置」，通過設置一個「親歷者」或「旁觀者」的敘述人角色，將故事倒
回到曾經的革命年代，從而造成一種還原革命歷史場景的「眞實」效果。如孫
犁《山地回憶》中寫「我」回憶跟村姑妞兒一家的情感交往傳達出革命歲月的
溫馨；茹志鵑《百合花》通過「我」——一個文工團的戰士來完成對一位普通
戰士的情感回憶；峻青《黎明的河邊》的「我」既是故事講述者，又是故事中
親歷革命慘烈險情的武工隊成員；王願堅《糧食的故事》中的「我」則是一個
聆聽者，通過訪問老革命郝吉標，聽他講述革命往事，從而使現實迅速閃回到
歷史現場。這些回憶式的「倒敘裝置」，好像是把每個被講述的革命歷史故事放
進了一個安全的匣子，然後又小心地打開給讀者觀賞。

　　另外，也有一些短篇作品撤去故事講述的回憶圈套，以第三人稱的敘述
方式，直接進入歷史現場展示革命歷史的「眞實」場景。如峻青《黨員登記
表》一開始就切入歷史現場：

　　　　暴風雪在飛揚著。……

　　　　1943 年的海萊山區，顫慄在凜冽的寒冬裏。

　　而王願堅對於長征題材的短篇創作也是如此。他本人沒有參加過長征，
但小說卻用長征的戰士身份進行講述，如《七根火柴》中的開頭：

　　　　天亮的時候，雨停了。

　　　　草地的氣候是怪，明明是月朗星稀的好天氣，忽然一陣冷風吹
　　來，濃雲像從平地上冒出來的，霎時把天遮得嚴嚴的，接著，就有

一場暴雨，夾雜著栗子般大的冰雹，不分點地傾瀉下來。

盧進勇從樹叢裏探出頭，四下裏望瞭望。整個草原都沉浸在一片迷蒙的雨霧裏，……

《三人行》中的開場也直接運用場景描寫和主人公王吉文內聚焦敘述。

表面上看，這些小說均沒有用回憶性的倒敘裝置，而是直接營造現場感，運用第三人稱的內聚焦方式，將故事的敘述和革命歷史空間同步；但事實上，我們在閱讀中時時感覺到敘述者被放置在歷史鏡頭背後的存在感，充當一個無所不在、無所不知的敘述角色。就像傳統白話小說的敘述者一樣，作為一個脫離了歷史關聯的「超人格」敘述者身份來講述歷史發生的故事。而這種脫離了歷史關聯的敘述者充當了一個「不在場」的在場者。這也正是王願堅沒經歷長征，但能將長征的革命歷史講述得無比「真切、生動」的原因。從今天的小說觀念看，這種小說的構思近似於先鋒小說家的「虛構」，但在那個強烈的意識形態管制的年代，卻被當成了一種「真實性」的歷史講述。究其原因，則是作家在那個年代裏不能充當個人化的革命體驗者，只能作為時代代言人角色，被置換成那個「不在場」的敘述者。

這些作品一方面運用第三人稱的零聚焦敘述來講述革命歷史的線索，另一方面又運用了太多內聚集的敘述方法來深入人物思想意識，豐富人物的革命性格，力圖呈現出革命的「真切、生動」感。從現代敘事學的邏輯判斷，這種將零聚焦和內聚焦方式結合起來的革命歷史敘述，只能是由歷史的當事人來完成，即日記體或自敘性小說；但是，革命歷史小說家們卻將它轉化為客觀化的歷史故事，最終只能是用一種革命式的臆想代替了歷史的真實狀況，以一種不可能達到的聚焦方式來「虛構」革命歷史的真相。

由此推斷，在精心的藝術裁剪和生動的講述中，作品期待中的讀者只能是不瞭解革命歷史，被動地接受歷史故事的新中國讀者，或者那些跟革命歷史形成「共謀」關係的革命利益者；而對於今天的讀者來說，其文本「真切、生動」的藝術效果無疑大打折扣。這不僅因為今天的讀者站在歷史之後的高度，更因為這種灌輸式的故事講述方式缺乏現代文體的啓迪讀者、讓讀者參與的開放性形式。顯然，這一狀況正體現出「當代」作家在一體化文學生產制度下所遭受的藝術表達上的限制。

由此可見，「十七年」時期革命歷史小說的講述沒有注重其個人的歷史體驗與人處於革命歷史當中的生命意識，而過多地強調一種歷史結果的正當性；這

些革命歷史題材的故事講述多呈現出縱向的連續性，將過去發生的歷史故事放置到一個「過去－現在－未來」的框架中，指向一種必然性的結果；同時，又將這種「進化論」式的時間線索放置在一個回憶式的封閉圈套裏，保證革命歷史故事講述的圓滿，而不至於讓它脫離歷史的既定軌道逃竄到不確定的現實中去。爲此，這些作品的文體形式特徵呈現出一定的封閉性和壓抑性。

三、農村題材小說的敘述矛盾：問題小說與巧合模式

社會主義的改造取得勝利之後，新的生產力與生產關係大大激發了中國農民的生產積極性與思想覺悟。50 年代中後期，深入到農村生活與生產過程中的作家們開始擺脫早期一味地應合宣傳編寫農村新人新貌的趣味故事，從簡單化的階級鬥爭觀念和「解放」主題的套路中脫離出來，尋求新的藝術表現力。他們拉近故事講述與現實生活面的距離，注重切實地反映社會主義建設過程中農民們的思想面貌和成長過程，著力於對當代農民精神氣質的塑造，如《李雙雙小傳》、《耕雲記》等。同時農村生活的廣闊前景激發了當代作家對社會現實的參與熱情。他們關注新的社會制度下農村的具體生產方式，關注農民的精神生活狀態，尤其是批判了那些不能代表先進社會生產力的落後農民形象，如李準的《不能走那條路》表現合作社道路中出現的農民思想傾向問題，趙樹理的《「鍛鍊鍛鍊」》表現農民在集體主義生產制度下冒出的落後思想狀態以及農民幹部的工作作風和方法問題，趙樹理的《套不住的手》中表現農村工作中出現浮誇、好大喜功的思想傾向，並塑造了踏實肯幹、不圖虛名的農村幹部，西戎的《賴大嫂》反映農村政策失誤對農民思想觀念與生活態度的影響，等等。這使得農村題材的小說大大貼近了現實生活，雖然不像革命歷史小說那樣可以給歷史染上詩意的、或崇高的美感特徵；但是，這種人物塑造的「美醜對照」原則，也激發了閱讀者對社會主義新農村、新生活的美好嚮往。

然而，跟革命歷史小說不同的是，農村題材的小說由於貼近現實，寫作主體與對象之間很難保持一種文本化的詩意關係，更無法把它放入「嵌入式回憶」的裝置裏，將現實「想像化」爲意識形態的合法性講述，其每次的選材和主題的形成無不跟現實政治環境的變化相關。從兩大題材書寫的功能來看，革命歷史題材的小說多對殘酷、破碎的革命歷史發揮「縫補」作用，以發揮對革命意識形態的統一想像，激發人們忘卻戰爭的個體心靈創傷，充滿

對新中國的熱愛；而農村題材的小說則發揮對當下現實生活的「清污」功能，以警戒和號召人們對新社會的統一行動，促使全民到達一個理想的社會形態。

正因為農村題材小說一開始就持有的現實參與態度，所以，「問題小說」的創作觀念被繼承下來。早在 40 年代，農村題材小說的領軍人趙樹理就堅持「問題小說」的創作觀念，他在談到自己寫作主題的形成時說過：「我在作群眾工作的過程中，遇到了非解決不可而又不是輕易能解決了的問題，往往就變成所要寫的主題。」〔註 3〕但從歷史根源和現代小說形式內涵看，「問題小說」是五四時期文學「為人生」的一種「現代文學」傳統，它建立在對現實社會的批判性視野之上，探究社會問題，探討社會人生，是「五四」啟蒙思想的表現形式。其創作觀念帶有一定的藝術功利性，在創作理論上體現一種思想教育優先原則。當它延伸到「當代文學」領域，在建國初期的創作中仍然表現出「現代式」的開放性意味；因為它針對社會現實的問題而促使作家發揮一種覺醒式的主體表達欲望，同時又給期待的讀者以一種主動性的社會思考和啟迪。比起革命題材的短篇創作，農村題材的作家更具有一種逾越創作慣例的藝術勇氣。出於他們對社會問題的觀察與提取是「橫斷面」式的，對當下現實的反映與探索表現出強烈的干預姿態，所以，「問題小說」形式體現出較多開放性的「現代」寫作特徵。

然而，「十七年」文學生產的環境畢竟不是「五四」時代，強烈的主體問題意識的介入跟一體化的文學生產體制相衝突。農村題材的小說直面現實問題的「清污」功能，也使得作家們更少塑造農村社會主義新人形象；即便塑造出一二個農村新人典型，也缺乏豐富立體化的人物性格；反而是在專注寫「中間人物」身上，農村題材作家發揮了巨大的創作動力和興趣。但這顯然不符合一體化文學生產體制，由此農村題材作家在高壓的時代環境下不斷地受到壓制和批判，最終在「大連農村題材短篇小說創作座談會」後遭到全面打壓。除開政治思想波動的原因，「問題小說」本身所具有的開放形式也是遭受批判的深層根源。

但是我們又注意到，農村題材的小說即便受到不斷地批判，也一直同革命歷史小說一樣保有她的主流地位。究其原因，則是在農村題材小說的「問題小說」創作觀念背後，大多作家採用了另一種較為封閉性的形式策略，即「巧合」情節的設置。

〔註 3〕 趙樹理：《也算經驗》，北京：《人民日報》，1949 年 6 月 26 日。

　　除開趙樹理這位從「現代文學」傳統中走過來的老作家之外，大多農村題材作家的創作在情節設置中都慣用一種敘述上的「巧合模式」。如李準和馬烽這兩位建國後多產作家，在運用這種類似性的情節設置上最為明顯。李準的《李雙雙小傳》一開頭設置鄉黨委書記來村看大字報，無意中看中了李雙雙這個農村新人，然後全文以此定調，展開對李雙雙其人其事的敘述；《耕雲記》也是一開頭設置作為上級的「我們」避雨巧遇氣象員蕭淑英的情節，然後慢慢拉開對這個新人的講述；馬烽的《我的第一個上級》開頭寫「我」在街頭騎車巧撞一個普通怪老頭，沒想卻是自己的上級老田局長，之後慢慢引出怪老頭的很多傳奇經歷來；《三年早知道》開頭也如此，「我」相隔四年來甄家莊，頭一個就遇到主人公「趙滿囤」，然而「我」卻居然忘記了這個印象深刻的主人公姓名，等到說話中提到「早就知道」四個字才想起他的綽號和經歷。作者這種故作生疏不識，然後由綽號馬上想起人物如此多故事的設置，在今天看來未免有些故弄玄虛。

　　這些農村題材小說均在開篇設置一個巧遇的場景，然後在敘述中一步步地證實的情節線索，在形式上跟革命歷史小說「嵌入式回憶」的情節設置類似，均體現出一種封閉性的敘述套路。它使得讀者讀開頭就知結尾，很少給予讀者積極閱讀和啟迪的開放式文本期待，讓人想到作政治報告時先「定調」一樣，看似「巧合」，實無「懸念」。

　　現代小說的興起是對古典生活狀態下的敘事形式中千篇一律的「巧合」與「團圓」模式的反叛；而經典的現代短篇小說（如莫泊桑的《項鍊》、歐‧亨利的《麥琪的禮物》等）所運用的「巧合」無不是作家心智的體現，是作家對獨特生活的一種發現，並非刻意的安排。然而，建國後大多短篇小說作家，由於受到主體創造的限制，在短篇小說的布局上過多地製造「巧合」的情節安排，結構上表現出簡單的完整性和短篇容量。從現代小說觀念看，這些過多的「巧合」輕易地顯出創作的雷同，而封閉的藝術結構框架強化了線性時間的合理性，弱化了人性空間的豐富性，它將一切豐富的社會複雜狀況和情感生活都扼制在這些形式結構的圈套之中。

　　顯然，「巧合」背後潛藏著強大的意識形態規定性，它牢牢控制了小說的敘事進程和結果，使得小說的敘事不發生偏移，不主題旁出，更不會有豐富、晦澀的含混意義產生；正如革命歷史小說的敘述者一樣，經常充當「不在場的在場」者，決定著敘述的進程和結果。

四、翻轉「十七年文學」的閱讀視野

　　文學形式上的開放或保守決定了一個時代內在的社會性質或精神氣質；但我們總是忽略對能夠眞正反映時代精神狀態的文學形式內涵的判斷。所以，在文本主題思想和表面風格的影響下，我們把「十七年」中一段相當長的時期稱爲「激情的歲月」，認爲這個時代眞實地反映了新中國人們的民族自信心以及他們的理想情感狀態。這種「當代人」曾經構想起來的文學記憶當然是不可抹殺的；但是，從更眞實的社會文化狀況上，我們不能不重新審視「當代文學」的歷史想像。

　　從「十七年」短篇小說創作的兩大主流題材的形式意蘊中，我們清楚地知道，在「激情年代」深處，文學的內在形式跟外在的主題思想之間存在反差，「當代作家」處於一種保守和被壓制的情感狀態和生存處境之中，其作品形式透露了一個時代的精神史。但我們沒有必要對這個所謂「激情年代」文學的不實進行指責和拋棄；今天的我們同樣可以在新的歷史視野之下，翻轉對當代文學的「歷史想像」。「一切歷史都是當代史」，我們站得更高，擁有的視野更開闊，更理性，更開放。所以，今天的閱讀比起我們的前代人，少了一些情感上的共鳴，多了一些理智性的歷史思考。

　　這個外表「激情」、內在「封閉」的年代對革命戰爭的書寫不能像歐美文學那樣，在二戰之後書寫戰爭中失落的哀傷，去深入到個體內心用悲劇化的藝術手段來治療戰爭的心理創傷；只有那種激情的、能體現集體意志和革命信念的人才被賦予講述的權力。曹文軒在世紀末質疑：「戰後的西方，即使是戰勝國，也並未因戰爭的勝利而陷於激動。短暫的興奮之後，是長久的消沉。戰爭似乎不僅摧毀了無數的城市和村莊，而且摧毀了西方人全身心投入的宗教理想、政治理想和熱情洋溢的生活情趣。……然而，遭受戰爭創傷最爲嚴重的中國卻完全是另一副形象：自豪、驕傲、充滿幸福，從城市到農村，到處洋溢著勝利的和建設天堂的激情。」〔註4〕

　　然而，即便講述的權力受到壓制，大量革命戰爭題材的小說創作不斷湧現卻是個不爭的事實，而且在那個年代獲得無數讀者的好評，這反映了建國後相當長一個時期內一種強烈的社會文化心理。當革命戰爭結束失去了它的

〔註4〕曹文軒：《二十世紀末中國文學現象研究》，北京：作家出版社2003年，第304頁。

蹤跡時，當代作家一方面以講述者的身份要在意識形態領域內樹立一種革命性的合法邏輯，從而為現實文化政治服務；另一方面作為個體生存者，當代作家也需要將那種殘酷的創傷轉化，通過抒情或崇高化的主觀講述，將內心被壓抑的痛苦情感發洩出來，這種創作的願望使得「革命戰爭」被轉換為作家心靈內在的「風景」描述，從而讓個體創傷的心靈在文本虛構當中得到淨化。所以說，閱讀和評價革命題材小說的創作也可以從精神分析學來透視一個時代的集體記憶，而不只是單純地認定它作為意識形態講述的功能。

　　而對於農村題材的小說，今天的讀者也可以持有一種社會學式的閱讀視野。那些在農村題材小說中出現的一批較有特點的農村人物形象，如宋老定、「老定額」林忠、「三年早知道」趙滿囤等從傳統小農意識艱難轉變過來的老式農民；還有「小腿疼」、「吃不飽」、賴大嫂等一貫以家庭利益為中心的舊式農村婦女，充分體現了他們的社會學價值。在那個年代真實的農村狀況中，老一代農民有著豐富的生活經驗，他們在思想轉變上的艱難潛藏著對不切實際的極「左」農村政策的反抗；而農村新生代的青年農民由於存在著生活基礎的薄弱和傳統家庭觀念的壓迫，他們的集體主義覺悟來自於社會思想的鼓動和生產利益分配當中得到的切實回報。所以，我們經常會看到一些農村問題小說中，大多的農村新人思想覺悟高，而老一代農民反倒處於落後的思想狀態。儘管極「左」思維模式成為了作家在思想主題提煉上的創作動因，但作家本人並沒有放過對社會真實狀況的反映，沒有忽略「落後」農民的真實心理。當我們剝離掩蓋在「十七年」農村社會集體主義崇高思想的面紗，去反思諸多社會主義農村新人形象塑造的社會根源，我們終會明白：為什麼多子、少勞力的小媳婦李雙雙在合作化集體勞動中會強烈要求從家庭的束縛中解放出來，對集體勞動表現得那麼積極？為什麼很多貧農出身的農村幹部會大公無私？今天的社會發展足以證明，中國農民的思想改造和精神素質的提高是一個現代化長遠的目標。那個時期的人物在思想覺悟上存在「先進\落後」的二元分流，顯然是意識形態對於作家創作觀念和思想表達控制的結果。

　　特別是「大躍進」以來，農村題材的短篇小說創作中出現了許多像老田、「老堅決」甄仁、陳秉正、潘永福等這樣堅持踏實能幹、反對農村浮誇風的老一代實幹家形象，更加反映了當代作家對於農村社會發展的認識比極「左」農村政策的幼稚病要清醒得多。

　　這些處於新舊交替過程中的老一代農民形象一直比「新人」形象的概念化塑造要強，〔註5〕在反映生活的層面上也顯得尤為深入。所以，在重新閱讀這些作品中，我們努力褪盡習慣上的社會主義「激情年代」背景，倒轉歷史的鏡頭，改變一下我們的期待視野，把建國「十七年」文學中的老一代農民形象認定為一個悲劇性的「主角」，將整個極「左」政治主導下的建設時代看成是一個抑制農業現代化的「壓抑年代」。也許我們會突然明白，為什麼作家對老一代農民形象描寫的豐富性會超越刻意地去塑造的農村新人形象。而這正是一種壓抑中的藝術，一種潛在的表達，或許連作家自身也沒有意識到的、對一體化制度下無法直面現實的一種本能的反抗。

　　於是，從50年代兩大紅火的創作題材的藝術形式中挖掘「當代人」的真實的情感形式，以及他們在歷史境遇中遭受的真實狀態，我們會發現遠非「激情年代」的歷史鏡象。當我們從整體上反思整個「十七年」時期主流作家的創作時，無論他們在主題表現的深度上怎樣地開掘，在「問題小說」的形式上怎樣地直面現實，他們都無法逃避藝術形式上的封閉性和壓抑性，遠遠落後於「現代」以來所本該能擁有的30年藝術經驗。而且，那些封閉和保守的文本形式策略，正是當代文學生產體制化壓抑的結果，它反映了「十七年」社會文化精神的內在本質；所以說，當建國以來的政治與文藝的生長環境走向越來越封閉和保守的狀態之時，這種形式的端倪也不由地顯示出來。如果說中國當代的政治與文化在和世界潮流脫節的時候表現了是一種「反現代」〔註6〕的社會趨向的話，那麼，在主流作家的創作形式上也必然表現出這種跡象。然而，值得我們思考的是，這種封閉不是古典式的社會封閉所導致的，而是已經發展半個多世紀以後的現代中國重新退回到一種壓抑性狀態下的情感化表徵。

─────────────

〔註5〕「老農民」形象塑造的現象在「當代文學」的領域裏一直較成功。長篇小說裏有周立波的《暴風驟雨》裏的「老孫頭」；趙樹理的《三里灣》中的「糊塗塗」、「常有理」等；柳青的《創業史》中的」梁三老漢「。60年代初，批評者還就「梁生寶」與「梁三老漢」誰是小說最成功的藝術形象展開過爭論，見以下論文：柳青：《提出幾個問題來討論》，《延河》，1963 年第 8 期；嚴家炎：《談〈創業史〉中梁三老漢的形象》，《北京大學學報》，1961 年第 3 期；嚴家炎：《關於梁生寶形象》，《文學評論》，1963 年第 3 期；張鍾：《梁生寶形象的性格內容與藝術表現──與嚴家炎同志商榷》，《文學評論》，1964 年第 3 期；等等。

〔註6〕唐小兵：《英雄與凡人的時代──解讀 20 世紀》，上海：上海文藝出版社 2001 年，第 253 頁。

「壓抑年代」的文學敘事——
《重放的鮮花》敘事形態分析

　　除了我們一貫認定的「紅色經典」之外，也許《重放的鮮花》這本短篇小說集更能作爲「十七年文學」的時代標記。從社會歷史意義看，它代表「十七年文學」在直面現實、追求眞理的藝術勇氣；從文學史的發生意義看，它代表那個年代以王蒙、陸文夫、鄧友梅等青年作家嶄露頭角的藝術實踐；從藝術成就上看，它代表那個年代打破藝術常規、獲得最具現代文學特質的最高小說藝術水準。

　　意義更多是後續追認的。正是因爲有了新時期以來文藝上的「撥亂反正」、文學「轟動效應」以及「復出作家」的創作強勢，讓《重放的鮮花》裏的作家作品獲得了毫無爭議的歷史地位。然而，今天重讀《重放的鮮花》的意義，早已不再是肯定它當年「干預生活潮流」的勇氣，和敢於突破題材禁區的大膽寫法；而是努力通過對一個「壓抑年代」的文學書寫形式的分析，去考察作家的創作心理和敘事策略，探求在「文本」與「歷史」之間相互「對話」的關係，進而更眞實地觸摸那個時代的文學與歷史的眞實圖景。

　　站在 80 年代的文學史立場，「干預生活潮流」的文學創作在精神氣質上是吶喊式、反抗式的，在題材及主題的表現上是暴露式、針砭式的；因爲 80 年代，我們仍然處於文學啓蒙與社會灰暗的二元歷史維度之中。而在更近的今天，當我們把這些具有代表性的作品放在多元化的文化視野中考察時，就會發現跟同時代的前輩（或主流）作家相比，這些「鮮花式的作品」一方面依然符合主旋律創作的主題正確性原則，另一方面卻又取材於被壓抑的現實

狀態和情感形態；前一方面是時代套在青年作家身上的藝術成規，後一方面則是青年作家正在體驗的現實與情感困惑，較少有「激情年代」風格和青年人氣質對文學創作的影響。而這一切均是「不自由」的年代給青年作家帶來的無意識創作壓力。

這種主題與題材之間的矛盾也造成了青年作家們在藝術選擇上的兩難境地。一方面他們要通過多變的敘事方式表達複雜的現實生活和內心情感，努力追求文學藝術的現代化風格；另一方面他們因著政治對文學的桎梏又無法徹底地將現實困惑和內心情感全部呈現。由此造成藝術表現上的游離和創作上的不成熟，作品均呈現出或多或少的「失敗之作」的成色。

本文從藝術形式分析入手，重點考察《重放的鮮花》裏青年作家作品的敘事特徵，企圖從文本形式史進而窺視時代精神史的一斑。

一、以退為進的「特寫」

令人弔詭的是，青年作家運用文學干預生活的形式策略卻是從「特寫」開始的。1956 年《人民文學》連續發表劉賓雁的《在橋樑工地上》、《本報內部消息》、《本報內部消息（續）》和耿簡的《爬在旗杆上的人》等，以「特寫」的形式開始對現實生活進行干預。青年作家的藝術意圖本在適當地擺脫建國初期簡單的宣教策略，企圖以更獨立的文學姿態參與現實，運用更豐富的藝術手段對現實進行深層次地揭露和表達；但在建國初的整體文化氛圍之下，激進的文藝創作觀念使得青年作家不自覺地選擇了這種「干預生活潮流」的工具。這一方面來自蘇聯「解凍」文學思潮的影響，同時也與長久以來中國左翼文學佔據文學文化主流形成的巨大優勢相關。

「特寫」作為報告文學的一種，屬於新聞與文學的交叉文體，在 20 世紀 30 年代以來的文化領域一直承擔著濃厚的意識形態化的宣教功能。然而，從建國初期的短篇小說創作水準來看，正是由於過多地採用「特寫」的寫作方式，使得短篇小說在反映社會生活面上缺乏廣度和深度，在小說的藝術探索上呈現落後與滑坡的勢態。雖然這一新聞與藝術混雜的手段很好地配合了建國初期的文化建構，但其速寫化的粗糙筆墨、客觀化和公式化的敘事模式，也一直受到來自藝術批評領域的詬病。

如果說這種「特寫」的形式對於文學審美效應的擠壓使短篇小說的藝術水準大大下降，那麼，為何在文學試圖崛起發揮自身藝術功效的時候偏偏又是「特寫」在藝術的舞臺上表演呢？

　　我們可以從當時發表的這些「特寫」作品中找到答案。首先，這些所謂的「特寫」不同於新聞性的記者採訪，文中設置了一個明顯帶有情感化的敘述視角，使之富於小說化的藝術表現力，而不只是新聞式的客觀報導。如《在橋樑工地上》中設置一個與主人公羅立正有過故交的「劉記者」，通過這種亦友亦新聞記者的眼光來對人物進行情感上的評價；正是這種情感性的涉入，使得「羅立正」這一人物形象塑造得比單純的新聞人物豐滿，更有立體感。其次，這些作品運用了虛構性的小說敘事手段，除了較多的言行刻畫、心理描寫，還有來自人物的內聚焦敘述，並巧妙地將人物的內聚焦轉化爲敘述者的零聚焦敘述。從而突破了新聞客觀報導的限制，提高了敘述視角的轉換和敘述主觀性。如《本報內部消息》在寫到馬文元解放後的變化時，用了很長的篇幅來概括他的革命經歷以及刻畫他的思想變化。

　　　　　……

　　　　本來，這種工作崗位，要求他經常保持緊張的戰鬥姿態，飽滿的政治熱情和強烈的生活興趣。馬文元呢，卻慢慢失去了這些東西。他學會了使用自己手下的五名科員，在辦公室裏越坐越穩了。他也常常因此受到來自上面和下面的批評。這些批評對於別的人是一種鞭策，是一種最具體的幫助。馬文元也對自己的這些缺點感到慚愧，但又總是找一些客觀原因來原諒自己，例如工作忙呀，任務重呀，甚至還因爲自己作了不少工作而覺得別人不體諒自己，因此有些委屈情緒。

一般來講，這些內省式的心理描寫顯然不是文中充當情感線索的敘事者黃佳英所能覺察得了的。但作者巧妙地利用了敘述者和人物雙重性，將人物「馬文元」的內聚焦，替代爲人物「黃佳英」的內聚焦，最後順利轉化爲敘述者、也即報導者的黃佳英的零聚焦敘述。而主導這一切的是隱藏在「特寫」報導者背後的文本敘述者，這種擁有虛構性權威的介入者，即小說家，而不是新聞報導者。

　　此外，這些小說式的「特寫」在主題思想的表達和人物形象塑造上運用了富有意蘊的諷刺性小說藝術，抓住了現實環境中各種人物的精神面貌，從而提升到一種藝術的高度。

　　由此，這些特寫在小說藝術形式的表現下完成了「干預現實」的功效。它使得這些特寫作品保持一種文本的張力，不僅具有良好的藝術效果，還具

有客觀反映現實真相的功能。當時發表時，《人民文學》編輯就有意加以評述：
「我們沒有任何理由滿足於真人真事真名真姓的一般化特寫。我們不應該反
對對於真人真事作適當的有益於真實性的加工。我們不應該反對作家可以選
擇各種生活側面、各種有詩意的情節去刻畫人物的精神面貌，而不一定大家
都非正面地去寫發明創造的事情或歷史傳記不可。我們也應該大力提倡那種
用文學的概括手法寫成的，並非真名真性的特寫。在目前，我們尤其應該提
倡那種尖銳地提出問題的、批判的或諷刺性的特寫，因為在這一方面我們還
只是剛剛開始有了一些嘗試。」〔註 1〕

　　從上述「特寫」作品的小說化特徵，以及權威編輯的評述來看，這些作
品表面上運用了當時流行的「特寫」形式，而其內在的形式表現卻是「小說
式」的藝術虛構。「特寫」這一文體適合於直接宣傳和針砭現實，作為一種意
識形態的工具；而「小說」文體則適合於間接表現和隱喻現實，成為一種曲
折深層地反映現實的藝術手段。特寫與小說的文體雜交可以說是「當代文學」
生產的一大特色，它反映了作家在現實面前即積極又隱晦的複雜的創作心
理，也是「當代文學」與政治意識形態難以割捨的結果。

　　所以，從深層的作家創作心理看，這一虛構性的小說藝術手段的運用從
某種意義上說，也正是當代作家在參與現實批判時，為了避免在現實政治的
壁壘面前所可能遭受到的獲罪而尋求的一種有限的現實參與和藝術探索。

二、主題與情感並置下的文本「破綻」

　　以虛構的小說面孔出現的「特寫」只是當代作家一種退讓的現實干預手
段；而通過純粹小說的方式來干預現實則更能體現了這一代作家在現實參與
面前的複雜抗爭，以及一種壓抑性情感的轉化；由此，我們還能窺視到作家
的主體意識與現實政治較量的曲折心理。

　　青年作家們努力擺脫固定的故事講述者身份，開始採取靈活多變的敘述
視角和多重的講述方式，從而也造成大多「干預生活潮流」的小說在文本結
構上的「破綻」。一方面，他們有意識地表現一個干預現實生活的重大主題；
另一方面，他們又潛意識地在敘述中流露出青年人被壓抑的情感狀態。顯然，
跟比較成熟的主流作家相比，青年作家的現實處理經驗以及情感的複雜性

〔註 1〕何直（秦兆陽）：《從特寫的真實性談起》，《人民日報》，1956 年第 6 期。

體驗是造成這種文本「破綻」的根本原因。由此，他們在表現這種兩難的時代情緒時會出現文本藝術處理上的「裂縫」，這些藝術的「裂縫」也傳達了他們微妙的創作心理。從小說文本的內部分析中可以發現，很多小說創作在主題思想與「青年敘事」方式之間形成了不同程度的文本分裂，即「形式」沒能很好地爲「內容」服務。

《組織部新來的青年人》創作的初衷是要表現社會主義體制下的內部矛盾，揭露官僚主義工作作風；作者著力刻畫劉世吾、韓常新、王清泉等不同類型的官僚主義者，對社會主義制度下的不良現象進行揭露與干預。然而，由於作者設置了一個「新來的青年人」林震作爲小說的敘事視角和主線，使得小說更容易以內聚焦的敘述方式來表現主人公的情緒狀態，而不只是敘述他面對社會問題時的客觀遭遇。小說除了講述林震在與這些不同的官僚主義者碰撞時所呈現的工作熱情以及現實的壓制；而且還花更多的筆墨敘述林震與趙慧文的情感交往，讓讀者感受到這一代青年人內心壓抑的情感狀態。

「趙慧文」這一文本角色顯然不是小說中的配角，也不是小說反官僚主義的主題所能涵蓋的。她傳達的正是作者潛意識中所渴望表達的那一代青年人普遍存在的內心情感狀態。作爲一個「舊來的青年人」，她在林震眼裏是一個富於詩意化的理想人物，給予他豐富的情感支持；她甚至比林震這個新人更清醒「當代」的政治體制和組織生活。今天看來，小說的文本結構應該是一個等邊的三角關係：林震─劉世吾─趙慧文。這個三角關係代表了小說在主題表現上可能出現的兩種向度：林與劉構成的是一個現實的、正面的思想主題，這一主題在現實政治生活上展開，屬於小說的主線；林與趙構成的則是一個理想化的、側面的情感主題，這一主題在私人情感生活上展開，屬於小說的暗線。

但這顯然打破了那個時代的小說主題明確性的慣例，從作家王蒙的創作目的以及那個年代批判的焦點來看都是如此。如果以那個年代所習慣認定的「主題集中」論看待，這篇小說無疑是犯了主題不集中、情節游離的毛病。但在今天看來，我們反而從「趙慧文」這一角色身上看到了文本的豐富性，看到了文本主題和藝術結構上的多重性。而造成這一小說藝術上「成功」的原因並非青年時代的王蒙在藝術水平上老練與含蓄；反倒是他本身的藝術稚嫩，以及他潛意識創作心理的主體意識弱化所產生的效果。因爲在「當代」一體化的文學生產過程中，過於強調主題的重大與明確，迫使作家的創作個

性處於一種被壓制的狀態；而在藝術要求鬆動的「雙百」時代，由於青年作家對創作的控制力較弱，那種不敢直露的時代情緒反而以一種含混的藝術表達方式潛意識地表現出來。

也正是在這一點上，小說當時受到了強烈的批評。認爲「《組織部新來的青年人》，在它的客觀的藝術效果上，向人們提出了一個值得認眞考慮的問題：是用小資產階級的狂熱的偏激和夢想，來建設社會主義和反對官僚主義，還是用無產階級的大公無私的忘我的激情和科學的『現實主義』的態度，來建設社會主義和反對官僚主義？在這樣一個根本性質的問題上，我以爲作者王蒙同志是和他的人物林震一致的。」〔註2〕這一批評並非是要反對小說的反官僚主義思想主題；而是對小說稚嫩的藝術處理導致的主題含混性的不滿。

「趙慧文」實際上是《組織部新來的青年人》中一個隱藏式的中心人物，用足球的術語叫「影子前鋒」；她與劉世吾一樣，揭示了「當代」現實生活的複雜面；所以，以今天的藝術眼光來看，若沒有「趙慧文」這一角色的成功，《組織部新來的青年人》也不可能算得上是那個時代的較好短篇。這一切都歸功於青年作家藝術上的稚嫩、情節上的游離所造成的「偶然天成」。

青年作家藝術處理經驗的稚嫩問題，在鄧友梅的《在懸崖上》中也比較明顯。小說借一個集體場合輪流講述個人的戀愛生活開始，這種公開講述方式看上去跟那個時代的主流敘述一樣；但不同的是，革命歷史小說的講述者是代言人角色，以「親歷者」、「老革命」、「歷史見證人」的地位來講述一種革命歷史的合法性；而《在懸崖上》卻是典型的個人化講述，講述者在講述個人的情感故事，自己爲自己的講述承擔責任，並時時受著公共意識的監督，要求效果明朗、公開化，甚至是帶有自我反省式的講述。

小說講述的仍然是一個三角式的情感關係：敘述主角「我」是一個大學畢業的技術員；「妻」是單位的一個會計員，比「我」大兩三歲，擔任團支書職務，政治思想過硬，工作上進。婚後的生活比較和諧，妻子把家庭生活安排得象工作一樣有條有理，並漸漸改掉了「我」不好的個人生活習慣。但隨著「我」調到設計院工作以後，認識了藝術學院畢業來作雕塑師的「加麗亞」，她漂亮熱情、生活浪漫、思想新潮。兩人趣味相投，經常去電影院和音樂會，很快「我」就愛上了「加麗亞」，並提出要與「妻」離婚。緊接著面對的是周圍興論的壓力和組織上的說服教育，但我一意孤行。只是到了最後，加麗亞

〔註2〕李希凡：《評〈組織部新來的青年人〉》，《文匯報》，1957年2月9日。

的情感態度讓我徹底失望以後，終於幡然悔悟，回到了「妻」的身邊。

主題的正當性和結尾的合理性通過敘述者「我」清楚地講述出來，起到了很好的警戒效果。但如果我們撇開講述者受那個時代公共意識影響不得不追求思想傾向的正確性，而從今天的視角去重讀「懸崖」邊上的思考，我們自然會質疑：故事講述的正是個人情感生活在集體生活觀念強烈的年代裏所遭到的一種現實的「圍剿」。在高度一體化的社會生活中，個人的愛情、婚姻、私人交往，甚至內心的情感隱秘，所有的個人生活空間都被組織化、透明化了。集體主義是絕對正確的生存標準，個人觀念是腐朽的資產階級思想，個人生活的選擇是要符合集體生活的準則。所以，在那個年代，「妻」是好青年的生活榜樣，「加麗亞」那種女性自然是帶有資產階級作風的、品質惡劣的女人形象；而離婚更是一種不道德的、見異思遷的行為。

然而，在主題的正當性背後，講述者是真心在反思嗎？在公共意識監督的背後，我們能發現講述者仕講述過程中的「破綻」。看似一切合理的故事進程實際上隱藏了敘述者內心的無奈和壓制。因為公開式的講述和結果的正當性，所以迫使講述者將內心情感的複雜性過濾為一種道德上的行為選擇，將矛盾性的情感過程化為現實中一個警戒式的教育故事。這種強制化的公共講述最終導致了小說在敘述中的極大漏洞，即故事講述中情節設置的纖巧（妻子留信和我趕去車站），人物情感變化的突兀（加麗亞的情感態度突變），還有主人公內心的瞬息轉變過程。故事講述的流暢性受到破壞，講述者省略了最隱秘的內心情感轉變過程，將情感選擇的錯誤責任推向了「加麗亞」的突變，將挽救情感的光榮任務放在了最後一刻的車站上，造成一種「懸崖勒馬」、「迷途知返」的圓滿道德結局。顯然，講述是在一種公共意識的監視下進行的，使得現實生活中個人內心不和諧的思想意識都被講述者隱去。為了得到一個「合理」的故事結尾，主人公只好來一個敘事的突轉。從創作心理上考察，或許這正是作家內心受到現實的意識形態壓抑後潛意識流露的一種敘述「破綻」，這種「破綻」也是作家渴望表達卻又不敢大膽表達的東西。

今天讀來，《在懸崖上》這篇小說情節線索的單一和情節設置的纖巧，是由作家選擇個體化自我講述的方式造成的。它使得一切被壓抑的複雜情感都變得那麼單一、正確，符合了時代主題的標準。但也正是作家在藝術處理上的不成熟，使我們在今天能夠窺視到那些形式背後無法傳達的壓抑情緒。

三、主題掩藏下的文本「含混」

跟王蒙、鄧友梅比起來，宗璞和豐村均是相對成熟的作家，而豐村更是邁入了中年作家的行列。但毫無疑問，《紅豆》和《美麗》都是書寫青年情感題材的作品。

《紅豆》有一個獨特的女性敘述視角，它以女主人公江玫的自我敘述來展開。雖然講述的是個人與歷史之間宏大的人生選擇，但這種敘述還是純個人化的，帶有內聚焦式的獨白；同時小說還設置了一個「巧合」：女主角在學生時代選擇革命，拋去了深愛的戀人；革命勝利後，她以一名幹部的身份重新回到了母校工作，回到了愛情發生的原點，並巧合地住到了原來的宿舍。毫無疑問，這種「巧合」的設置與「十七年」農村題材的短篇小說慣常的套路相似，以一種封閉的藝術形式來表現主題的確定性，使得小說的指向性更加明確、正當。

然而，與主流農村題材小說的敘述方式不同，《紅豆》用一個獨特的女性視角來講述巧合故事。這種個人化的敘述意圖跟公共化的敘述意圖不同，它具有一種將巧合中包藏的內容一一抖露出來的敘事衝動和渴望。如果說這個故事的「巧合」表現了個人選擇在歷史轉折關頭所體現出的正確性和時代性，是一個人對於人生與事業把握之後的成功返回；那麼，為什麼小說卻又在一個女性敘事的推動下，娓娓地回想出對受革命意志壓抑住的情感的思念呢？正如小說標題的主題意象「紅豆」所暗示的，它指代的是「相思」還是關住了愛情的革命「相思盒」呢？這正是小說在主題表達上含混性的一面。作家為什麼不像鄧友梅的《在懸崖上》那樣，把人物內心那些無法表白的個人情感化的隱秘歷史全都在巧合式的情節設置中過濾乾淨，只剩下結局的合理性和正當性？

所以作品在當時遭到批判時，被視為「是一種頹廢的、脆弱的、不健康的小資產階級個人主義的感傷。它會削弱人們的革命意志。」批評者也清楚地感受到，作品「一當進入具體的藝術描寫，作者的感情就完全被小資產階級那種哀怨的、狹窄的訴不盡的個人主義感傷支配了。」〔註 3〕正是就這一點來說，小說確實在藝術形式的選擇與主題思想的表達上存在「分裂」，只是當時的批評者一味地上綱上線，不注重「形式批評」罷了。

〔註 3〕姚文元：《文學上的修正主義思潮和創作傾向》，《人民文學》，1957 年第 11 期。

　　從今天的藝術標準看，小說的主題意蘊豐富。從這個掩藏的「紅豆」意象上，我們至今無法肯定，作家在創作的當時將哪個主題放置在正面表現，哪個是側面流露？這也正是《紅豆》的藝術魅力所在。《紅豆》的知識分子趣味和表達的含蓄性使得它達到了很高的短篇藝術標準。

　　豐村的《美麗》依然是表現「青春」主題的。從表面上看，它的敘述方式也是主流式的故事講述。小說開頭：「這是今天現實生活中的一個故事，自然它是真實的。」設置了一個故事講述的框架，強調故事的真實性。這符合了當時主流敘事的特點，就像那個時代大多數短篇小說一樣。然而，我們仔細體會一下就知道，這一個故事的框架並非「講述」的形式，而是「聆聽」的形式。因為小說並非「我」在向讀者講述，而是「我」在聽他人講述。

　　由「講述」變為「聆聽」，這之間的分別就大了。因為講述是向大眾公開的形式，它強調講述的聲音效果；而聆聽卻是個人接受的形式，它更注重聽者個人心裏的反應。於是，小說仕「我」聽從李鳳珠大姐講述的故事框架中，不自覺地又將季鳳珠的講述變成了「我」（指季鳳珠）的見聞自述，以便能更好地使聆聽者收到情感化的心理效果。所以，小說運用了雙層敘述者「我」進行敘述，第一個敘述者「我」是聆聽者，第二個「我」轉換成了季大姐，她也成了主人公季玉潔（侄女）生活經歷的私人聆聽者，到了故事講述的第三層才真正到達被講述的內容，即主人公季玉潔講述自我的故事。這一形式的意味十足，它將講述者的主動行為幾乎隱匿了，雙重的「我」均是聆聽者，這就為故事的講述提供了一個個人化的自由表達空間，而不會受到公眾意識的集體監視，從而也讓故事內核存在著多重的聽取效果。

　　剝開故事的敘事包裝又是一個標準的三角故事。主人公季玉潔美麗、能幹，受到組織上的重點培養，安排在一位首長身邊作秘書工作。首長忘我的革命工作使得季玉潔在他的日常生活中承擔著過多的照料工作，但過於親近的關係遭到一直在家養病的首長愛人姚大姐的猜疑和仇視，擔心自己深愛的丈夫會被年輕的季玉潔奪走。但首長對兩個女人的矛盾過程始終都處於不知曉的狀態。最後，姚大姐在醫院裏去世，留給在身邊照顧她的季玉潔一道仇恨的眼神。之後季玉潔雖然還呆在首長身邊加以照料，但當首長表達對她的愛意時，她卻忘不了姚大姐的仇恨眼睛而不敢接受。最後，老首長也另娶了一個愛人，季玉潔升任主任後繼續忘我地工作，將個人的情感拋在了一邊，成了一名出色的單身幹部。

　　這個三角情感關係的情節模式讓我們聯想到類似的敘事作品，如80年代張潔的小說《愛，是不能忘記的》，或者 90 年代諸多的官場小說。但前者是書寫女性與老幹部的理想精神之戀，後者則是權欲互換的社會生活劇。然而，在小說《美麗》中，不僅首長的形象被放置到背面虛化，沒有提到道德與愛情的抉擇點上；而且女主人公的情感行為最終也被聆聽者「我」（季鳳珠）的視線所代替，完全是一齣無尾的情感戲。小說到底要表現什麼呢？是塑造美麗的女主人公經歷鍛鍊和考驗最後成長為一名優秀的黨的幹部？還是表達主人公美麗的青春在體制化的工作生活中逐漸地被壓抑成一個工作狂？即便是今天的讀者來判斷，小說的主題也足夠隱晦。小說中講述者（季鳳珠）在觀察中曾這樣道出女主人公的隱憂：

> 她過去的勇敢和大膽，被慎重所壓制了，而她的熱情埋沒在嚴肅中間了。她的純黑的外套和藍色的制服，以及她的那種平梳的髮式，都使我感覺到玉潔這孩子是努力使自己脫離青年人，而她的精神中間卻偏偏隱藏著苦惱。

然而，小說的結尾處又反覆強調講述者季大姐對主人公生活的自信，發出這樣的感歎：「是麼？是麼？一個事業上的勝利者，在生活上會是敗北的麼？」並談到侄女的生活時又說：「你看著，玉潔會是幸福的。她怎麼會不幸福呢？」如此反覆，一切的表述都存在於矛盾、含混之中。

　　《美麗》的這種用「聆聽」來轉換講述故事的形式顯然是作家有意為之的。跟《在懸崖上》上講述不同，在當時社會政治文化濃厚的氛圍中，作家本人「冒險地」講述出一位首長與秘書的愛情故事，很小心地避免將二者的任何一方推向現實道德的前臺；所以，作家有意避開直接講述的責任承擔，以一種層層設置的敘事包裝，小心地講述一個關於青年人情感生活的故事，而將這段情感生活所可能指向的社會政治與道德結果壓抑在小說講述的黑暗當中。

　　上述選擇的幾個典型文本的敘事形式分析充分暴露了青年作家們敘事的「破綻」和「含混」，以及他們在複雜的社會環境下隱晦、壓抑的創作心理。

　　在其他「干預生活潮流」的小說中，我們仍然可以體會到青年作家們在面對文藝指導上的統一化要求，企圖通過藝術形式上的獨特形式「瓦解」主題單一和思想正確性的內在衝動，從而表現出自身「青年敘述」的創作個性。但從整體而言，這種意識的抗爭是壓抑式的自然流露，或者更多地是潛在意

識的表達。他們在真正干預到現實的深度上還顯得遠遠不夠。無論是對官僚主義的批判，還是對錯誤的情感生活的反省，他們均只是「點到為止」。如在《組織部新來的青年人》中的劉世吾、《本報內部消息》中的馬文元等官僚主義形象的塑造上，他們只從個人的思想變化上尋找熱情消退的原因，而對人物的思想根源挖掘不深。正如李復威評價道：「由於時代條件和作者主觀認識的限制，小說對這個人物的動機分析和淵源闡釋是不充分的，作者看到了這種人物，並真實地加以反映，但還沒有完全認識他、理解他。在當時的條件下，作者和讀者都沒有可能意識到去探究一下黨內『左』的傾向與產生這類人物的複雜聯繫。也許劉世吾身上所體現出來的『消極』和『疲憊』，正是對當時教條主義風氣的某種扭曲性的朦朧性的不滿和反感。」〔註4〕而在關於情感題材的小說創作中，無論是《紅豆》中的江玫的內心回憶、《在懸崖上》的技術員的自我解剖，還是《美麗》中講述者的見聞，無疑都只停留在對個人情感的不幸作緬懷和屈服上，而不敢對當時壓抑個人情感生活的一體化思想意識作太多的揭露。

四、「失敗之作」的成功影響

即使這些「干預生活潮流」的小說出現諸多藝術形式和主題思想上的「裂縫」和某種「失敗」的藝術表現，但從文學史的意義上看，他們又都是「成功」的。值得肯定的是，50年代的青年作家沒有固守保守的藝術法則來「粉飾太平」，而是在尋求藝術表達的道路上與這個時代的一體化文學生產制度展開了「迂迴作戰」。

這些「重放的鮮花」帶給我們的閱讀意義不僅是文學本身的，更是文學史層面的意義，她們直接為新時期的文學開啟了道路。僅就文學形象的塑造來看，這些作品形成的幾種基本的人物類型在新時期文學中反覆出現：

首先是那些熱情衝動、充滿理想卻在個人情感生活上受到壓抑的主人公形象，如林震、黃佳英、江玫、季玉潔，還有《入黨》中倔強的韓梅，《西苑草》裏的黃家萍，《寒夜的別離》中的南燕等；

其次是那些在現存體制中失去工作熱情的官僚主義者：如前面提及的劉世吾、羅立正、馬文元，還有《爬在旗杆上的人》中的朱光，《入黨》中說「黨

〔註4〕劉錫慶：《新中國文學史略》，北京：北京師範大學出版社1996年，第55頁。

的書記說你夠了，你就眞正夠了」、「支部書記說你錯了，你就眞正的錯了」
的李海山院長，《沉默》中的區長，《科長》中的劉局長等等；

　　還有一種在當代體制中生存下來的，能夠見風使舵、隨勢而轉的「風派」
人物形象，如《組織部新來的青年人》中的韓常新，《科長》中的王科長，《爬
在旗杆上的人》中的李震，《灰色的帆篷》中的孔令順等等；

　　最後一類則是具有才華、善良卻遭遇不幸或冷遇的人物形象，如《改選》
中的「老好」郝魁山，《平原的頌歌》中的章波，《西苑草》中的蒲塞風，《小
巷深處》中的徐文霞等。

　　以上四種類型的人物形象，我們在後來的傷痕、反思、改革小說中均能
找到熟悉的身影，並成爲新時期文學形象塑造的主要類型。

　　50 年代的青年作家所塑造的這四類藝術形象，代表了他們對於那個年代
社會認識的廣度和深度，也是他們敏感的藝術個性與「當代」體制化的社會
現實「柔弱地」碰撞的藝術結果。這些形象在新時期的文學發展史上證明了
它們的藝術生命力，從而也證明了當時受到強烈批判的青年作家在反映「當
代」社會現實的認識水平上具有一定的眞實性。它引領今天的我們去認識那
個年代的本質，去質疑那個壓抑的年代：爲什麼社會主義政治體制下會產生
這麼多形形色色的官僚主義者？爲什麼在社會主義的新制度下會有善良的人
遭受不幸的生活命運？爲什麼在直面現實的眞實報導時卻要借助於小說虛構
的方式？爲什麼在書寫歷史年代和情感生活時作家的個人表達跟主題思想存
在如此的「裂縫」？

　　顯然，沒有藝術就沒有表達！在那個壓抑的年代裏，「干預生活潮流」
的創作者們，在努力尋求一種藝術形式釋放自我表達的壓抑性情感體驗。
這種壓抑性的體驗或在人物形象的塑造當中流露，或在藝術形式的選擇上
表現出來。

　　　　　　　　　　　　（《重放的鮮花》，上海：上海文藝出版社，1979 年。）

「十七年」寫作的禁忌與自由
——重讀豐村《美麗》

　　薩特曾在提出「爲何寫作」的問題中說過：「寫作是某種要求自由的方式。」這彷彿是現代作家的一種寫作宣言。因爲就中國古典意義的寫作而言，寫作行爲的意義可以脫離寫作者而存在。從「立德、立功、立言」、「發憤著書」等言說中，我們似乎體會到古人在寫作精神上缺乏自我主體價值與生存意識，而具有一種整體性的、混沌的生命意識，即認爲人的存在可以短暫，寫作本身卻可以永恆，所謂「藏之名山待後人」。而現代寫作則是將寫作行爲看成是一種人的存在方式，人的生命存在即寫作存在，邊活邊寫。寫作是生命存在不斷展開的形式，它是一段持續的精神運動，一個自由選擇的過程，一種存在價值得以實現的方式。

　　現代人既然要走出傳統精神的伊甸園，走向獨立、孤獨，就必然會通過一種自我實現式的寫作方式去尋求自由的生存空間，而不是依賴於一種宗教般的信仰力量來支撐永恆生命存在的法則。然而，現代寫作的自由使命也使得寫作者不僅面臨文化史上的寫作成果的查禁（如焚書、文字獄等），而且在思維方式與語言表達上面對比古典時代的作家更爲複雜的「寫作禁忌」。

　　馬正平在他的《高等寫作學引論》[註1]中提出，作爲影響寫作行爲的中介環節，「寫作禁忌」指現實寫作中的一種「潛規則」，它是國家意識形態對寫作活動在題材、話題、價值觀、思想觀點上劃定的不能挑戰的紅線。正是

〔註1〕馬正平：《高等寫作學引論》，北京：中國人民大學出版社，2002年，「第9章寫作文化學」。

這一寫作現實境況當中的「禁忌」存在，所以，一個時代的寫作必然體現出這個時代的濃厚的寫作文化特點，以及寫作者自身「要求自由」而體現出的特有的寫作智慧。

要考查這種寫作禁忌與寫作智慧在寫作當中的體現，我們可以取一個特殊年代裏的樣本來作為現代寫作方式研究的對象，從而思考以下問題：當現代寫作碰上了一個非常不自由的生存年代，寫作該如何進行，該如何表達這個時代的「要求自由」的願望？能否拒絕寫作？能否臣服於奴役的狀態下寫作？在特定的年代裏，作為現代人的某種要求自由的寫作精神和寫作方式能改變嗎？

帶著這個問題，我們進入「十七年」小說的創作環境。

從 40 年代開始，由於民族革命的統一性與社會主義意識形態建構的高度集中性，導致了作家創作自由權力的不斷喪失，特別是在延安整風運動和建國後反覆出現的文學批判運動中，當代作家已經在很大程度上淪為了一種實用性的意識形態宣傳工具。一大批的文藝宣傳幹部和部隊作家迅速成為了主要的文學生產者，藝術水準嚴重滑坡。

就在當代文學的一體化文學生產制度的形成之中，意識形態的「寫作禁忌」不斷擴大，古典白話小說的故事講述方式幾乎成了小說寫作的唯一模式。它在講述的宣教功能、道德訓誡上滿足了對當代革命成功神話的社會主義意識形態的建構。一大批的小說借助於相應的寫作上的策略來講述革命歷史故事、社會主義新人新事等。

單一化的寫作策略換來的是整個時代寫作藝術水準的低下，喪失的是藝術的多樣化、寫作的智慧以及寫作主體在表達思想願望上的自由度。

然而，如果我們就此認定那個時代的寫作精神死亡，或現代意義上的寫作自由被迫改變的話，那我們顯然犯了一個簡單化的認識錯誤。因為我們今天的細心讀者在那個年代的寫作中依然能夠發現被壓抑的寫作精神、寫作者對自由的呼籲。或者說，我們今天的讀者在那個年代的寫作行為中重新找到了被忽略掉的寫作行為上的「要求自由」的精神。如果我們認真去閱讀和溝通那個時代的話，則這種「要求自由」的精神在那個年代的寫作者與我們今天的讀者之間即可共同實現。

下面我們重點分析豐村的短篇小說《美麗》，以期在小說創作上發現隱蔽在文本內部的「某種要求自由的方式」，和那個時代的寫作精神的傳達。

　　豐村的《美麗》無論從標題還是講述的內容上看都是表現「青春」主題的。剝開故事的講述外套是一個標準的三角故事：主人公季玉潔美麗、能幹，受到組織上的重點培養，安排在一個首長身邊做秘書工作。首長忘我的革命工作使得季玉潔在他的日常生活中承擔著過多的照料工作，但過於親近的關係遭到一直在家養病的首長愛人姚大姐的猜疑和仇視，擔心自己深愛的丈夫會被年輕的季玉潔奪走。但兩個女人的矛盾過程首長始終都處於不知曉的狀態。最後，姚大姐在醫院裏去世，留給在身邊照顧她的季玉潔一雙仇恨的眼神。之後季玉潔自然呆在首長身邊加以照顧，當首長表達對她的愛意時，儘管她也愛著首長，卻因忘不了姚大姐的仇恨的眼睛而不敢接受。最後，老首長也另娶了一個愛人，季玉潔升任主任後則忘我地工作，將個人的情感拋在了一邊，成了一個出色的幹部。小說最後寫季大姐看望了侄女季玉潔的工作狀態，發出感歎：「是麼？是麼？一個事業上的勝利者，在生活上會是敗北的麼？」並談到侄女的生活時又說：「你看著，玉潔會是幸福的。她怎麼會不幸福呢？」

　　這個三角情感關係形成的情節模式也許能與 80 年代張潔的小說《愛，是不能忘記的》中的故事模型相類似，或者還能讓人聯想到 90 年代以後描寫權勢人物養小蜜的腐化生活的故事寫真。但前者是書寫女性與老幹部的理想精神之戀，後者則是見得太多的道德生活劇。然而，在小說《美麗》中，不僅首長的形象被放置到背面虛化，沒有提到道德與愛情的抉擇點上；而且女主人公的情感行為最終也被旁觀者「我」（季大姐）的視線所代替，完全是一齣無尾的情感戲。小說的主題無疑是想表現女主人公在經歷了鍛鍊和考驗之後，最終成長為一個優秀的黨的幹部。這是一個主題正確的故事。

　　然而，作家要傳達的顯然不是這些。在故事的講述之中，作者對於個人情感與生存自由價值的表達渴望躍躍欲試。仔細聆聽講述者的陳述我們會發現，在一種觀察者的敘述視角之下，故事的講述者又道出女主人公的隱憂：

> 她過去的勇敢和大膽，被慎重所壓制了，而她的熱情埋沒在嚴
> 肅中間了。她的純黑的外套和藍色的制服，以及她的那種平梳的髮
> 式，都使我感覺到玉潔這孩子是努力使自己脫離青年人，而她的精
> 神中間卻偏偏隱藏著苦惱。

這種隱憂正是作者所渴望傳達出的另一種思想表達上的主題，即主人公美麗的青春在體制化的工作生活中逐漸地被壓抑成一個工作狂。比較起小說的結

尾反覆強調講述者季大姐對主人公生活的自信，彷彿作者的表達存在於一種矛盾、含混的狀態之中。這在 50 年代強調主題思想明確的創作環境中顯然是不允許的，但作者的內心又渴望表達出某種關乎社會人生的自由的信息。這確實難爲了故事的最終講述者——作家本人，因爲他無法直接講述出一個體制內首長與秘書的愛情故事，無法將他們兩個人的任何一人推向現實生活的前臺。既不能像張潔那樣爲了理想愛情作浪漫敘事，也不能像 90 年代後的作家對現實的畸形婚變作現實批判，因爲作者在那個年代面臨著極大的「寫作禁忌」。

然而，在任何年代，正是有了寫作的禁忌，也造就了藝術表現方式上的寫作智慧。當作者極力想表達一種對生存自由的渴望的寫作精神時，於是就產生了寫作上的應對策略，於是，藝術的技巧就這樣誕生了。

小說在故事的講述方式上雖然也採取了與一般的小說創作大致相同的模式，如小說開頭寫道：「這是今天現實生活中的一個故事，自然它是眞實的。」設置了一個故事講述的框架，強調故事的眞實性。這符合了當時主流敘事的特點，就像那個時代大多數短篇小說一樣。然而緊接著，敘述者並沒有開始進入故事本身，而是說，「這個故事是一九五六年四月末旬季鳳珠大姐告訴我的。」我們仔細體會一下就知道，原來這個故事的框架不是「講述」的形式，而是「聆聽」的形式。這之間的分別就大了。因爲講述是向大衆公開的形式，它強調講述的聲音效果；而聆聽卻是個人接受的形式，它更注重聽者個人心裏的反應。於是，小說在「我」聽從季鳳珠大姐講述的故事框架中，不自覺地又將季鳳珠的講述變成了「我」的見聞自述，以便能更好地使聆聽者收到情感化的心理效果。所以，小說是用雙層的敘述者「我」來進行的，第一個「我」是聆聽者；第二個「我」轉換成了季大姐（「解放後我幾乎變成了一個旅行家，我到過許多地區的許多城市。」），她也成了主人公季玉潔（侄女）生活經歷的私人見聞者；到了故事講述的第三層才是小說主人公季玉潔的出場。這一形式的意味十足，它將講述者的主動行爲幾乎隱匿了，雙重的「我」均是聆聽者，這就爲故事的講述提供了一個個人化的自由表達空間，而不是受公衆意識強化的集體意志，從而也讓故事內核存在著多重的聽取效果。

講述者：　　　　　　聽者：

敘述者「我」--------------讀者（大衆講述層面，指向「眞實性」）

季鳳珠「我」------------敘述者（個人聆聽，指向心理感受）

季玉潔「我」------------季鳳珠（個人觀察，指向心理判斷）

從講述者「我」到故事主人公「季玉潔」不是通過直接的參與者或旁觀者的講述，而是通過間接的多層設置的講述行為，其大眾講述層面的真實性與個人接受層面的主觀性形成寫作意圖的雙重效果。

就這樣，作者通過敘述話語的包裝，一層又一層地變換敘述者，將一個無法裸露在那個年代裏的愛情故事小心翼翼地傳達出來。多層設置的講述行為猶如多層的「包裝紙」，將一個即甜又苦澀的愛情「糖果」精心地包紮起來，不至於被那個特殊的時代所風化；同時為了使得那個年代的人們能夠精心品嘗到這顆特殊的「糖果」中所蘊含的苦澀，作者費盡心機地利用包裝技巧，暗示品嘗者，越精心包裝的東西越應該仔細品味。由此，作者豐村才會在故事講述的開始不厭其煩地拐著彎，道出故事的「真實性」的同時輾轉故事流傳的來源，小心地碰觸一個關於時代的「禁忌」。

回到現代寫作學的視野中來，我們可以理性地得出如下結論：

從作家的寫作心理上看，在表達主體內心要求自由的願望面臨著「寫作禁制」壓制的境況下，作家以一種層層設置的敘事包裝的策略，小心地講述一個關於青年人情感生活的故事，似乎要將這段情感故事所可能指向的社會政治與道德結果壓抑在小說講述的黑暗當中。但與此同時，作者又似乎想要在故事講述的方式中，傳達給讀者更多的豐富而複雜的故事意味。所以作者才會考慮在小說的寫作策略上設置一些敘事的花樣，隱蔽地傳達出一些內心的情感態度和現實立場。這正是一種絕妙的寫作智慧和可貴的寫作精神的折射。

從作家的寫作效果上看，一方面，小說《美麗》的作者在故事講述的內容上小心地避開政治與道德的嫌疑，突出主題的正當性與明確性，表現青年女性在人生事業上的美麗風采；另一方面，在故事講述的方式上，作者卻又變換了它的寫作策略，以一種變相的故事講述形式來傳達寫作主體內心複雜的情感態度、寫作心態，將當代體制化的社會氛圍扼制個人的美麗青春這一無法正面訴說的社會禁忌有效地表達了出來，從而在小說寫作上取得了某種自由言說的寫作行為方式，產生了豐富的故事講述意味，啟迪了我們對個體生存自由充滿渴望的讀者，生動地傳達了那個特定時代的「寫作文化」的時代精神。

　　當我們今天的讀者從現代寫作學的文化視野進入「十七年」的文學創作，我們不僅能夠觸摸到那個不同的年代裏寫作者主體內心複雜的創作情感態度、寫作行爲中的心靈狀態，而且更能夠通過他們瞭解更加全面、眞實的歷史意圖。我們也不會輕易地去嘲笑那個時代的人思想的單一、思維的簡單、情感的誇飾、文學水平的低下。因爲那是一個壓抑的年代，一個藝術表達遭到壓制、人的情感遭受壓抑的集體化年代。如果我們只從某一類作品中讀出那個時代的人們多麼地幼稚和可笑，那並非因爲他們不夠複雜，而是我們今天的認識足夠愚蠢。

（《美麗》，豐村，《人民文學》，1957 年第 7 期；選自《重放的鮮花》，上海：
上海文藝出版社，1979 年。）

八十年代：啓蒙與先鋒

《立春》:「80年代」歷史與人的影像重塑

　　近年來,「80年代」成爲一個學術性的概念使用越發頻繁,隨著世紀的轉彎和20年歷程的歷史情感積澱,學界對「80年代」這段社會歷史越來越出現一種理性的眼光,諸如「80年代」人的訪談、重返「80年代」文學研究等。他們關注的不再是從一個政治變革的角度反映新時期對思想、文學、藝術、知識分子等的重新起航,而是從一個更加廣泛的視角,反映出個體生存經驗在時代深層所呈現出的文化歷史底蘊;這段社會歷史留給今天的人們反思之處,已不是身處其境的人們直接承受到的政治風向對個體生活前途的影響,而是扒開意識形態的面紗,重新將我們帶入歷史記憶當中,更眞實地感受到時代節氣對個體內心滲透的切膚之痛。

　　作爲親歷其間的顧長衛,他對這個年代的體會可說是稔熟不過了。其導演的第一部電影《孔雀》即是表現70年代末、80年代初的中國,這正是「文革」結束後改革開放的中國社會迎來的早春時節;而電影《立春》的上映,正好碰上了這段社會歷史被不斷地學術化的時機。當然,導演或許趕的不是什麼學術潮流,他更注重的是個體生命體驗在一個歷史時期的遭際。但毫無疑問,電影這一藝術正好與學術文化思潮相得成映,它們共同進入「80年代」這一歷史時段的反思層面,從世紀過後的文化反省中重新認識歷史,讓我們已然淡化政治意識轉向對人的生活命運的控制,轉而關注一個更宏觀的時代氣象對人的生存驅動的內在影響力。可以說,電影《立春》似乎是更加關注一個新的歷史時期所可能導致的各種時代氣象與個體心靈的蛻變。

　　當代文學研究者李楊在論述重返「新時期文學」的歷史與現實意義時強調，「它關涉到一代人的自我理解與自我反思，也關涉到我們在今天的文化政治語境中對文學的理解和認知。身為『新時期文學』的親歷者，並不意味著我們對這一概念有著更多的瞭解，相反，我們最熟悉的東西其實常常是陌生的。」﹝註1﹞對「80年代」歷史圖景重新審視後的抽象的理論言說被電影《立春》更好地展現了出來。導演顧長衛正是親歷者，他用高超的影像技巧和藝術感受力，把熟悉的生活年代陌生化地表現了出來。這正是電影藝術創作者們的自我反思，使其突破了前輩電影人（如謝晉的《芙蓉鎮》）的歷史書寫，對這一歷史年代進行深層的重塑。

　　我們把目光從抽象的文化學術背景拉回到電影文本本身上來。電影《立春》不僅重現了一個時代伊始時的社會節氣的歷史塑像，就像電影的開始和結尾均強化一個歷史時期的物象意蘊——「斑駁的亭子」一樣；而且傳達了曾親歷其間的一代人被逐漸埋沒於時代歷史的個體經驗史，一如主角王彩玲在無數次上北京失敗之後，送學生進京比賽時的自況：「每年的春天一來，實際上也不意味著什麼，但我總覺得要有什麼大事發生似的，我心裏總是蠢蠢欲動，可等春天整個都過去了，根本什麼也沒發生，我就很失望，好像錯過了什麼似的，你能明白嗎？」這種在時代面前遭受的個體內心的失敗經驗確實是刻骨銘心的。當最後一次王彩玲已然淡化了那種對藝術與愛情的執著與虔誠，帶上自己的養女去北京，在天安門廣場聽到鐘聲的敲擊，那種惆悵的神情，好像是在極力回憶個體生活歷史的早春情懷，那段被歷史所掩蓋的個體心靈史。所以，親自體認了那個歷史時代的導演顧長衛，最後虛構了一個王彩玲在音樂大廳裏的縱情演唱，以此在慰藉他們那一代人被歷史時代重壓的生存情緒的補償——謹以此情此景獻給王彩玲。

　　有感於此，本文企圖借一種文化學術的背景，從歷史與人的角度，來看看顧長衛是如何展示那個對第五代導演影響尤深的歷史時代，如何重塑他們一代人的生存影像的。

　　誠然，攝影師出身的顧長衛對一個時代的造像能力手段非凡。從電影一開始的「亭子」物象，到大多俯景式的角度選取，強化了個體生命的出路在一個時代的重壓下無法擺脫受控的生存空間；再加上北方小城春寒料峭的灰色生活主格調、地域性的語言、平庸地踏著生活步調的大眾人群，越發顯得

﹝註1﹞李楊，《重返「新時期文學」的意義》，《文藝研究》，2005年第1期。

這個社會時代離春的節氣還早。影片中那一批大齡文藝青年正是落入這一時代布景之下的一群。對於他們來說，舊的禁錮思想和藝術的歷史年代雖已過去，但新的開放自由的時代還未到來，他們是在時代的夾縫裏生存著的人。他們掙扎著向外尋求藝術和愛情的理想前途，幾乎放棄生活的一切，那麼虔誠，那麼忍耐地為藝術和愛情的理想獻身。他們就像春寒中抖縮的小草，在頑強地掙扎著頂住頭上冰冷的石塊。影片中，被主角王彩玲反覆詠唱的意大利歌曲《慕春》彷彿就是一首頑強的生命讚美，又更像是對生命潛力被無情壓制住的詠歎。

北方的立春時節，在節氣上已經越過了多天，但在氣候上還是處於冬季。生命在這個季節裏迫使著推遲生長的權利，一如 70、80 年代之交的社會節氣裏，在寒冷中等待著的一大批嚮往現代藝術的青年。他們不是像 80 年代的知青文學敘事中的主人公，受到政治的壓迫、出身的影響、和遺留的孽債，而只是無奈於這個時代氛圍和生存境遇，他們沒有具體的敵人作抗爭。在電影場景的鋪設中，我們沒有看到那個時代鮮明的政治標語的殘跡，也沒有看到時常官話實足的政治紅人給他們向光明的引導。是的，這些大齡的文藝青年的前途跟政治身份、階級立場等一切現實政治背景沒有關係，他們只是普通的家庭，個人的奮鬥。所以，他們並沒有幸運地得到從「文革」到新時期的時代斷裂和政治轉變所重現的光明前景；恰恰相反，他們的不幸來自於兩個時代轉換之間的滯緩節奏，這個滯緩的時代節奏延誤了社會時代的節氣，讓他們聞不到新的時代的氣息，屬於他們的時代依然被凍結了。在他們的生命軌跡上，他們只能是在最小的圈子裏尋找知音，被人群視為異類；每當火車在呼呼地開進，最終他們又都是失敗地回來。他們幾乎成了被這個時代捉弄的對象，在任由地消耗他們短暫的藝術生命力，似乎他們只是昆蟲，而時代是殘酷的自然。

導演運用俯視性的鏡頭來鋪設一個時代場景，其用意正是要強化觀眾對時代的反思能力，通過對宏觀畫面的藝術感受，將歷史場景拉入到今天新的文化視野中，從而理解歷史時代是如何在不著痕跡地對今天已經逐漸老去的一代人的生命前景與理想追求的情感戕害。

電影人與電影文本從來都不是關注空洞的歷史鏡頭，他總是更多地注視著歷史鏡象中的人，一批在時代夾縫中堅持向外尋求理想的先鋒青年：唱女高音的音樂老師王彩玲、畫油畫的青年工人黃四寶、有點朗誦天賦的工人周

瑜、跳芭蕾的市群眾藝術館老師胡金泉。他們是「文革」後最早嚮往現代藝術的知識青年,一如五四時期最早嚮往現代文明的知識分子一樣,他們本該是「報春花」,是踏破時代堅冰的先鋒者。他們對藝術與愛情的執著與虔誠足夠感動一個時代,引領一個時代的精神。但這只是我們慣有的想像方式和人物塑造的願望。在今天的歷史視野中,經歷了 20 年來的歷史反思與情感沉澱,我們驀然發現,原來一切的時代新氣象並不屬於他們,他們早已被時代給遺棄了,是這個時代厭棄的「六指兒」,醜陋、累贅而多餘;他們越來越走向理想生活的絕望境地,一步步地被壓制在滯緩的時代節奏和世俗社會的生活軌跡裏。縱然有對藝術的癡迷,對世俗社會的不屑,依然是被這個歷史時代當成無用之物來拋棄。若要說眞正能夠從這個時代起步,並一步步地走向成功的人生道路的,或許是年輕而懂得世故和資源利用的「高貝貝們」。她通過非常的手段取得歌唱大賽的出名,走出這個封閉的生存環境,進入更大的文藝市場,獲得更多的生存空間。

電影《立春》甚至可以看成是主角王彩玲的個人生活遭遇史。她爲了理想化的藝術生活,爲了追求音樂和愛情的純粹,放棄了世俗生活的一切。老處女、清高、滿臉疙瘩和黑斑、仰頭走路、衿持搭話,這是電影中王彩玲的形象。她外表醜陋,內心高傲;她對藝術執著,卻又不擇手段地想進北京,觀眾不得不佩服蔣雯麗塑造這一特殊形象的演技。圍繞著王彩玲的生活前途,影片逐步展開了一個大齡文藝青年受歷史時代扼制的失敗人生經歷。她在黃四寶面前遭遇愛情的凌辱,拒絕對世俗生活開始妥協的周瑜,並愧疚地面對胡金泉以極端的方式抗擊世俗力量,生活中連番的挫折讓她身心疲憊,渴望回家。但精神之家在無奈的軟弱中一步步淪陷,並接受著現實家庭中兩個老態的父母親辛酸的逼視。

她開始接受了美容、徵婚、收養女兒,女兒叫王小凡,平凡的凡。她終於明白,或者不明白人生的失敗爲何如此惆悵、如此蒼涼,身心的劇痛讓她不得不求助於世俗的生活,並無奈地走入其中。但王彩玲的蛻變不是一眼就能看穿的外在生活的變動,不像黃四寶的下海從商,也不像周瑜過上世俗婚姻生活的日子,更不像胡金泉的走極端。她的蛻變倒像是跟這個歷史時代的節拍一樣,外表是滯緩的,內心卻在隱隱地經受顫動。她理想生活的前程正被時代給無情地埋沒,一步步地黯淡;但內心卻一直在頑強地堅守著、挑剔著。她毅然地資助學生高貝貝到北京去參加大賽,當感動的激情受到欺騙時,

我們看到她頂著逆風騎車前行的身影；她不能容忍小張老師對自己弱者式的
同情，抗拒那種被他人認定的不幸命運；最後，她收養了一個女兒，過著獨
立的家居生活。她甚至略感寬慰地想到，比起短暫的昆蟲的生命，人在這個
世界上生活幸福多了。因爲她付出過，追求過，執著地爲了自己生活的信念
而生存著，沒有讓世俗的生活完全廢棄。

　　王彩玲的理想生活信念，雖然遭受了時代的遺棄，但內心的世界沒有遺
棄自己。當今天的第五代導演的同齡人從藝術的道路上幸運地成就的時候，
有多少曾經的一代人被這個歷史年代給埋沒呢？這是導演顧長衛和他們那一
代在 20 年生活歷程中由衷地泛出的情感記憶，甚至是一份早年經歷傷痛史的
人生檔案；導演眞切而投入地用電影藝術對自己所屬的時代進行反省式的歷
史形象重塑，爲當下的新時代提供一種歷史反思視野，更提供一種心靈體驗
的人生借鑒。所以，電影最後用了一個虛幻式的場景，安排了王彩玲在大型
歌劇院盡情地演出的情景，並以此情此景來紀念曾經爲藝術和愛情獻身的王
彩玲們。所有的關於歷史時代給今天的人的命運所愧欠的不幸、情感、遭際、
苦楚……，均在這個虛設的華麗場景中得到補償和寬慰。

　　今天的反思來源於昨天的感動，而藝術爲思想提供了充分的佐證。當《立
春》用精湛的電影藝術展示歷史場景中的人物塑造時，其已經在深層地牽動
著我們新時代的人所需要的思想與文化反思資源。撇開電影大眾對影片的紛
繁感受，這或許是電影《立春》呈現給文化學術界的一份意義。

（電影《立春》，導演顧長衛，保利華億傳媒出品，2008 年。）

「十八歲」的夢境與現實
——讀余華《十八歲出門遠行》

　　余華的短篇小說《十八歲出門遠行》不僅在當代文學史上具有較大的影響，而且對於眾多的閱讀者和評論者來說，也是一部優秀的文學範本。其入選中學語文教材，不僅給學生提供了先鋒文學這一嶄新的閱讀形式；而且給即將邁入成人的他們提供了一種深刻的自我認識和成長體驗。

一、「清醒的說夢者」

　　莫言曾因為《十八歲出門遠行》稱讚余華是「中國當代文壇上的第一個清醒的說夢者。」〔註1〕這篇帶有先鋒氣質的小說之所以能引起小說家之間的共鳴，顯然有它的非凡的藝術魅力。作品交織著寫實與象徵，現實與夢境，理性與非理性，乃至懵懂的初涉者目光與世俗尖銳的成人經驗之間的隔膜與超越。由此也構成了莫言評價下的「清醒」與「說夢」的矛盾性的藝術張力。

　　初讀小說，有一條很明顯的故事線索。即小說講述了一個「十八歲」的年輕人初次出門就經歷了上當受騙的遭遇過程。對於無數「出門遠行」的初涉者來說，這種傷痛記憶帶有很大的典型性和現實意義，只不過受騙的年齡和發生的時間、地點不同，上當受騙的方式和程度不同而已。

　　但是，與傳統現實主義小說不同的是，小說的故事情節以及人物形象充滿著夢境般的色彩，有一種非理性式的荒誕感在裏面。如主人公「我」被拋

〔註1〕莫言：《清醒的說夢者——關於余華及其小說的雜感》，《當代作家評論》1991 年
　　　　第 2 期。

入到一個漆黑無人的路上，遇到一輛破車和一位古怪的司機，經歷到所有的人物差不多都是冷血式的暴戾和沒有人情味的貪婪。這一切都是與「我」的眞誠、正義作對的力量。主人公彷彿進入了一種壓抑、恐怖的夢境，碰到一些沒有來由的人和事情，在奮力卻又是無力地掙扎，最後徹底沒有力氣了，於是夢就醒了，發現自己躺在溫馨的父親的期待裏。

所以莫言說這篇小說是「仿夢小說」。並把它與現代主義小說大師卡夫卡的《鄉村醫生》〔註2〕相媲美。作者都是用清晰的故事線索講述一件荒誕古怪的事情：主人公開始都碰到很多的拒絕，然後奇怪地來了一個包藏禍心的幫助者，引誘你繼續行動，最後主人公遭受欺騙和壓迫，在絕望中而返。故事中的人物行爲都充滿著詭異，故事氛圍都是無比的蒼涼和孤獨，小說的主題充滿著一種不確定性。

對於這篇帶有現代派風格的先鋒小說，我們可以從兩個方面解讀：一是小說的象徵與隱喻手法。

既然小說不是典型的現實主義小說，閱讀中我們應該破除那種按照環境與人物之間的現實邏輯建立我們的理解方式。而先鋒小說中的人物很大程度上只是一種象徵性的人物符號，人物的行爲具有較大的隱喻性。小說中，「我」是一個「十八歲出門遠行」的年輕人。除此之外，人物的背景如出身、學歷、性格、愛好、能力等等，讀者完全不知曉。「我」幾乎可以代表所有的年輕人，而「十八歲」也非實指，而是一個初涉者的年齡標記；「我」到底要出門做什麼，有什麼目標和追求，小說中也沒有交代，所以「出門遠行」帶有較大的不確定性和隱喻性，幾乎可以代表年輕人所有的行爲與願望。象徵性小說塑造的是一種扁平式人物形象，小說中的「我」核心的內涵是一種初涉世界的「理想主義者」。

而另一位人物「司機」也是如此。我們除了知道他的司機身份之外，其他一無所知——他從哪兒來，到哪兒去，準備幹嗎……。而且越到後面，讀者越懷疑他的行爲和身份，甚至猜測他可能是搶劫者的「同夥」，一個十足的「惡人」，一個神經不正常的「怪人」。然而，有一點可以肯定，「司機」是一個成人。幾乎跟大多的成年人一樣，他有著豐富的社會經驗和世俗的判斷。與「我」相反，「司機」是一個典型的「社會人」。他時時盤算利害得失，較少情感用事，說一套做一套。跟現實生活中碰到的成年人可能都不一樣，但

〔註2〕卡夫卡，《卡夫卡文集Ⅲ》，北京：人民文學出版社2003年，第58～62頁。

卻有著成年人的共性，是一個成熟的「世俗主義」的生存者。

理解了兩位人物的象徵意蘊，我們就相對容易理解小說古怪、荒誕的情節。至於小說中出現的道路、旅店、汽車等這些符號的隱喻性，即使在寫實層面的閱讀中，讀者也比較容易理解。但到小說的最後，我們會發現，這似乎在隱喻性地講述一個外在世界的失落與自我世界的發現的故事。「道路」和「旅店」最初是我的追求和理想，而「汽車」一度成爲我追求中的一個工具和障礙，然後到最後，「汽車」反而成爲了自我的寫照，成了內心的認同；外在的「旅店」卻被放棄了。

小說另一方面的解讀方式來自精神分析學。弗洛伊德說過，文學創作即是作家的「白日夢」。每個人在童年時最熱衷、最喜愛的事情就是玩耍和遊戲，由此構造出一個屬於孩子們自己的世界，從中獲得巨大的快樂和欲望滿足。隨著人的成長，他們停止了遊戲，看上去他們也放棄了從遊戲中所獲得的快樂。然而，實際上，人們根本不能夠放棄任何事情，只不過是將一種事物轉換爲另一種，即長大了的孩子現在以幻想代替了遊戲，他們建構一種空中城堡，構造一種被稱爲白日夢的東西。大多數人一生中都在不時地創造出幻想來滿足自我心理，如性幻想、禁忌、野心、各種無法實現的願望等。成年人的幻想與小孩子的遊戲不同之處在於，後者是自娛自樂、不加掩飾的；而前者則爲自己的幻想感到害臊，並對他人加以隱藏。

但是，當人們被自己的幻想搞得神秘兮兮並感到羞恥時，人類中有一種人卻被分配了一項講述自己痛苦及幻想的東西給人們帶來快樂的任務。當一個白日夢者洩漏出自己幻想的東西時，它並不能給我們絲毫的快樂，甚至我們會感到厭惡或毫不熱心；但當一位作家通過一種技巧把他的白日夢的東西告訴我們時，我們卻會體驗到巨大的快樂。這種技巧的根本訣竅在於，它克服了我們內心的反感，這種反感無疑與單一自我和他人的自我之間的隔閡相關。作家通過改變和僞裝而軟化了他的利己主義的白日夢的性質，通過純形式的（美學的）樂趣取悅我們讀者；並使我們在享受自己的白日夢時而不必自我責備或感到羞恥。〔註3〕

清楚了以上作家與白日夢的創作心理機制，我們就清楚了爲什麼許多作家喜歡運用夢作爲創作素材和源泉；也明白了作家余華爲何能講述了一個關

〔註3〕弗洛伊德：《作家與白日夢》，《論文學與藝術》，北京：國際文化出版公司
　　　 2001年，第98～108頁。

於自我焦慮、壓抑的清晰的夢境；最後在我們的閱讀意識中還需要理解的是，當我們年輕人在告別童年遊戲，以成人的幻想替代並隱藏之時，這種「十八歲」的夢境在作品之中卻得以「偽裝」式的審美呈現。

每個「十八歲」的初涉者在即將進入成人階段時都有過關於自我的白日夢，這些夢境中隱藏著許多利己主義式的青春秘密和自我的羞恥感。而這種內心深處的涉世欲望與懵懂狀態，自然轉化爲夢裏的焦慮、陌生感、無力及失控狀態等非理性的情緒事件。只不過偉大的作家把這種飄浮的夢境清晰地記錄下來，或者說用藝術的形式編織了一個看上去「合理」的事件，讓讀者感覺到一種亦眞亦幻式的閱讀快感。

所以說，這篇小說描述的是一個「十八歲」的夢境。作者運用超現實的手法很好地傳達了初涉社會的年輕人的精神心理。讓讀者在文本中體會到暴力、荒誕、孤獨、自我的喪失，以及夢醒後獲得滿足的精神體驗。

二、「後革命」時代的成長寓言

然而，小說講述的不只是一個單純的「十八歲」的夢境；更有深意的是，它還傳達了一個「十八歲」的現實。作者通過構造一個初涉者「出門遠行」的情節，寫就了一部高度濃縮化的成長寓言故事，從而在看似荒誕、陌生的小說故事中，眞實地記錄了一場關於年輕人的成年割禮。

評論家唐小兵曾評價說，「(《十八歲出門遠行》) 是一篇關於一個年輕人啓程去看取和認識現實世界的短篇小說。」「在某種意義上，這個故事可以當做一個微型的成長小說來讀。」〔註4〕而所謂成長小說，正是讓啓程者在探索人生道路之中去經驗那些流動的、外在的社會信息，以及體驗內在的自我認識深度。我們可以回到這一清晰的情節過程中，看看年輕人如何迎面這種「十八歲」的現實。

在出門遠行的旅程中，「我」其實受到了三次程度不同的挫折。第一次碰壁是在被司機拒絕搭載的時候。我的客套換來司機粗暴的對待，使得我一下子憤怒起來要跟他打一架。結果司機見風使舵笑著讓我上了車。初次跟社會人打交道就受了點小挫折。其實，在司機眼裏，我只是個小屁孩，不用太當回事。我之前的遞煙、套近乎是無效的。當我一旦來橫的，司機馬上變了一

〔註4〕唐小兵：《殘存的現代主義：關於自我的敘事》，《英雄與凡人的時代 解讀20世紀》，上海：上海文藝出版社2001年，第156、159頁。

——他犯不著跟一個小屁孩打架，況且搭個人又不受利益損失。

第二次阻礙在我剛剛恢復之前的浪漫情緒時不期而至，這時汽車突然半途拋錨了。司機漫不經心若無其事而我腦袋都大了。我感到茫然無助，焦慮不安，只有茫然、無助地等待。終於等來了機會。可我卻不知道這群平素樸實好客的鄉親居然是一幫搶劫者。使得我在短暫的興奮之後感到驚愕和不可思議。然而設想一下，在一個陌生的、沒有秩序和信息暢通的生存環境下，搶劫是不是最有可能發生的事呢！年輕人總是看到社會的規範和自律，卻沒有認識到社會背後的潛規則和混亂的一面。

接下來肆無忌憚的搶劫是我經受的第三次挫折。我沒有任何討價還價的本錢，卻還想跟搶劫者講理；而司機居然若無其事地躲在一邊，好像被搶的人是我。我憤怒之至，一次一次地跟人搏鬥，一次一次地被人打垮。我不懂「識時務者爲俊傑」，更不能理解社會的「潛規則」，但司機和一批批到來的搶劫者都能懂。弱肉強食，混社會就靠實力說話。所以，我們看到第一批搶劫者把最好的東西掠走了，其後又來一批把剩下的東西搶走了，最後遲到的人只有將車窗玻璃卸去，將輪胎卸去，又將木板撬去。而我「怒其不爭」的司機也看準時機打劫了我的紅背包，加入到搶劫者的行列，一齊滿意地離開了。我成了整個食物鏈末端的「蝦米」。

當我遍體鱗傷地獨享第三次挫折帶來的苦果時，我陷入了最絕望的情緒狀態。這一切簡直就是一場噩夢，所有的生存意義（諸如眞誠、正義、善良、高尚、理想等）都崩塌了。

至此，主人公遭遇的三次波折構成了小說完整的故事情節；從魯莽到茫然再到驚愕、憤怒以至絕望，形成了初涉者「出門遠行」的全部心理歷程和情感體驗。在此過程中，年輕人所受的打擊一次比一次嚴重，情感體驗一次比一次深刻。這正好構成了一部「成長三部曲」，眞實地演繹了「我」的一次成人割禮場面。可能在現實生活中，年輕人要經歷一個漫長的時間考驗才會慢慢收穫到人生的成長經驗，體驗到自我成長的精神歷程。但小說卻將新手上路濃縮到一個事件當中，集中地展示出一次青春遭遇的心靈嬗變。所以說，這篇小說的情節看似荒誕，實則在一個更加現實的哲理層面，講述了一部寓言式的成長故事。

關於成長主題的範式，唐小兵說「這篇故事可以說是一個關於後革命時代自我意識痛苦降生的寓言，這是一個所有既存的語言與意義系統充分地顯

示出其無法解釋和負載個人經驗的時代。」〔註5〕評論家之所以將其詮釋為「後革命」式的成長寓言，這得從作品誕生前後的中國 20 世紀後半葉的歷史語境中來考察。

無論是傳統年代還是革命年代，人的成長是延續性的，總是在先輩和革命引路人的指引之下，接受前代遺留的寶貴財富，繼續完成上一代未竟的革命重任和歷史使命。如電影《閃閃的紅星》中的少年潘東子，或小說《青春之歌》裏的林道靜，最終都順利地成為了革命事業的接班人，成長為優秀的革命人才。

當 20 世紀 80 年代的中國進入一個開放的現代化道路時，「告別革命」，告別集體主義和英雄主義，走向世界的個性自由精神，引領新時代的年輕人走出了歷史與民族的迷思。在《十八歲出門遠行》裏，「我」擺脫了家庭，如脫韁的野馬，一個人進入社會，沒有目標，沒有人指引，連父親打點好的紅背包也丟失了。但最後，在遍體鱗傷、一無所有的絕望考驗下，「我」卻覺醒過來，重新獲得了生活的勇氣和希望。當「我」獨自面對世界時，卻真正認識到自我的生命力。這正意味著成長者在一系列的挫折之後，痛苦地體驗到獨立的人格意識，真正地感受到了自我存在的意義，從此再也不用在父輩的陰影下生活。對於成長者來說，「我」的世界已經敞開了！屬於「我」的時間開始了！這正是革命時代終結之後，新時代的年輕人自我成長的意義。然而，這種「後革命時代」的成長範式正好又回到了前文分析的文本隱喻，即年輕人通過在外在世界的痛苦和失落而最終獲得了自我世界的獨立和成長。

於是，可以借一句流行語來結束全文：夢境照進現實。

（《十八歲出門遠行》，余華，《北京文學》，1987 年第 1 期）

〔註5〕唐小兵：《英雄與凡人的時代 解讀 20 世紀》，上海：上海文藝出版社 2001 年，第 163 頁。

1985 年的中國文學與中國意象
——讀莫言《透明的紅蘿蔔》

　　莫言獲得 2012 諾貝爾文學獎之後，很多普通讀者們卻不認識這位獲得「世界作家」頭銜的人。原因或許很多，但從閱讀層面上說，莫言的小說不太好懂，沒有路遙的現實主義式的生活實感，沒有賈平凹的本土傳統與鄉野文化氣息；也沒有余華敘述故事的冷靜，沒有蘇童小說氛圍的濃鬱，等等。莫言有的是天馬行空式想像的離奇，和魔幻現實主義式的怪誕；雖然同樣講述中國鄉村的故事，但講法「西方化」了些。正如西方評論者言，莫言是馬爾克斯和福克納的結合。這兩位世界文學大師名聲很大，對莫言很有影響，但大多中國普通讀者讀不懂他們，自然也不太能讀懂莫言了。

　　如今，作爲中國本土籍的第一位諾獎作家，莫言強勢地走進中國大眾讀者的視線，也走進當代中學生的閱讀天地。要讀懂這位本土籍的「世界作家」，我們先從諾獎評獎詞的理解入手。從「將魔幻現實主義與民間故事、歷史與當代社會融合在一起」這一評語裏可以體會到，莫言小說世界是一個關涉到中國民間社會、近現代歷史和當代社會等多重世界的交集。雖然從現實主義的書寫角度看，「高密東北鄉」與魯迅的「魯鎮」、沈從文的「湘西」世界一樣，具體某種藝術世界的完整性；但莫言的小說敘述形式猶如一架「世界萬花筒」，讓讀者看到的是印漬在當代中國社會背後的民間和歷史社會的斑斕。

　　我們還是從莫言的成名作《透明的紅蘿蔔》說起。

　　小說的開場即給人一種極其生動的殘酷生存畫面。這是一個飢餓的年代（只有兩個腮幫子像秋天裏搬運糧草的老田鼠一樣飽滿地鼓著。），一個服從

的年代（老老少少的人從胡同裏湧出來，彙集在鐘下，眼巴巴地望著隊長，像一群木偶。），一個失範而憤怒的年代（「他娘的腿！公社裏這些狗娘養的，今日抽兩個瓦工，明日調兩個木工，幾個勞動力全被他們給零打碎敲了。……」）。雖然小說家沒有交代具體的社會環境，但從這一場景中完整地體現出一個不尋常的文革歷史年代。

接著，主人公上場，「牆角上站著一個十歲左右的男孩子，孩子赤著腳，光著脊樑，穿一條又肥又長的白底帶綠條條的大褲頭子，褲頭上染著一塊塊的污漬，有的像青草的汁液，有的像乾結的鼻血。褲頭的下沿齊著膝蓋。孩子的小腳上布滿了閃亮的小疤點。」顯然，這是一個缺少教養的可憐孩子，是現實的棄兒。站在民間社會的角度看，傳統鄉村社會秩序失範並受壓，這個父親出走後娘虐待的孩子得不到親族的關懷和社會的求助，並「游離」在文革政治社會的邊緣。

接下來，若按照現實主義的敘述進程，從典型時代環境中一步步突顯出典型人物形象，讀者會在一種憐憫的目光下審視這個可憐孩子的命運變化。然而，與慣常的現實主義小說閱讀經驗不同，作者開始放慢敘述的節奏，利用變化的敘述視角，將讀者的這種外部投射的憐憫心漸次誘入到一個內化，乃至魔幻化的感覺世界之中。

作者高度感覺化的筆觸給那個不尋常的歷史年代同時打開了幾扇窗口：一個是那個年代的歷史生活：工地、石頭、石欄橋、鐵砧，可憐的黑孩，一群消極地敲鑽的人們。這是那個歷史年代的堅硬而冷漠的底色。

另一個是通過多變的視角發現的感覺世界：黃麻地、小河、橋洞，「赤裸的身體變得像優質煤塊一樣烏黑發亮」的黑孩，「像個小精靈一樣活動著，雪亮的燈光照著他赤裸的身體，像塗了一層釉彩。」「穿火紅色的運動衫」的小石匠，「蒙著一條紫紅色方頭巾」的菊子，「兩個棕色的」鐵匠，「像一隻深思熟慮的小公雞」的小鐵匠，等等；這個感覺世界是小說給我們打開的一扇最大的心靈世界的窗口，它是多彩的、動態的、神奇的、充滿幻想的暖色調。

讀者可以從這個可憐又神奇的主人公視線裏看到這一切：黑孩看到「原始森林一樣茂密」的黃麻地中間，地瓜地和菜地變成一個方方的大井，他幻想著「那些紫色的葉片，綠色的葉片，在一瞬間變成井中水，緊跟著黃麻也變成了水，幾隻在黃麻梢頭飛躥的麻雀變成了綠色的翠鳥，在水面上捕食魚蝦……」；他聽到黃麻地裏響著鳥叫般的音樂和音樂般的秋蟲鳴唱。逃逸的霧

氣碰撞著黃麻葉子和深紅或是淡綠的莖桿，發出震耳欲聾的聲響。螞蚱剪動翅羽的聲音像火車過鐵橋。他在夢中見過一次火車，那是一個獨眼的怪物，趴著跑，比馬還快，要是站著跑呢？那次夢中，火車剛站起來，他就被後娘的掃炕笤帚打醒了。

他能感覺到「溫柔的魚嘴」、「像裝了磁鐵」的柳樹幹，「白菊花一樣的水花」、「像蜻蜓一樣飛舞著」的柳葉；高興時他能聽到「河上傳來了一種奇異的聲音」，看到「河上有發亮的氣體起伏上升」，他甚至能聽到菊子姑娘頭髮落地時的聲音。

小說裏還有另一種感覺世界，它是壓抑性的成人世界：隊長、劉副主任、後娘、「手指骨節粗大」的小石匠、狂燥的小鐵匠、「如棗者臉如漆者眼如屎克郎者臂上疤痕」的老鐵匠、受虐的黑孩，等。在這個隔膜化的成人世界裏，黑孩聽到後娘「打屁股的聲音好像在很遠的地方有人用棍子抽一麻袋棉花」，小鐵匠扇他頭皮時的脆響「像在地上摔死一隻青蛙」，看到老鐵匠的「面部沒有表情，僵硬猶如瓦片」，嗅到自己的手抓起鑽子時「炒豬肉的味道」；還有錘碎的食指指甲、灼傷的手指、被火星燙起大燎泡的肚皮，等。這一切都是遲鈍的、冷漠的、怪異的冷色調的感覺世界。

這個受虐式的精神世界造成了黑孩一直游離於 1970 年代的中國歷史社會，這個年代施加的所有痛苦他竟然無法感知。但在現實世界的「灰色」與精神世界的「黑色」之間，黑孩卻發現了一個放射出各種光芒的彩色世界。正是那個冷酷又烘暖，怨毒又溫情的晚上，黑孩在四個各懷心思的成人身旁，突然發現了一幅奇異的景象：

> 光滑的鐵砧子。泛著青幽幽藍幽幽的光。泛著青藍幽幽光的鐵砧子上，有一個金色的紅蘿蔔。紅蘿蔔的形狀和大小都像一個大個陽梨，還拖著一條長尾巴，尾巴上的根根須須像金色的羊毛。紅蘿蔔晶瑩透明，玲瓏剔透。透明的、金色的外殼裹苞孕著活潑的銀色液體。紅蘿蔔的線條流暢優美，從美麗的弧線上泛出一圈金色的光芒。光芒有長有短，長的如麥芒，短的如睫毛，全是金色，……

這種超現實的感覺化書寫，不僅很好地映像出黑孩純真的心靈世界；而且給那個一貫沉重又壓抑的年代放射出一道光芒。儘管這只是黑孩一種神奇的瞬間體驗，後來他把所有的蘿蔔地都翻了一個遍也沒有找到這隻「透明的紅蘿蔔」；但它幾乎成了那個黑沉沉的年代裏的一個光彩的美夢，給今天的讀者增

添了對那個年代的豐富的「歷史想像」。作家曾在一次文學對話中說道:「就我所知,即使在『文革』期間的農村,儘管生活很貧窮落後,但生活中還是有歡樂,一點歡樂也沒有是不符合生活本身的;即使在溫飽都沒有保障的情況下,生活中也還是有理想的。當然,這種歡樂和理想都被當時的政治背景染上了奇特的色彩,我覺得應該把這些色彩表達出來。」〔註1〕

這由此讓我們回到作家敘述歷史的那個年代。1985年,莫言迎來了創作上的爆發期,先後發表了《金髮嬰兒》、《透明的紅蘿蔔》、《球狀閃電》、《老槍》、《枯河》、《秋水》等一系列新銳的中短篇小說。這一年,也正是中國當代「現代派」、「尋根文學」和「先鋒文學」密集走上文壇,改變文學格局的年份。雖然之前一些成熟的作家也開始了對西方現代派文學技巧的吸收,但真正敢於突破傳統創作規範,與20世紀的世界文學接軌的還是這批青年作家們,如莫言、殘雪、馬原、余華、蘇童、格非等。

莫言此期的小說充分重視人物的心理世界,用高度感覺化的語言描寫、意象化的形象傳達和氛圍營造來展示現代人的種種心理意識和精神特徵,從而擴展了現代文學藝術的表現域度。在小說《透明的紅蘿蔔》中,不僅有黑孩的各種感官視角和幻想等奇異表現,而且作家還通過各種人物之間、及至動植物的眼光來形成變化的敘述視角,對書寫的年代展開豐富的觀察與感知,讓讀者感受到一種獨特的小說世界。在這種高度感官化的書寫中,作家還通過一些意象化的凝聚來深化人物內心那些難以言傳的精神心理。如黑孩眼裏的「透明的紅蘿蔔」、小石匠的「大紅運動衣」、老鐵匠臂上的疤痕、白雲飄過落在河灘上的陰影、籠罩著霧氣的油麻地,等。這些新奇的表現方式在同期的小說創作中也尤其明顯,如「金髮嬰兒」、「白狗秋韆架」、「球狀閃電」、「枯河」等。

同時,為了呈現那個特殊年代下的不正常的社會生態和心理狀態,小說還引入了一種超現實的魔幻現實主義的手法,將先鋒文學的主觀心理表現力度提高到一個新的層面。小說利用黑孩的超常感覺展示出來的神奇,以及一些神秘虛幻的氛圍營造,不僅將一個現實的棄兒形象生動地傳達出來;而且將70年代末以來的傷痕反思為主題的社會寫實小說中的政治批判很好地轉化成一種普遍性的人性生存感,從而超越了具體的歷史政治語境,使得文本獲得更廣泛的藝術生命力。從某種意義上說,莫言小說將魔幻現實主義手法和中國「文革」社

〔註1〕徐懷中、莫言等:《有追求才有特色——關於〈透明的紅蘿蔔〉的對話》,《中國作家》,1985年第2期。

會的特殊生存狀態做了很好的內在融合，它豐富了不同年代的讀者對這一歷史年代的認知和想像，不會因為時代的隔膜而喪失閱讀的興趣和理解力；從另一個層面說，小說豐富的現代派文學技巧和表現方式，也使得當代文學開始遠離文學介入社會政治生活引起「轟動效應」年代的審美功利性。

此外，站在閱讀層面，我們還可以從很多方面來引證小說《透明的紅蘿蔔》與弗洛伊德的精神分析學理論的關係。首先，作家曾說小說緣於自己的一個夢：「有一天凌晨，我夢見一塊紅蘿蔔地，陽光燦爛，照著蘿蔔地裏一個彎腰勞動的老頭，又來了一個手持魚叉的姑娘，她又出一個紅蘿蔔，舉起來，迎著陽光走去。紅蘿蔔在陽光下閃爍著奇異的光彩。」〔註1〕其次，作者童年經驗中的「飢餓感」所形成的某種情結，主人公黑孩的自閉症（黑孩的失語狀態）、受虐和自虐、愛幻想與精神心理病症的關聯；更有評論者從精神分析學理論深層探究一個關於「兒童性意識」表達的問題。認為生活中不受重視的黑孩在菊子姑娘的關愛下喚醒了一種戀母情結，有了一種對異性朦朧的愛欲。但他的這種愛欲在兩位年青的成人（小石匠和小鐵匠）面前受挫，從而使得他頻頻用「自虐」的方式（砸壞和燙傷手指、劃破肚皮等）來引起菊子姑娘的關注。然而，就在那個秋日的夜晚，菊子姑娘無意中忽略了那個最小的蘿蔔，潛意識地讓黑孩覺出了自己的被忽視。就在小石匠情侶般地攬著、小鐵匠火一般地盯著菊子時，黑孩突然產生了一種奇異的幻覺，被忽略的蘿蔔通體透明。評論者指出，黑孩的這種幻覺現象正是他「性意識」心理的映像，「透明的紅蘿蔔」成了他無意識中一個「小陽物」的隱喻。當黑孩正要興奮地抓住那隻散發出「金色的光芒」的蘿蔔時，卻被小鐵匠本能地拿到，最後在爭搶中扔進了河裏。此後，黑孩如「閹割」一般失魂落魄，再也找不回那美妙神奇的幻覺。評論者進一步解釋，當黑孩面對兩個成人之間的較量時倒向了小鐵匠一面，說明他寧願忍受虐待，甚至「閹割」的屈辱，也不容忍他所愛的人被搶走這一無意識心理動機。最後，評論者還解釋了作家創作這部小說的「個體動機」。分析作家莫言道出的那個「夢」顯然「是經過了『掩飾』和『修改』之後的描述，它的全部內容也許就是一個隱秘的『春夢』。這個春夢勾起了作家童年的一些記憶，並驅使他寫了這個小說。」〔註2〕

〔註2〕徐懷中、莫言等：《有追求才有特色──關於〈透明的紅蘿蔔〉的對話》，《中國作家》1985 年第 2 期。

〔註3〕張清華：《介入、見證、一路同行──莫言與中國當代小說的變革》，《中國作家》，2009 年第 3 期。

儘管評論家給出了某種「合乎理論」的專業闡釋，但站在普遍閱讀和歷史認知的層面，尤其是作為中學閱讀指導層面來講，對小說文本思想意蘊的理解還是要建立在生活體驗和時代精神之上。由此，我們認為，小說通過「透明的紅蘿蔔」這個高度意象化的文本核心，既充分展示出主人公黑孩自身的心理映像和自我想像，是那個受虐而又苦難的年代中的一種瞬間體驗和精神慰藉；又是作者創造性地塑造出來的一種藝術靈光。他使讀者通過這一靈光，點燃了對那個特殊年代的歷史感悟，從而獲得一種豐富的對歷史的個體認知和體驗。

此外，當我們把這部小說講述的歷史內涵和當代社會聯結起來時，從小說的結尾處也能獲得一種豐富的隱喻。黑孩在尋找「透明的紅蘿蔔」被看茉園子的老頭子抓住，送到了隊長面前被狠狠地管制，最終因為黑孩的受虐和功能的喪失而釋放，最終黑孩「鑽進了黃麻地，像一條魚兒遊進了大海。」這一「壓抑——尋找——受虐——釋放——自由」的過程，不僅反映了黑孩的精神心理最終得到釋放的「光明」結尾；而且我們把這一小說意象的核心擴展到時代精神層面作一番歷史隱喻性的延伸。從這只在壓抑和失落的夜晚放射出來的「透明的紅蘿蔔」上，彷彿看到了上世紀 80 年代的一種時代精神意蘊。它是從文革母體所誕生的一個走向未來的新世界的象徵物。她讓我們看到，1985 年的當代中國既背負著文革歷史的壓抑情緒，以及中國傳統文化的負荷（文化尋根），同時又有著剛剛改革開放打開世界之途的新奇感和釋放感。正如一位當代文學研究者所言：「黑孩不只是莫言家鄉高密東北鄉的黑孩，他小說的主人公，還應該是『1985 年文學』的黑孩。1985 年的文學需要推出這麼個感覺奇異的孩子，需要用他來徹底改造 1985 年以前的『當代文學』。他是『魔幻現實主義文學』意義上的黑孩。因此，癡呆、聾啞、身心障礙等等，都無非是對當代文學那個以英雄為主體的所謂『正常人世界』的合法性的篡改。」〔註4〕

總之，《透明的紅蘿蔔》這部小說通過多棱世界的折射，不僅表現了那個年代灰色的社會生活、受虐的精神世界和神奇的心靈體驗；而且將中國文革歷史的冷酷、民間社會的受壓和當代社會的出路高度融合一起。

（《透明的紅蘿蔔》，莫言，《中國作家》，1985 年第 2 期。）

〔註 4〕程光煒：《顛倒的鄉村——再讀莫言的透明的紅蘿蔔》，《當代文壇》，2011 年第 5 期。

九十年代：轉型與懷舊

一個「現代性」[註1] 事件——解讀《曠野上的廢墟——文學與人文精神的危機》

一、緒　論

1、作為文學思潮概念的「90 年代」

「90 年代」，作為一個由「年代」構成的記時符號，在過去的現代時空演變中被賦予了特定的社會內涵和社會文化心理品格，同時也烙上了這個時段特殊的歷史記憶和時代秉性。因此，文學史意義上指代的「90 年代」，已如「新時期」、「文革十年」、「建國十七年」等諸多文學時代標記一樣，有了它在單純的記時性以外的複雜內涵。然而，「90 年代」到底呈現出怎樣的面貌和內在的特徵呢？又如何在 20 世紀裏的現代時空流轉中留下它鮮明的時代性格呢？對已然成為歷史的「90 年代」我們該如何去「正確」地看清它，是把它作為「80 年代」的一種延續或者「20 世紀」的一次終結？也許我們得去親

〔註 1〕關於「現代性」的概念一直存在著多種涵義的理解。伊夫・瓦岱在《文學與現代性》的講演錄裏講到，現代性是一種「時間職能」，它首先是一種新的時間意識，一種新的感受和思考時間價值的方式。並歸納了現代性的兩種主要含義，即審美的「現代性」和歷史的「現代性」；馬泰・卡林內斯庫認為現代性表達一種日益強烈的歷史相對主義意識，並通過對現代性悠久而又錯綜複雜的歷史考察，描繪出與現代性有關的多副面孔：現代主義、先鋒派、頹廢、媚俗藝術和後現代主義等；安東尼・吉登斯則認為現代性指的是社會生活或組織模式方面，強調現代社會制度從傳統社會秩序中分離出來的現代性的「斷裂」觀念。本文的寫作則在此理解的基礎之上，強調的是一種變化的多元意識，和一種複雜的當下體驗。

自接觸它，從它所留下的每一件「遺物」中去清理，尤其要從其重大的歷史事件中去挖掘。

不過，我們還得首先去把握一下它的大致的輪廓，然後再做具體細緻的清理與挖掘工作。

進入 90 年代以來，中國的社會經濟狀況全面勃發，社會的「改革」方案也越來越從社會生活層面作用到制度層面，市場機制的活力加劇了商品市場的繁榮和競爭。與此同時，在市場規則的日益影響下，商業化意識及消費主義文化觀念也逐漸滲入到日常生活的方方面面。而在社會政治生活方面，由於資本市場的大力推動，中國社會的政治思想模式也發生了深層次的轉型與嬗變，並以一個龐大的民族國家主體形象加入到全球化的競爭浪潮中去。可以說，幾乎世界上發生著的每一個現代性事件都會影響到國家政治的選擇，會改變著我們普通人的生活觀念和態度，這種難以駕馭的生活節奏當然會給所有處於現代化進程中的人們帶來壓力與焦慮，同時也造就了他們內心諸多的問題和危機感。

或許這些問題和危機感在知識分子群體中更為敏感。90 年代還未進入，知識界就經歷了一次嚴重的受挫與分化，而得益於「第一生產力」推動的資本市場卻絲毫沒給它的施恩者以聲援和「同情」，一味地任著自己的性子起跑；而且，它還取得了與強大的國家主體的默契合作與縱容，帶動了一大批原來圍坐在知識精英周邊的大眾，形成一個越來越龐大的中產階層體系。而這些在市場化大潮中崛起的大眾群體也趁著市場運行的大好時機，擺脫一貫受制於社會等級意識中的「下層民眾」的身份，翻身而成為自由、富有的時代新人。他們除了適應新的市場環境和規則，可以不聽從任何人的旨意，並逐漸有了自己的一套生活法則和文化觀念，強大的國家主體也只是通過設立各種功能部門管理市場來間接地對他們實行控制，這使得他們越發地自由自在了。而原來一直被高高地敬仰在頭頂的文化精英階層的訓導之聲早已淹沒在市場競爭的喧囂之中了，那種圍坐在精英者周圍接受佈道的場景再也難以出現，就連知識精英們自身也被迫要在市場法則的操縱之下尋找自己新的立足點和生存之道。

關於 90 年代市場、大眾與知識分子的關係狀況，南帆曾著文論述過，他說 80 年代的「市場」概念在知識分子心目中包含著「個性、主體、解放、自由」等多種激進的含義，認為「大眾始終站在他們的身後」；而到了 90 年代，

「這種浪漫的想像迅速在真正的市場之中陷入窘境。猝不及防之間，知識分子的大部分話語突然失效」〔註2〕。顯然，在90年代市場化體制逐步確立的時段裏，傳統的社會階層之間的關係業已解體，知識分子獨立而明顯的優勢地位受到了極大的衝擊，新的時代環境迫使他們成了最需要作出改變的群體。

面對90年代的新形勢，知識分子確實有點人單勢孤。大眾都去擁抱市場，而國家主體也以巨大的精力投入到市場經濟的發展之中。為了實踐國家的經濟發展策略以及資本全球化的競爭需要，國家主體只有越來越眷顧並投好於龐大的市場大眾，知識分子群體自然就落到越來越邊緣化的處境。與此同時，90年代的知識分子群體在經受市場經濟社會的外部擠壓的同時其內部也發生了諸多的矛盾和爭論，如人文精神大討論、文學批評界的「二王之爭」、詩歌界的「知識分子寫作」與「民間寫作」之爭、自由主義與新左派之爭以及有關保守主義和民族主義的爭論等等。這些無處不在的爭論讓我們切身地感受到，新的時代背景之下知識分子群落的內部分化以及重新尋找合法性身份的艱難歷程。

對於90年代裏中國社會的整體思想狀況，我想採用汪暉的一段概括：

> （90年代）創造了一種不同於80年代中國知識界的文化空間，不僅深刻改變了原有的知識分子與國家的關係，而且知識界自身的同一性也不復存在。從尋求傳統的價值，到人文精神的呼吁，從職業責任的自覺承擔，到重新呼喚社會使命感，當代中國知識分子的這些各不相同又相互交叉的努力，一方面是對當代社會變遷所作的一種批判性的道德化的姿態，另一方面又是以這些姿態來進行自我重新確認的社會行為。80年代的知識界把自己看作是文化英雄和先知，90年代的知識界則在努力地尋求新的適應方式，面對無孔不入的商業文化，他們痛苦地意識到自己已經不再是當代的文化英雄和價值的塑造者。〔註3〕

以上只是對90年代的時代場景與粗略的社會關係作了一個簡單的勾勒，而要真正瞭解90年代的時代特徵和內在秉性，就必須到發生於其間的具體事件中去深切體會，體會其中的政治、道德、文化、心理等各種遭遇衝突和變遷，而90年代的人文精神大討論正好提供了一個可供具體考察的社會事件。

〔註2〕南帆：《四重奏：文學、革命、知識分子與大眾》，《文學評論》，2003年第2期
〔註3〕汪暉：《當代中國的思想狀況與現代性問題》，《天涯》，1997年第5期。

2、關於人文精神大討論的評價

面臨 90 年代各種社會關係的轉化以及社會思想觀念的變遷，敏感而失落的知識精英階層經受了從身份到心態的嬗變過程。作為維護社會精神領域的合法監護人，有著強烈憂患意識的文化精英們不願無視於社會關係的蛻變和各種社會問題的衍生，終於爆發了一場弘揚自身高昂的主體意識的人文精神大討論。這場大討論產生的外在原因可以說是知識分子群體對於各種社會道德、信仰、文學和思想問題的現狀而發的，而其內在原因則可說是知識分子在新的市場環境中所感受到的失落焦慮心態以及自身地位的邊緣化而進行的情緒宣洩。人文精神大討論演繹了一場文化精英對於市場與文化大眾的一次強勢的批判和思考，展示了他們意欲在市場社會裏重新確立自身話語力量的一次集體行為。然而，當我們拋開一種符號化的市場／大眾／知識精英式的文化結構模式，而去真正貼近這一事件的詳細過程，就會發現大討論內部更多可以考察的東西。

1993 年《上海文學》第 6 期發表的王曉明與他的學生們的對話錄《曠野上的廢墟——文學與人文精神的危機》被看成是此次討論爆發的起點。當然，作為文化思想性質的事件發生過程總是漸變式的，難以有一個明確的發生起始界限，正如發起人王曉明本人所承認的，「其實，在這些座談舉行之前，至少在上海，在思想史、文學和文化批評乃至哲學的領域裏，都有過頗長時間的醞釀性的討論。它們都是自發的，也是分散的，不同領域的討論者之間，甚至往往並不相熟」。〔註 4〕但是，如果我們把人文精神大討論作為一個具體的歷史事件來研究的話，則把《曠野上的廢墟——文學與人文精神的危機》看成是此次大討論的肇始也許更有意味，因為對這種始發性文本的解讀有時能發現更深層次的東西，有著不同於一般文化批判意義的隱喻色彩，而這正是本文寫作一直在尋求並想付諸於現實的一個想法。當然，我們都清楚，《曠野上的廢墟——文學與人文精神的危機》只是一個對話錄，談話的尖銳性與發揮性使之難以像理論化的文章那樣嚴謹、平實，但正是這種無掩飾的、激烈化的文本原始形態更保持著「行為」的真實與複雜狀態。而本文的寫作也不在於究問其中言論的得失，而是把它作為一個整體性的文化意緒符號體系來解讀，以此去發現整個 90 年代的人文精神大討論的事件性質和多重意蘊。

〔註 4〕王曉明：《人文精神尋思錄》，上海：文匯出版社，1996 年，第 271 頁。

　　把 90 年代出現的人文精神大討論作爲一個整體的歷史事件看待，首先要表明的是，它是指代從 93 到 95 年間的一段頗爲集中的討論。儘管後來一直至今都有人文精神討論的餘脈和後續的事件發生，但本文寫作中把這一特殊的時間段劃分出來研究則更具一種明確的現代性意義。

　　事實上，無論是當事人還是局外人，無論是 90 年代裏作幾近同步的現場評說還是跨越世紀以後的回顧和反思，都對此次討論的過程作了眾說紛紜的評價，這些評價也許可以構成對此次事件複雜而全面的理解，並逐漸逼近一個接近「眞理」般的人文精神大討論事件的歷史面貌。我們先不妨來梳理一下這些評價，然後再去尋找或發現更多關於事實眞相的痕跡。

　　最讓我們容易看到的是，當事人王曉明對他自己發起的人文精神大討論這一事件性質的整體評價，他在自己編輯的《人文精神尋思錄》一書的「編後記」裏寫道：

>　　首先，它是一場針對現實的精神問題而展開的討論，它源發於我們具體的生存體驗，是始終在中國特定的社會、文化和思想環境中醞釀、伸展並最終破土而出的。其次，它是一場體現出強烈的批判性的討論，而且這批判的範圍相當廣泛，因此，它首先就表現爲一種深切的反省，在很大程度上，你不妨就將它看作是知識分子的自我詰問和自我清理。〔註5〕

作爲這一事件的發起人和親歷者，王曉明以強烈的知識精英者身份給予了人文精神大討論以肯定性的評價，高度肯定了參與者們強烈的現實「批判」精神和知識分子特有的「反省」能力，而這兩點也正是近現代以來中國現代型知識分子所一貫認同的知識品格，是作爲一個眞正的知識分子的身份標準。所以，以王曉明的這種評價來看，人文精神大討論事件與 20 世紀以來（或現代化轉型以來）的知識分子群體內在的精神淵源都是一脈相承的，它是中國現代知識分子品格及價值體系建構中的一次經驗的積累和文化精神的展示，猶如中國現代史上多次發生過的知識分子的討論事件（如早期的文言與白話的討論、科學與玄學的討論等）一樣，它構成了一個宏大的現代知識分子的敘事。

　　在此之後，對討論的回應和評價接踵而來，並不斷地給予一定的支持與肯定。然而，隨之而來的異議與質疑也同時到來，許多人在對人文精神大討

〔註 5〕王曉明：《人文精神尋思錄‧編後記》，上海：文匯出版社，1996 年，第 273 頁。

論做出一種肯定的回應之後，也同時指出了其中存在的缺陷與失誤。有意思的是，對之詬病的地方也正是發起者王曉明高度肯定的地方：批判精神與知識精英意識。如有人指出人文精神討論存在著四大誤區：一、形式主義誤區，二、精英主義傾向，三、道德浪漫主義誤區，四、與現實人們的生活世界相脫節的誤區。並認為「人文精神的討論應該深入到對人們現實生活的理性分析、情感關注和文化批判中去，而不應僅僅停留於人文知識分子之中。」〔註6〕另有人指出人文精神討論的缺陷在於它「以『市場道德』為主論題，實為人文知識分子針對市場化進程所帶來的『物欲主義』的一場道德驚呼，他們失措於傳統計劃經濟及小農經濟體制下所確定的人的傳統道德意識的喪失，對市場經濟條件下的『效用主義』，『功利原則』，對人文知識分子社會地位的迅速喪失驚慌失措。」〔註7〕還有人論述說：「在當代中國人文精神辯論中，許多學者不是從當代中國社會發展的狀況，而主要是從自身的精神傳統和文化知識系統出發，來闡釋人文精神的內涵和構思人文精神的重建之路，他們的闡釋和構思往往更多地來自於一種『先驗的認識和理念』。」「當代中國『人文精神辯論』中的本質主義傾向，貫穿著一種從觀念和原則出發的哲學方法論，它把現實生活世界中的問題全部歸結為觀念和原則問題，使觀念和原則脫離現實社會的限制，獲得了超時空的獨立性和自足性。」〔註8〕

以上評述者都不約而同地對參與這次人文精神大討論中的知識者群體的自身品格（精英主義傾向、本質主義傾向）和批判精神（道德主義、脫離現實）進行針砭。儘管他們在評述中都相對肯定了討論者們的良好意願與價值立場，但對於他們在討論當中表現出來的一種意義言路和思想動向卻有著內在的不認同。這些現象說明，作為一個整體性的知識分子群體在批判現實世界時既有著一致鮮明的主體態度和立場，但在其內部卻又包含著明顯的自我質疑和多重理解，它在肯定了自身的價值力量的同時，又不斷地化解了作為一個價值體系的群體優勢。這一「悖論式」評價裏面似乎隱含著90年代知識分子群體的一種複雜難明的現代性意味。

對於人文精神大討論的評價，另一個較多受針砭的地方是對於討論者內部分裂的狀況，即在一個整體性的知識精英集團之中呈現著較明顯的分化態

〔註6〕賀來：《人文精神討論存在的誤區》，《光明日報》，1996年4月13日。

〔註7〕萬紅兵：《新理性：新啓蒙及人文精神大發展》，《探索與爭鳴》，1998年第1期。

〔註8〕寇東亮、馬舉魁：《當代中國人文精神的建構：理論前提與實踐路徑》，《延安大學學報》，2000年第3期。

勢。參與者郜元寶很有體會地談到：「往往你說你的，我說我的，彼此互不沾邊。這裡面有知識背景的不同，學術取徑的不同，特別還有興趣焦點的不同，使討論很難形成一個鮮亮的思想中心。許多地方甚至流於玄談或清談，從而不同程度地削弱了討論本來具有的嚴肅性。同一個題目下的對話最後南轅北轍，說明了什麼？說明了當代人文學術存在著一種可怕的內在分裂。知識分子之間在根本精神方面，似乎缺乏一種有效的生產性的『公共空間』，所有的追問和探索，都處在分崩離析的渙散狀態。」〔註9〕李郁在對「人文精神討論的再思索」中也同樣分析了人文精神論者內部出現的不同的傾向，以及他們與王蒙等一些作家和學者之間的矛盾，最後批評指出：「只有通過人與人，話語圈與話語圈的交流滲透，消解彼此間的對立，形成一種良性的互動關係，達成相互間的理解，共同建構起具有一些基本穩定的社會共同認同的文化道德規範，才能尋求到積極統一的價值，實現對時弊的徹底救治。」〔註10〕還有人指出「人文精神討論的癥結」所在是因為討論中形成了「失落論」和「非失論」的尖銳對立和激烈交鋒，而導致其尖銳對立的原因是論戰雙方對人文精神的理解和界定存在很大的差異。並得出結論：「人文精神的討論要想取得深入發展，『失落論』者和『非失論』者必須拋棄各自的片面性，在辯證地認識和對待個人與個人、個人與集體、社會的關係的基礎上，深入地研究與探索在社會主義市場經濟條件下正確處理個人與個人、個人與社會關係的具體方法和形式，深入地研究和探索社會主義市場經濟條件下人文精神發展變化的內容和特點，更好地引導和促進人文精神的健康發展。」〔註11〕就連朱立元先生都曾著文對討論中的「失落」與「重建」問題的爭論和分歧提出過批評，認為「『失落』『重建』說的根本缺點是朝後看，面向過去，多少帶有點懷舊的浪漫主義感傷。正確的態度似乎應該是說朝前看，面向未來，倡導、培育、推廣、發揚人文精神，因為人文精神正在蔭發，正在生長。」〔註12〕

　　對於人文精神大討論中出現的內部論爭和分化狀態的評述，同樣暴露出這一討論事件並非一個純粹的知識精英的文化敘事立場，知識精英階層內部

〔註9〕郜元寶：《人文精神討論之我見》，《作家報》，1995年5月20日。
〔註10〕李郁：《對峙與溝通──關於人文精神討論的再思索》，《南京社會科學》，1996年第4期。
〔註11〕李純仁：《人文精神討論的癥結及其原因》，《理論學刊》，2002年第5期。
〔註12〕朱立元：《試論當代「人文精神」之內涵──關於「人文精神」之我見》，《學習與探索》，1996年第2期。

存在著諸多的矛盾、溝壑與磨礪。面對市場化大潮的衝擊和自身地位的邊緣
化態勢，他們在對外建立一種精英批判姿態的同時，卻遭受著來自群體內部
多種力量的化解。

　　綜合以上諸多的對 90 年代人文精神大討論事件的各種評述，我們可以體
會到：儘管從整體上評述者們（他們本身也同屬於知識分子階層，大多是從
內部來評價自身的）對討論都達成一個不容置疑的肯定性的評價基礎，即對
知識分子的精英品格與批判精神的價值認同；但同時卻又更加有意識地從同
一點去質疑它，去發現其本身存在的缺陷與不足。無論是針對人文知識分子
群體整體性的意義言路的缺陷，還是對其內部存在的矛盾與分裂態勢的揭
示，這些評述都讓我們深深地體會到，人文精神大討論這一強烈的知識分子
敘事背後存在著明顯的對敘事的「破壞」力量。我們不禁要問，這種既認同
於知識分子的價值立場又質疑於知識分子的行為實踐的弔詭性背後到底隱含
著什麼呢？在作為人文精神大討論事件的純知識分子敘事之中是否存在著另
一種顛覆性的敘事因子？

3、一個「現代性」的契機

　　從以上的評述中我們找不出任何隱含著的新東西，因為各個評述者們均
是把人文精神大討論作為一個典型的知識分子論爭事件來看待，關注的是討
論者們言說中的知識分子話語世界，或者說是「重建」中的人文世界，並用
同樣的知識結構和思想資源來反思同樣的知識群體，除了去針砭它，提出異
議，以及對自身知識群體的不滿和困惑，卻找不出對這一討論事件任何合理
性的解釋。如果我們把人文精神大討論放入 90 年代一個更廣的現代性域度
裏，去挖掘出它在變化了的 90 年代中所蘊含的特有的時代內涵和「現代性」
契機，也許我們會有全新的發現；如果我們不只是關注討論中知識精英的「話
語」世界，而轉而從更高的時代語境中把知識精英的討論「行為」放入一個
現代性的語境中去考察，也許我們就不會有那種以固有的傳統知識來反思知
識的傳統性，從而陷入到一種封閉性的意義世界中了。

　　不同於 80 年代，90 年代更能表現出一種不同的時代特徵和「現代性」
內涵。當代市場經濟社會的出現改變了傳統的政治主導型的社會關係結構模
式，中國越來越融入一個全球性的世界經濟體系之中，現代知識分子以「啟
蒙」思想觀念為核心的人文意義世界正面臨解體的危險，而新的因素不斷
地湧現，原有的知識精英的身份越來越難適應當代社會的經濟運行節奏，

以「五四」啓蒙思想文化爲「現代性」圖景而形成的現代知識資源也日益成爲了新的傳統。「現代性」概念本身就是一個不斷向前的時間觀念，它表達一種日益強烈的歷史相對主義的意識，從而也對正在產生著的新傳統進行批判與反思。

90 年代中國啓蒙知識者的角色和行爲陷入到一種非常艱難的困境之中。在一個逐漸資本化的社會形態裏，全球資本主義生產體系已經把中國的經濟改革帶入到一個新的發展階段，「啓蒙知識分子作爲價值創造者的角色正面對深刻的挑戰，一方面他們憤慨於商業化社會的金錢至上、道德腐敗和社會無序，另一方面卻不能不承認自己已經處於曾經作爲目標的現代化進程之中。」正是在這種變化的時代語境之中，啓蒙主義者無法作出自身的調整，「似乎只是一種神聖的道德姿態（而它曾經是以反道德爲特徵的），它的那些抽象而含混的範疇無力對無處不在的資本活動和極爲眞實的經濟關係作出分析，從而喪失了診斷和批判已經成爲全球資本主義一部分的中國現代性問題的能力。」〔註13〕

儘管「全球資本主義」不能完全概括事實上的中國現代化社會狀況，甚至從本土化視角來看帶有很大的超前性和預測性，但以上的分析確實勾劃了90 年代人文知識分子的思想動態，爲我們考察人文精神大討論提供了一個很好的思想背景。當然，若要眞正挖掘這一事件中的另一種顛覆性的敘事因子，就必須到具體的事件「文本」中去作細緻的分析。然而，人文精神大討論是一個龐大而複雜的「文本」體系，其中參與討論的具體文本不計其數，而且文本之間的話語交鋒和個人化的意氣表達也顯得相當雜蕪。爲了尋求對這一事件的典型性，我想到這一事件發生的現場始發地，從一個始發性的文本中去尋找這整個事件的精神源頭。於是，王曉明他們的對話錄《曠野上的廢墟──文學和人文精神的危機》作爲大討論的起點成爲了考察整個「人文精神」事件的一個重要文本，同時也有可能成爲它的一個最有代表性的模本，因爲正是從這一「設想」的模本中，我們能細緻地發現到整個事件所具有的多重性意義因素。

之所以選擇《曠野上的廢墟──文學和人文精神的危機》作爲一個「現代性」事件的分析模本，這種設想來自於兩方面的考慮：一方面是鑒於直覺上的文本始發性印跡的效果與整個的人文精神大討論之間存在著某種隱喻性

〔註13〕　汪暉：《當代中國的思想狀況與現代性問題》，《天涯》，1997 年第 5 期。

的關係；另一方面是《曠野上的廢墟——文學和人文精神的危機》文本中指出的「危機」意識正好昭示著「現代性」的某種結果。

始發性文本中的「文學和人文精神的危機」的批判意識，從表面上看，是人文知識分子群體對 90 年代市場經濟社會的現實憂慮的批判，是 20 世紀以來典型的啓蒙知識分子批判「落後」「腐朽」思想觀念的精英意識。所以，人文精神倡導者們對這種「危機」意識作了極爲消極的闡釋，把「危機」看成是社會生活畸形發展的負面影響。然而，這一「危機」眞的如現代知識分子的啓蒙先驅們曾對晚清以來純粹商業性和封建性文化的流毒「黑幕小說」和「鴛蝴派」所做的批判一樣嗎？眞的是 90 年代一種「倒退」的思想潮流嗎？一致的批判立場和一致的知識敘事，會有一樣的結果嗎？「危機」是一種社會現象上的毒瘤需要人文知識分子去發揮救治功效，還是一種社會邏輯演化而來的現代性結果？難怪在人文精神大討論中，太多的討論者們都只能是不約而同地從 20 世紀的社會歷史當中去挖掘根源，而且他們對於人文精神有無「失落」的爭論也顯得如此分歧叢生、眾口難辯。這些都暴露了討論者們對「危機」意識的內在癥結，無法在 90 年代的文化語境中正確處理「危機」的發生。

顯然，在一個現代化和全球化的語境中發生的「危機」，我們只有到它的現代性場景中去考察，把它看成是一個「現代性」的事件，一個未來性的契機，它打破的是啓蒙立場的知識分子的舊有想像，啓發我們作一種新的現代性的反思。我們不能沉湎於啓蒙知識者對於文學與道德、信仰「危機」的歷史化的「宏大敘事」，而應該進入現代轉型的市場經濟社會去切身感受和體會，從而具備一種對「現代性」事件觸發的應對能力和反思能力。正如安東尼‧吉登斯在他的《現代性的後果》一書中談到：

> 正像每個生活在二十世紀末的人所看見的那樣，現代性是一種雙重現象。同任何一種前現代體系比較，現代社會制度的發展以及它們在全球範圍內的擴張，爲人類創造了數不勝數的享受安全的和有成就的生活的機會。但是，現代性也有其陰暗面，這在本世紀變得尤爲明顯。

> 這足以使我們去做更多的事情，而不是麻木不仁，更不是一定要去證明這樣一種假設：現代性將會導向一種更幸福安全的社會秩序。當然，在「進步」中失去信仰是導致歷史「宏大敘事體」終結

的主要因素之一。然而在這裡，我們要做的事比斷定「歷史無前景」更複雜。〔註14〕

所以，面對90年代中國的現代化語境，把人文精神大討論的爆發看成是一種「現代性」的契機，它迫使人文知識分子進入到一種複雜多變的生存處境中進行思考，並破除那種傳統的啓蒙精英主義的話語敘事，避免陷入那種知識分子自身與市場和權力一味抗爭的關係，在新的文化思想背景下去切身體會市場經濟社會形態所帶來的新的問題形式，並逐步作出適應自身的調整和反思。只有在這種意義上，我們才可以認定，人文精神大討論與其說是啓蒙精英者在建構一個強硬的人文知識話語世界，不如說他們在更內在地轉換或化解自己的知識傳統，從而把自身的行爲過渡到一個新的合法性身份的確立中來，而作爲一種被設想爲負面的「文學與人文精神的危機」意識正是這種「現代性」事件發生的契機。當然，這一切都只是在大討論的內部變化行爲中或文本的隱含的意義因素裏發生的。

二、解讀「啓蒙」

1、90年代的「啓蒙」身份與文學啓蒙論的批評傳統

對始發性文本的分析首先應該從批判的主體者的身份入手，王曉明們對當下市場與文學形而下的趨向的批判無疑可以見出他們的一種「啓蒙」式的知識精英立場：「文學至上論」以及對人們精神生活的統治力。我們可以從他們的批判言論中看出明顯的「啓蒙」先驅們的思想印跡：

照我的理解，愛好文學、音樂或美術，是現代文明人的一項基本品質，一個人除了吃飽喝足，建家立業，總還有些審美的欲望吧，他對自己的生存狀況，也總會有些理不大清楚的感受需要品味，有些無以名狀的疑惑想要探究？在某些特別事情的刺激下，他的精神潛力是不是還會突然勃發，就像老話說的神靈附體那樣，眼睛變得特別明亮，思緒一下伸到很遠很遠，甚至陶醉在對人生的全新感受之中，久久不願意「清醒」過來？假如我們確實如此，那就會從心底裏需要文學，需要藝術，它正是我們從直覺上把握生存境遇的基本方式，是每個個人達到精神的自由狀態的基本途徑。正是從這個

〔註14〕〔英〕安東尼‧吉登斯：《現代性的後果》，田禾譯，南京：譯林出版社，2000年，第6、9頁。

意義上，文學自有它不可褻瀆的神聖性。尤其在 20 世紀的中國，大多數人對哲學、史學以至音樂、美術等等的興趣，都明顯弱於對文學的興趣，文學就更成爲我們發展自己精神生活的主要方式了。

以上一段話可以說是他們在這一批判式文本中立論的依據，把「文學」作爲「現代文明人」的基本素質，是滿足「審美的欲望」的精神食糧，這是典型的「五四」文學啓蒙論者的思想觀點；再次，把文學與藝術看成是「我們從直覺上把握生存境遇的基本方式，是每個個人達到精神的自由狀態的基本途徑」，這種文學功效論與「爲人生」的文學研究會宣稱的「將文藝當作高興時的遊戲或失意時的消遣的時候，現在已經過去了。我相信文學是一種工作，而且又是於人生很切要的一種工作。」〔註 15〕簡直如出一轍，都極爲注重文學的社會功利性。中國的社會歷史生活向前行進了近一個世紀，而文學啓蒙論的思想主張也統治了這漫長的世紀，即便其間曾經出現過一次極端化的文學「樣板化」主張，也依然如是。難怪王曉明們可以斷言，「20 世紀的中國……文學就更成爲我們發展自己精神生活的主要方式了。」這種立場的堅定性與身份的強硬態度來自於 20 世紀文學啓蒙者的輝煌歷史。然而，要眞正解讀 90 年代的「啓蒙」身份以及文學啓蒙論的批判地位，我們還得簡單地梳理一下中國的知識精英與「啓蒙」思潮的歷史淵源。

自近代以來，「啓蒙主義」思想主張是與「現代化」的觀念同時從西方輸入的，甚至可以說，西方「啓蒙」思想就是當時中國的現代性方案。面對古老的中華帝國積弱積貧的落後狀態與腐朽的封建倫理秩序，最先接受「現代」意識的早期現代知識分子抱著「立人」與「強國夢」的願望，從西方輸入以自由、平等、博愛、民主、科學和理性爲核心的西方啓蒙主義思想觀念，企圖樹立新風，脫胎換骨。從「戊戌變法」的萌發，到「五四」新文化運動的全面開展，中國啓蒙主義思潮與現代知識分子結下了不解之緣，成爲中國現代知識分子最牢固的知識資源，中國現代知識分子也成了最具有精英意識和對現代民族國家的建立懷有遠大抱負的社會群體。他們一方面源源不斷地從西方輸入先進的科學知識和理念，一方面對傳統中國的批判與更新作出努力，開啓民智，積極變革，爲現代民族國家的建立作文化「啓蒙」式的開路先鋒。也許是爲了尋找一種更好的「啓蒙」手段，使得有著濃厚哲學基礎的

〔註15〕　《文學研究會宣言》：轉引自《現代文學三十年》，錢理群等著，北京：北京大學出版社，1998 年，第 16 頁。

西方啓蒙主義思潮傳入中國便與文學有著天生的姻緣。早期的中國啓蒙思想者都不約而同地把注意力引向了文藝，從近代維新派思想先驅梁啓超提倡的「欲新一國之民，不可不先新一國之小說。」〔註 16〕到「五四」新文化運動中陳獨秀喊出的「文學革命論」，都主張用文學的方式來行思想啓蒙的工作；而中國現代文學先驅正是在這種文學啓蒙論的主張之下來實踐中國民族命運的道路和「國民性」的改造，魯迅的「棄醫從文」、郭沫若的「投醫從藝」以及其他一些現代知識分子從科學救國轉向文學救國的立場，使得中國早期的啓蒙思想運動添加了無限的激情與理想。可以說，中國現代文學的輝煌成就正來自於文學啓蒙論的高漲，這也使得中國現代文學一開始就帶有明顯的功利色彩，文學與道德、文學與政治的關係成了 20 世紀中國文學史上糾結不清的話題，早在這裡就可以找到根源。

然而，西方啓蒙主義思想一旦「中國化」以後，卻缺少了西方社會基礎形成的哲學思想底蘊，平添了更多的激情與功利。因為要對「國民性」的改造，因為要用啓蒙思想的「利器」來解剖腐爛的老大帝國，所以不得不投入更多的激情與功利，從而使得以個性解放和個人主義為主旨的西方啓蒙觀念衍化為以「社群」為核心的政治意圖。這也使得作為一個宏大的社會文化思潮的啓蒙思想運動內部隱藏著危機和先天的缺陷，由此導致聲勢浩大的啓蒙思想運動在 20 年代末迅速轉向以現實改造為目的的民族「救亡」運動；從「文學革命」到「革命文學」，一些早期積極進取的現代啓蒙知識分子也自然轉變成為了中國 30 年代左翼知識分子的中堅，這些社會思潮的變動蘊藏著一種啓蒙思想內部衍化的必然結果。對於中國「五四」啓蒙運動的迅速消退與轉化，汪暉先生作出過更深入的分析，他認為「五四」啓蒙思想運動只是形成了一種「態度的同一性」，而沒有共同的社會哲學基礎，各種「主義」的啓蒙口號在更為基本的前提和精神上與啓蒙原則是對立和衝突的，這就必然導致中國啓蒙思想的內在的混亂和啓蒙運動的迅速的分化與解體。由此，「危機」不是外在的，不是由外部歷史事變決定的，而是內在於啓蒙思想運動的。民族矛盾的尖銳化和中國社會政治的分化只是促成了「危機」的爆發。〔註 17〕

中國早期的啓蒙思想雖然已深入了現代知識分子的精神骨髓，但它的歷

〔註 16〕 梁啓超：《論小說與群治之關係》，引自《近代文論選》（上），舒蕪、王利器等編著，北京：人民文學出版社，1959 年，第 157 頁。

〔註 17〕 汪暉：《中國現代歷史中的「五四」啓蒙運動》，選自《汪暉自選集》，桂林：廣西師範大學出版社，1997 年，第 339 頁。

史豐功偉績與內在的缺陷與危機也同時被延續了下來，由此也使得中國啓蒙思想的觀念和任務不能在現代文化建構中徹底完成。

30 年代的中國儘管也還有啓蒙運動的再現，試圖接續啓蒙運動未完的任務，在一些積極的知識分子之間展開了一場還原「五四」啓蒙精神的「新啓蒙運動」。〔註 18〕但由於他們仍然未能擺脫啓蒙思想內部固有的缺陷，無法解決啓蒙哲學思想的邏輯基礎與作爲救亡手段的功利性目的之間的內在矛盾，「新啓蒙運動」在抗日救亡浪潮中就顯得沒有太大的影響力。

新時期以來，隨著思想解放和政治上解凍，眞理標準的討論與文學現實主義的回歸，「五四」啓蒙主義思潮重新佔據了文學與思想層面的中心位置，飽受迫害的知識分子也重新回到了受人尊重的社會地位，並同時積極地參與到民族國家的思想文化重建與改革的現代性方案規劃中來。此時的知識分子群體重新煥發出高度的民族責任感和政治參與熱情。而文學上的「五四」現實主義文學傳統的回歸也更加全面深化了新時期的文化思想建設：「傷痕文學」、「反思文學」、「改革文學」到「尋根文學」，從「歸來的詩群」到「朦朧詩派」，一波接一波的文學浪潮的湧現；再加上王蒙、高曉聲、張賢亮、劉心武等現實主義文學創作的出現，讓我們彷彿看到了聲勢浩大的「五四」文學啓蒙運動的「重現」和文學啓蒙精神的高漲。對「五四」文學啓蒙傳統的繼承與捍衛表現出知識分子根深蒂固的歷史情結，以至在 80 年代形形色色的西方思潮的湧入以及各種「文化熱」的繁雜的文化思想局面中仍然佔據著主導地位，並形成一個所謂的「新啓蒙主義」思潮〔註 19〕。「新啓蒙主義」者們在反思中國社會主義道路所導致的失誤以及對於 80 年代的現代化改革實踐都起到了很好的思想指導作用。但是，同樣，他們仍然未能擺脫「五四」啓蒙主義運動以來的傳統／現代、東方／西方的二元對立的思維框架，把中國社會現實的複雜問題放置於一個與「五四」文化語境相似的「現代價值重估」的激進式的理解上。不過，這在 80 年代是很有效的，它不僅完成了對「文革」歷史的封建殘餘思想流毒的批判，還推動了開放背景下的社會主義現代化的改革實踐，從而在文化思想領域與國家主流意識形態形成比

〔註 18〕 1936 年底，以艾思奇、陳伯達、張申府、胡繩等知識分子之間展開的一場討論。

〔註 19〕 這同樣是一個頗爲複雜的社會文化思潮，它貫穿於整個 80 年代，從諸多知識分子之間的文化活動中表現出來，而其命名卻得益於 80 年代中後期以王元化先生爲首的《新啓蒙》雜誌的出現，該刊從 1988 年 10 月創刊，至 1989 年 4 月停刊。

較的共識。

即便是「新啓蒙主義」也依然沒能解決啓蒙思想內部的「危機」問題和先天帶來的缺陷，以至在 80 年代末的政治風波和市場經濟運行的日益加速之後而逐漸分化。但是，啓蒙主義思想所一貫培育的牢固的知識精英情結和對現實批判的「激情」衝動卻直接影響了 90 年代的「人文精神」大討論。同時，在這一討論的進程當中也更明顯地呈現出知識分子內部的分化與矛盾狀態。在這其間，90 年代裏的「啓蒙」身份與啓蒙話語也一再地受到質疑，再也難以顯示出它一貫的中心地位和權威話語的力量了。而 90 年代的文學實踐也難以形成聲勢浩大的文學浪潮了，除了少數的精英作家（和張承志、張煒、史鐵生等）保持一種理想主義式的姿態，與商業化大潮作頑負抵抗以外，大多數作家都在 80 年代中後期的多元化的文學觀念之中尋求自身的寫作立場，並順應了文化市場機制的運作過程。而文學啓蒙論的思想觀念也許只是在文學批評界比文學創作界更通行，從 80 年代就持續過來的文學與道德問題、文學的「性描寫」問題、文學商業化問題的討論中，文學啓蒙論的聲音不絕如縷。可問題遠遠得不到解決。

從以上的簡單梳理中可以看出，以「啓蒙」思想爲主導的知識精英群體在 20 世紀大半個歷史中佔據著牢固的中心地位，與此同時也成就了文學啓蒙的輝煌業績，但啓蒙主義思想內部的「危機」一直無法得到解決，而文學啓蒙論的寫作觀念在 80 年代中後期也開始走向文學創作實踐中的式微。這使得 90 年代裏知識分子的「啓蒙」身份受到多方的質疑，啓蒙主義式的批評話語權威也失去了往日的批判力量。由此導致 90 年代的人文精神大討論中，啓蒙精英們對當下的現實批判立場與態度呈現出複雜而含混的色彩。

延承文學啓蒙論傳統的王曉明們沒能對「啓蒙」本身的內部「危機」進行反思，只是以一種文學傳統的姿態，拿起「啓蒙」這一思想武器向 90 年代的「市場」異端進行砍伐，這是顯示著一貫持開放式「現代」意識的啓蒙主義思想者歷史的「前進」姿態，還是退入到了一種道德保守主義的批判境地呢？

誠然，王曉明們的批判是現代性社會的內在轉型期，當代中國知識分子典型的歷史情結，是歷史傳承到他們身上的巨大的精神蘊力，我們不能稱其爲頑冥不化。以「啓蒙」傳統來批判現實、反思現實並非誤入歧途，這只是一貫的精英地位與優越的知識分子身份所決定的。然而，老在一個思想傳統

裏打轉，不能以一個更廣域的現代性視野來進行反思，就有可能形成一種傳統的惰性，很容易就導向道德保守主義與幻想式的烏托邦境地，以至於將形而上的批判精神墮化爲形而下的批判工具。這些傳統的危險或許都能從《曠野上的廢墟——文學和人文精神的危機》中見出。這裡，我又想引用吉登斯的一段話：

> 傳統，只有用並非以傳統證實的知識來說明的時候，才能夠被證明是合理的。這就意味著，甚至在現代社會中最現代化的東西里面，傳統與習慣的惰性結合在一起，還在繼續扮演著某種角色。但是，傳統的這種角色，並不如那些關注當代世界中傳統與現代整合的論者們所設想的那麼重要。因爲，所謂已被證明爲合理的傳統，實際上已經是一種具有虛假外表的傳統，它只有從對現代性的反思中才能得到認同。〔註20〕

所以，關鍵是要使反思具有現代性意義，否則，文學啓蒙者們的批判的精神與現實的姿態都將顯得曖昧，難以在新的時代發展中得到普遍的認同。吉登斯接著又指出：

> 對現代社會生活的反思存在於這樣的事實之中，即：社會實踐總是不斷地受到關於這些實踐本身的新認識的檢驗和改造，從而在結構上不斷改變著自己的特徵。我們必須明白上述這種反思現象的性質。〔註21〕

中國當代的啓蒙論者必須要有應對當下市場環境的能力，要在不斷變化的社會形態中形成自身的現代性反思能力，而不能執守一種傳統的知識精英角色與現實形成互不相關的對峙。

2、90 年代啓蒙精英者的批判「行為」

如果我們把王曉明們對當下「文學與人文精神的危機」意識還原爲 90 年代啓蒙精英者的一種「行爲」姿態，就能體會到其批判話語的力量被一種激情式的宣洩以及一種功利化的批判武器所取代，使之呈現出啓蒙者固有的內在缺陷，也展示了他們在 90 年代的思想遭遇與存在焦慮。我們來看王曉明一

〔註20〕〔英〕安東尼·吉登斯：《現代性的後果》，田禾譯，南京：譯林出版社，2000 年，第 33～34 頁。

〔註21〕〔英〕安東尼·吉登斯：《現代性的後果》，田禾譯，南京：譯林出版社，2000 年，第 34 頁。

開始對「文學與人文精神的危機」的描述：

> 今天的文學危機是一個觸目的標誌，不但標誌了公眾文化素養的普遍下降，更標誌著整整幾代人精神素質的持續惡化。文學的危機實際上暴露了當代中國人人文精神的危機，整個社會對文學的冷淡，正從一個側面證實了，我們已經對發展自己的精神生活喪失了興趣。

這段描述與 90 年代初真實的文學與人文精神狀況和社會狀況有多大程度上的一致頗值得懷疑。在一個和平的經濟發展年代裏，文化層面的滑坡有多大的可能性？而在持續的經濟增長與開放的勢態之下，公眾的現代素養應該是整體上的提高，公眾生活的意識也應有所增強。而王曉明卻用了「觸目」來指代社會的文學與人文精神危機，其一顯然是從他文學啓蒙論的視角來看待整個社會的，把「文學」看成是社會進步的唯一標誌，是衡量社會公眾的首要準則，這種純粹的單一化視角無疑不合符經濟型社會的發展指標；其次，這段「誇大其辭」的描述呈現啓蒙主義者一貫的激越態度，是對 90 年代市場社會的一種「惡意」想像。如果我們撇開他們對真正存在墮落的社會文化現象的批判可能性，把其啓蒙主義式的批判話語還原爲一種批判「行爲」的話，則非常清楚這種激情式的批判態度與中國啓蒙主義思想內部的痼疾是一致的，而與真正的啓蒙思想的哲學原則是相背的，它缺乏理性智慧與批判反思力度，不能認識到自身的偏見。事實上，這種激越的情緒宣洩貫穿著整個的批評文本，如以下：

> 張宏剛才談到的「調侃一切」、徐麟講的「以廢墟嘲笑廢墟」，都是這個時代人文精神日見萎縮的突出症狀。這並不是一個偶然的現象，從某種意義上，它恰是我們精神歷程的一個合乎邏輯的結果。你在一連串事件的搖撼下清醒過來，發現自己原來被一種無知的信仰引入歧途，於是跳起來，奔向另外一些與之相反的信仰。可很快你就發覺，這新的信仰仍然無用，你還是連連失敗，找不到出路。在這種時候，你的頭一個本能反應，大概就是乾脆放棄信仰，放棄尋找出路的企圖吧？你甚至會反過來嘲笑這種企圖，藉以擺脫先前那沉重的失敗感。在嚴酷的環境中，自嘲確能成爲有效的自慰。和理想主義相比，虛無主義總是顯得更有力，因爲它自身無須證明。
>
> 說得誇張一點，今天的文化差不多是一片廢墟。或許還有若干

依然聳立的斷垣，在遍地碎瓦中顯現出孤傲的寂寞，但已不能讓我
們流淚。

我們所感受到的人文精神的危機有兩重。首先，我們正處在一
個堪與先秦時代比肩的價值觀念大轉換的時代。舉凡五千年以來信
仰、信念和信條無一不受到懷疑、嘲弄，卻又缺乏真正建設性的批
判。不僅文學，整個人文精神的領域都呈現一派衰勢。在商品經濟
大潮的衝擊下，窮怕了的中國人紛紛金錢，不少文化人則方寸大亂，
一日三驚，再也沒有敬業的心氣，自尊的人格。更內在的危機還在
於，如果真的有了錢就天圓地方，自足自在，那當然可以不要精神
生活，人文精神的危機不過是那批文化人的生存危機而已。但是，
一個有五千年歷史的民族真的可以不要諸如信仰、信念、世界意義、
人生價值這些精神追求就能生存下去，乃至富強起來嗎？

列舉這些並非要故意詬病啓蒙論者，而是想清楚地指出，批判者們的這種激
越的對當下「市場」的否定態度很容易導向一種歷史保守主義的傾向。企圖
以一種固定的啓蒙精神的傳統資源來簡單地否定當下的現實，顯然缺乏上文
已論述過的「現代性的反思性」。同時，還有可能陷入一種情感上的懷舊，失
去知識分子應有的現實批判力度。關於這一點，南帆早就指出過：

我想指出的是，這種擔憂（即對於商品經濟不合作的姿態）源
於一個隱蔽的理論過渡：當下的批評必將拒絕今天，從而讓歷史撤
回原處。乞求歷史的亡靈排遣現實的迷惘，召回傳統的場景撫慰當
前的失望，這已經成為許多人慣用的解脫方法。手邊的難題常常令
人們陷入回憶，從而在往事之中索取思想武器和情感資源；於是，
這些往事秘密地成為人們當今想像力和理論思辨的展開基礎。不論
是三、四十年代的硝煙戰火、五十年代的太平盛世、六十年代的紅
衛兵激情還是更為遙遠的田園大地、列祖列宗，這些歷史的片斷再
現都可能寓含著強烈的返回衝動。這樣，當下的批評無形地潛伏著
懷舊的向度。〔註22〕

由此我們可以見出，一直被認定為精英知識分子階層激發起「自救的勇氣和
理性」、「深入地透視當前的文化現實」、「深入地透視自己」的人文精神討論

〔註22〕南帆：《人文精神：背景和框架》，《讀書》，1996 年第 7 期。

的倡導者也只不過是完成了一種知識分子「行爲」上的情緒宣洩過程。而這
種激情的態度自然也同樣導致了一種功利性的批判手段，早期出現在啓蒙主
義運動中的「傳統／現代」式二元對立思維模式在此暴露出來，這種簡單的
批判方式使其陷入一種道德形而上主義的絕境。我們同樣可以在文本中列舉
一些（也許這些話語方式正是批判者不加掩飾，無意中敗露出來的。）：

> 諷刺總是以一種嚴肅的姿態批判性地對待人生，它清除人生的
> 污穢，是生命的清潔工。諷刺所顯示的批判性甚至高居於作爲個體
> 的諷刺者及諷刺對象之上，達到對普遍性的生命價值的肯定。調侃
> 則不然。調侃恰恰是取消生存的任何嚴肅性，將人生化爲輕鬆的一
> 笑，它的背後是一種無奈和無謂。

這裡把文學的「諷刺」與「調侃」對立起來有著明顯的現代啓蒙文學史觀念
的印跡。現代文學史上，以魯迅、張天翼、沙汀等爲代表的現代諷刺文學業
績得到極大的肯定，「諷刺」是作爲文學啓蒙者一種最有效的批判武器，它勇
敢地直面現實人生；而「調侃」則不然，它好比是 30 年代裏逃避了時代責任
的「幽默」「閒適」的小品文，魯迅曾把它批判爲「將屠夫的兇殘，使大家化
爲一笑，收場大吉。」〔註 23〕「靠著低訴或微吟，將粗獷的人心，磨得漸漸
的平滑。」〔註 24〕在這裡，我們不難看出同樣的批判取向，只是「啓蒙」的
背景遠不如從前了。比起 30 年代的文學環境，這種排斥性的文學觀念與 90
年代多元化的文學創作勢態差異甚大，也顯出他們對文學過於簡單的評斷。
這種二元對立式的批判模式最明顯地表露在中國／西方的觀念模式上，如批
判者們在文本中評述的：

> 西方現代主義文學的興起，有一個價值觀念的危機和轉型的深
> 遠文化背景。語言形式所以被推到一個歷史的高度上，是根於西方
> 人對語言與存在關係的理解。因而不僅其遊戲規則是嚴肅的，其遊
> 戲態度也是眞誠的，他們正是在這種嚴肅的遊戲的投入中，把握並
> 超越個體性存在的獨特體驗。但中國當代「玩文學」者的那些「遊
> 戲」之作，既不表現出對某種生存方式的解構，更沒有對存在的可

〔註23〕《「論語一年」》：引自魯迅，《南腔北調集》，北京：人民文學出版社，1973 年，
第 129 頁。

〔註24〕《小品文的危機》：引自魯迅，《南腔北調集》，北京：人民文學出版社，1973 年，
第 135 頁。

能性的探索與構造，一旦失去了這種形而上的意向性，那麼形式模仿的意義就只剩下「玩」的本身，它所能提供的僅是一種形而下的自娛快感，人文精神正是在這種快感中喪失了。

其實西方的後現代主義是經過一系列建構以後的超越性否定。可在中國，根本就沒有這個過程，我們處於一個多種歷史階段的人文思潮混作一團的共時性結構中，處在這樣的狀況中而一味「後現代」，結果很可能是保護了腐朽的文化因素。

「西方」一直是中國啓蒙主義文學的源頭，是激烈反傳統的中國現代文學尊崇的楷模。而「五四」啓蒙者把所有的批判都放置在一個傳統／現代的激進批判模式中，以上列出的中國／西方對立式的批評模式正是傳統／現代的翻版。但是，對於90年代的文學啓蒙論者來說，激進的反傳統（表現爲抑「中」揚「西」）價值取向和功利性的武器批判顯然不合時宜，以至他們的批判話語呈現簡單化的邏輯思維形態。甚至把一貫被文學啓蒙者所否定的所謂消極性的「遊戲」與「後現代」文學因素，也要納入到他們的固定思維模式之中，這就更顯得武斷與僵化。忘卻了從文學本身的文本出發，而只憑藉一種先驗的文學觀念作出評判，這一思維邏輯竟然在批判者身上反覆地出現，且如此明顯。再如：

理想主義需要以整體的人建構，他的情感、意志和理性必須達到一定程度的整合，還需要有充沛的生命的意向性。這樣的人以理性建立起自己的理想，對它一往情深，努力使它成爲自己實踐意志和生命意義的基礎。而虛無主義則是一個心靈已成廢墟的人所唯一能持的哲學態度，他只能用自己的理智來嘲笑自己的情感，用情感來嘲笑意志等等。

在西方，虛無主義自有其獨特意義。近代的理想主義的信仰和價值依據（無論其爲上帝還是理性、科學），通常總是外在於人的生命，而虛無主義恰恰是要瓦解這種外在於人的價值依據，這並不意味著人本身的意義的喪失，相反，它將生命的價值落實到生命本身。上帝死了，人有了更充分的自由，就好比父親死了，解除了對孩子的管束。但一個成熟的少年將會意識到，他從此必須獨自承擔自己的命運，創造自己的生活了。人的充分的自由同時就意味著更多的承擔，意味著需要更強的生命力，也意味著他有可能創造出更高的

意義，可惜在我們這裡，虛無主義竟常常導致逃避和放縱，似乎一旦父親死了，大家便可以拋棄一切承諾，怎麼玩兒就怎麼玩兒，這真會令人生出無以應該說的悲哀！

也許這些對文學觀念的評判模式放在以往的時代有很大的話語批判力量，但是對於 90 年代的文學來說，則顯得異常的單調和貧乏。或許我們不得不認為，王曉明們真正要表達的只是他們對當下文學處境的一種情緒宣洩，對人文知識分子的地位邊緣化的一種焦慮，而對於真正的文學批評卻是毫沒在意的。這就自然造成了他們思想資源裏天生缺陷的暴露。最後，激憤的態度使之走向了道德形而上主義，以至於在一番激情的批判之後，祭出了「殉道者」、「敢死隊」這樣的文化極端主義來自慰，這就不能不導向與他們的西方文學啟蒙大師們從神學向世俗化的平民文學走向的反面。

對王曉明的這種有著深層的啟蒙情結的文學批評話語，也許他的同代人王光明看得更細緻。他在對「王曉明的文學批評」的專論中說到：

王曉明似乎不大重視現實與文學修辭之間既互相吸收又互相矛盾的關係；稍一疏忽就把語言當成了現實，把文學話語當成了作家的自我經驗，把藝術創造當成了思想文化史的注釋；而對於現代中國的思想文化現象，又有一種「大敘述」的欲望。因此，王曉明能把握對象的特點與個性，再現那種陰鬱的氣氛和變形的痛苦，卻似乎無力進行準確的歸類和命名，做出令人信服的評判，——每每遇到這種情況時，他就情不自禁拿出精神、道德和人格的標尺，亮出那些最讓人仰視或許也是最大而無當的詞，諸如「終極關懷」、「功利主義」、「精神立場」之類。這就出現了文學批評急切向思想文化批判「提升」的現象，構成了自身的悖論：他本來是要通過個性被壓抑狀態的描述，破解歷史和道德的權力結構，然而最終通向的卻是歷史道德講述的路線；原想通過審美、個人經驗、情感記憶對個體活力的釋放，顛覆精神公社或物質經濟的烏托邦幻想，抗拒文化失真現象與工具理性的宰制，重建人們完整的感性和自我反思能力，結果卻給人以全體都要參加「人文精神」的嘉年華會的印象。〔註25〕

這一席話也同樣擊中了文學啟蒙論批評的「阿喀琉斯之踵」。

〔註25〕王光明：《文學批評的兩地視野》，北京：北京大學出版社，2002 年，第 26 頁。

三、解讀「王朔」

1、大眾文學與媚俗的現代性

面對市場經濟社會帶來的衝擊，王曉明們的「文學和人文精神的危機」意識中最明顯的對立「象徵物」無疑是「王朔」。「王朔」在這一批判文本中被指認爲「調侃」、「媚俗」與「虛無」。無論王朔本人，還是其小說創作，都被看成是「一種無意志、無情感的非生命狀態」，「沖淡了生存的嚴肅性和嚴酷性」，「取消了生命的批判意識，不承擔任何東西，無論是歡樂還是痛苦」；「從嘲弄和挖苦大眾虛僞的信仰到用調笑來向大眾獻媚，」還「一改以往嬉皮士似的反道德面目，而以『好人一生平安』的空頭許諾來勸善。嬉皮士變成了道德家，這可稱得上眞正的喜劇。」並由此而認定「王朔」成爲了「廢墟」，他「不能指向任何外部世界，於是便只有在玩弄語言的褻瀆與嘲笑中獲得一種自慰式的快感」。所有的這些批判都是激烈的，徹底否定的，被斥責爲「人文精神的全面喪失」、「價值觀念崩潰」。然而，這種對作家作品的激烈的評斷與 90 年代的文學史寫作以及文學批評寫作又存在著多大的距離呢？我們還是先來對 90 年代的「王朔」進行一番解讀。

90 年代的文學環境發生了很大的變化，文化形態和寫作立場呈現多元化的態勢。同時，市場經濟體制的確立帶動了文藝政策的調整，文學與政治的關係相對疏離，文學的創作環境極爲寬鬆，「個人化」的創作勢態異彩紛呈，與此同時，消費性的「大眾文化」也迅速發展，並借助於市場運作規則向人們文化生活的各個層面滲透，這使得 80 年代以來整體性的文化格局迅速分化，而關於 90 年代的文化格局一種較爲典型的描述是：主流文化（又稱國家意識形態文化、官方文化、正統文化），知識分子文化（又稱高雅文化）和大眾文化（又稱流行文化、通俗文化）。當然，各種文化形態並非如此涇渭分明，它們常常會相互交叉、滲透。但毫無疑問，王朔的小說是作爲一種「大眾文學」來認定的。

王朔的小說被指認爲「大眾文學」，一是對於閱讀層面來說，其受眾顯然不是文學啓蒙者眼裏的「現代文明人」，不是用文學來陶冶自己的性情，啓迪自己的人生的文學青年；而是當代經濟生活中發展起來的文化大眾，他們注重的是王朔小說所帶來的娛樂與消遣，是給他們業餘時間裏的一種文化消費。其次是對於文學傳播的方式來說，它是通過文化市場的大量發行和各種

媒介的傳播（大量的王朔小說被改編爲電影），運用商業操作規則追求經銷的數量爲目標的文化商品。

然而，大眾文學的出現不僅與文化市場的形成有關，也並非是一種完全消極的文化消費品，僅供市場社會裏的文化大眾消遣與娛樂，而是與現代市民社會的形成有更內在的關聯，它裏面同樣反映了普通人的生活願望和審美理想，也同樣反映一種藝術創造精神。我們不能只是簡單地用一種「雅」與「俗」、「高尚」與「低級」等標準來衡量，今天的「大眾」已不是原來啓蒙者眼裏需要「啓蒙」的被動的下層群體，他們已經有了自己明確的生存意識和文化自覺性，早先的文化精英在他們心目中已越來越失去了那種顯赫的「導師」般地位。所以，對於90年代的「大眾文學」的批評，如果仍然用一套精英文學的評價標準去衡量顯然是不合適的，這樣做的結果是使文化精英越來越遠離大眾的精神生活，越來越出現文化精英與他們需要關注的大眾之間巨大的隔膜。英國文化研究學派的代表人物約翰・費斯克對大眾文化的批評很有見地，他認爲大眾文本所運用的文本策略與手段顯然與高雅文藝所遵奉的藝術手法不同，並且受到後者價值標準的鄙視和排斥（如被王曉明們所詬病的王朔小說中的「調侃」、「戲謔（嘲笑）」等）。然而，大眾文化的價值是依「大眾日常生活經驗的相關性」而定的，王朔的「『侃』使嚴肅話語淡化，使沉重話語輕鬆。『侃』變成了一種現今許多人能夠認同的生存方式和社會立場，因而成爲對他們具有內在相關性的文本手段。」〔註26〕而大眾把什麼看成與他們日常生存相關或不相關卻是文化研究者和文化工作者需要認眞研究思考的問題。

> （文化研究者和文化工作者）必須同時負擔起前衛和後衛的雙重角色。一方面，他們不應當以他們自己心目中的重要人生問題去強行左右民眾去思考和關心什麼。另一方面，他們作爲民眾的一部分，有責任告訴其他的民眾，爲了大家共同的利益，應當關心什麼。在民眾實際關心什麼和需要關心什麼之間往往存在著差距，這種現象後面往往隱藏著深刻的歷史和社會原因。〔註27〕

〔註26〕徐賁：《走向後現代與後殖民》，北京：中國社會科學出版社，1996年，第265頁。

〔註27〕徐賁：《走向後現代與後殖民》，北京：中國社會科學出版社，1996年，第265頁。

　　王朔小說中的對政治與崇高的「調侃」和對文革語言的「戲仿」等文本遊戲都是典型的大眾文學的文本策略與手段，這些被批判者定為「玩文學」的小說文本之所以能受到大眾的廣泛接受，不僅在於它的文本遊戲，更在於它背後隱含著的日常生存經驗與深層的社會文化心理。而王曉明們卻仍然用嚴肅文學的標準去衡量，對大眾文學的文化觀念極端排斥，斥責它為「一種非生命狀態」，由此而產生了與大眾文學的巨大隔膜。同時從「啓蒙」文學觀念的標準，把大眾文學的生產者與大眾讀者的關係說成是「嘲弄」、「獻媚」的消極性的負面關係，這樣就自然把王朔小說創作指認為一種「媚俗」。

　　有意思的是，與其說王曉明們指認的「媚俗」是對王朔小說的一種詆毀，還不如說是他無意中切中了大眾文學的另一種真實意圖。大眾文學是在現代商業化的社會環境中發展壯大的，沒有現代市場社會體制的形成，就不可能產生以消費文化為導向的大眾文學。所以，以「媚俗」為標誌的大眾文學正是 90 年代市場社會逐漸形成的必然結果，而並非像批判者們所批駁的只是作家個人的創作態度與觀念的產物。馬泰・卡林內斯庫在《現代性的五副面孔》一書中就把「媚俗藝術」也看成是現代性的一個方面，他指出：

　　　　現代性與媚俗藝術——這兩個概念也許顯得相互排斥，起碼是因為現代性意味著反傳統的現時性、實驗、龐德「使之新（Make it new！）意義上的新和銳意求變，而所有形式的媚俗藝術都意味著重複、陳腐、老套。實事上並不難認識到，無論在技術上還是在美學上，媚俗藝術都是現代性的典型產品之一。媚俗藝術（它對時尚的依賴和迅速過時使得它成為可消費「藝術」的主要形式）和經濟發展之間的聯繫實際上是如此緊密，以至於把媚俗藝術在「第二」或「第三」世界的出現看成「現代性」的準確無誤的標誌。〔註28〕

　　儘管馬泰•卡林內斯在此所談的「媚俗藝術」多是指繪畫、雕塑等方面，但它同樣有助於我們來理解大眾文學在 90 年代的生長情況。20 世紀以來，「啓蒙」曾經是作為一種「現代性」從西方輸入，被中國的精英知識分子作為一種全部的「現代性」方案而接受下來，以為通過對傳統的激烈批判和現代性價值的重估就可以逐步完成現代民主國家的建立，這種一勞永逸式的知

〔註28〕〔美〕馬泰•卡林內斯庫：《現代性的五副面孔》，顧愛彬、李瑞華譯，北京：商務印書館，2002 年，第 242～243 頁。

識分子想像方式被 90 年代的社會實踐所打破。「現代性」遠非知識分子所想
像的那麼單一，變幻的多個面孔足以在 90 年代的中國社會形態中體現出來。
文學啓蒙論者無法看清那種「媚俗的現代性」面孔，不能正面對待大眾文學
的產生與地位，無法看到大眾文學興起的積極面，而一味地作消極的對抗。
然而，在他們的思想觀念之外，他們也無意識地感受到了大眾文學背後這種
「媚俗的現代性」，但他們的立場與身份使之不能清醒地肯定大眾文學的眞正
價值所在。正如《現代性的五副面孔》一書繼續指出的：

> 偽藝術這多面妖魔有一種爲現代主義者不曾意識到的神秘而
> 根基深厚的力量——一種取悅的力量；一種不僅能滿足最簡單最廣泛
> 的流行審美懷舊感，而且能滿足中產階級模糊的美的理想的力量，
> 而儘管有各種先鋒派的憤怒反擊，中產階級美的理想仍然是審美消
> 費上的主導因素，並因此也是審美生產上的主導因素。〔註29〕

王朔小說（包括影視的改編）的流行正是中國市場經濟社會形成中的一種結
果，是代表「大眾文化」興起的一種標誌。但對王朔小說本身我們還能作多
方面的看待，如在一些文學史中，王朔小說還被歸併到「新寫實」小說流派
當中，從嚴肅文學的角度看出王朔有些小說「對人們的基本困境所投以的純
粹的注視與眞誠的表達」的一面。〔註30〕

面對小說文本，我們當然不能只作一種單向度的解讀，在不同的知識文
化結構中有著不同的意義闡釋，同樣的文本形式有時會顯示出它的多重性含
義：如王朔小說裏對「革命」「政治」「理想」的調侃、對文革語言的「戲仿」
在青年閱讀者眼裏可以看成是一種懷舊性的文化標記，在一些知識分子眼裏
則被認爲是具有解構極「左」政治路線與文化專制主義的作用，「他撕破了一
些偽崇高的假面」。〔註31〕而在王曉明這樣持文學啓蒙論的知識者面前則成了
一種純粹消極性的寫作動向。

所以，即便是知識者眼裏的「王朔」，也同樣存在著文學解讀上的差異。
這還可以促使我們從另一種思路上對 90 年代的「王朔」進行解讀。

〔註29〕　〔美〕馬泰•卡林內斯庫：《現代性的五副面孔》，顧愛彬、李瑞華譯，北京：
　　　　　商務印書館，2002 年，第 247 頁。

〔註30〕　朱棟霖、丁帆、朱曉進主編：《中國現代文學史》（下冊），北京：高等教育
　　　　　出版社，1999 年，第 178 頁。

〔註31〕　王蒙：《躲避崇高》，《讀書》，1993 年第 1 期。

2、90 年代文學批評視野中的「王朔」

如果說不同知識背景和文化經驗的知識分子對「王朔」有著不同的解讀方式，那麼同樣地，在 90 年代的文學批評歷程中，對王朔小說的評價也在漸漸地發生著變化，這預示著處於知識分子集團的文學批評者們在不斷地調整對「王朔」這一文化符號的「解密」方式，也在不斷地變動著自己的文化視野，由此展現一個 90 年代文學批評的動態過程。

自王朔小說的誕生以來，文學批評界並沒有對它進行關注，批評者們彷彿眾口緘默，把它視爲一種商業文化操作中的大眾讀物、淺俗的文化消費品，甚至貶其爲「痞子文學」，不值得在文學批評領域受到禮待。直到王朔小說在文化領域的影響越來越大，且其多部作品被改編成電影，以至文化界有稱之呼「王朔年」之後，文學批評界才紛紛出來對王朔的小說進行各種文學意義上的評述。

對於王朔小說的嚴肅批評話語的展開是從 80 年代末開始的。陳思和先生針對王朔筆下人物的生存狀態，把它概括爲一種「頹廢文化心理」，認爲「在這種文化心理支配下，國家、民族、信仰、道德等在傳統文化中被視爲神聖的東西無不貶值，根本不占任何地位。唯一有意義的就是及時行樂，它不需要明天也沒有明天。『頹廢文化心理』絕對是反傳統規範的，但它沒有任何高尚的內容和悲劇的精神，只是用庸俗的方式去吞噬，消耗，甚而腐化社會機能，促使社會的傳統規範在嘻嘻哈哈的鬧劇中瓦解消散。」繼而，他把這些人物特殊的生存狀態指稱爲「二十世紀末一部分中國市民的心緒。」〔註 32〕雷達也認爲王朔「小說中人物的生存境遇、生活態度和精神特徵使他們成功了。」「他的作品表現了我們民族心態的一種現代畸變，是現代國人企圖擺脫困境的諸多『活法』之一種的藝術象徵。」〔註 33〕

很明顯，最初的文學批評都認定了王朔小說是靠描繪「一部分中國市民」的特殊生存狀態或各種現代生活裏的「一種現代畸變」而引人關注的，而且把王朔小說裏的人物劃歸爲中國社會生活正常秩序之外的特殊群體。雷達說他們是當代中國出現的「一個尚不爲人知的世界，一些尚不爲人深知的年輕生命，以及尚不爲人所知的秩序。」陳思和則稱小說描寫的只是各種各樣的社會心態中的「一個層次，一個毫無亮色的黑道社會。」這些批評話語儘管

〔註32〕陳思和：《黑色的頹廢——讀王朔的小說箚記》，《當代作家評論》，1989 年第 5 期。
〔註33〕雷達：《論王朔現象》，《作家》，1989 年第 3 期。

對小說的價值取向持消極態度，但卻無形中強化了王朔小說世界的現實意義。同時，也把它從那種無聊的「痞子文學」口號式的貶損中脫離了出來，其嚴肅的批判態度顯示了文學批評者一貫的現實批評精神。

隨著文學批評的深入，評論界開始從各種文化視角出發，去挖掘文本敘述者（或者說王朔本人）的價值態度以及文本背後深藏的多種社會文化形態，用一種精英文化的視線去衡量王朔的小說在中國現代文學體系中的意義和作用。當然，對於文學批評者來說，自身的精英文化價值標準與王朔的小說文本所體現出的文化價值態度在多大的層面上可以相互連接與溝通，他們不會太多地考慮，只是想盡心借助於文本來挖掘自身意義世界裏的各種資源。

張德祥從反理想，反道德的角度去評論王朔的文學價值觀。認為王朔筆下塑造的「頑主」們的「這種人生哲學和方式又不能不是一種對現實的逃逸，它所體現的精神情懷極為淺薄和狹隘。」故王朔的作品顯然「缺乏現實主義藝術一貫的人道原則與是非觀念，缺乏現實主義直面現實，關切人類命運的藝術精神與價值追求。」〔註34〕另一位評論者焦桐也指出，「切不可忽視作家王朔在敘述故事時，或在小說中隱隱流露出的態度，否則我們永遠無法真實地理解王朔，也無法理解王朔作為一種現象對於當代生活的意義。」繼而他從反傳統的角度論及了王朔內心那種「一無所有的尷尬」，他筆下的「那群人以極端的方式顛覆了傳統的人，雖然最終在與傳統的激戰中確立了自身的存在，但他們只是喪失了意義的符號，他們除了擁有自身存在的方式以外一無所有。」〔註35〕

批評者李揚用「褻瀆與逍遙」這一反文化主題的批評話語來概括王朔小說，認為「反文化行為在王朔小說中不是生而有之，而是人們在飽經炎涼之後又無路可走狀態下的『別無選擇』，這樣反文化在王朔小說中不再是一種價值選擇，而成為對歷史的一種陳述，這給他的小說抹上了一層沉重的色彩。」〔註36〕

對「王朔」更具深層意義探究的是批評者蔡翔，他指出王朔不僅導引了一股大眾文化潮流，而且還形成了其對中國知識分子整個的人文傳統實施了致命的打擊。他分析道：「王朔現象構成了 90 年代中國大陸一個複雜的人文

〔註34〕 張德祥：《視點下移之後——王朔的文學觀念透視》，《文藝爭鳴》，1993 年第 1 期。
〔註35〕 焦桐：《王朔：一無所有的尷尬》，《當代作家評論》，1993 年第 2 期。
〔註36〕 李揚：《褻瀆與逍遙：小說境況一種——王朔小說剖析》，《當代作家評論》，1993 年第 3 期。

景觀，在某種失敗主義的文化背景下，知識分子通過王朔淋漓盡致地宣洩了自己的苦悶和煩躁，在一種極度的失望之中（包括自身），索性借用王朔式的玩世不恭來對抗已沉重不堪（又顯得浮誇空洞）的思想……王朔對知識分子的嘲弄在閱讀中也就同時轉化爲知識分子的自嘲（多少含有一種自虐心理）。」〔註37〕明顯可以看出，在這種話語評論中，對「王朔」的文學主題的批判被轉換成了精英知識分子自身批判的文化主題，話語意蘊的深邃卻導致某種程度上對小說文本的意義偏離，這無疑是精英知識分子自身的批判視界所造成的。

以上形成的王朔小說批評話語帶有濃烈的知識分子精英話語色彩，從反理想主義、反傳統、反文化、反知識分子等話語評述中可見出精英文化對「王朔」這一文化符號的深層意義解讀，他們傳達的不是王朔小說文本眞正期待的文化視野，而是表明了文學批評者們鮮明的知識分子價值立場和態度，同時也潛藏著他們在面對商業文化勢力衝擊之下的一種抵抗姿態和文本批評策略，企圖用自身的文學價值立場和文化視野來涵蓋一種新的文本形式。

然而，這些批評話語越來越不能闡釋王朔小說在 90 年代裏所得到的全部文學影響力。新的文化格局的形成使得精英知識分子價值立場和文化身份日益弱化，從而也導致他們對王朔小說批評話語的失效。所以一些文學批評者開始在尋求一種新的文化發言立場，謀求在 90 年代的商業文化語境裏一種新的文化發言者姿態。

我們在張新穎的《中國當代文化反抗的流變——從北島到崔健到王朔》一文中能感受到這種批評話語的調整與轉變。儘管張新穎也延續了上面的精英視角的批評，用近似同樣的批評話語——「文化反抗」來評述王朔，認爲王朔作爲流行文化的代言人，卻「拒絕承擔一切，拒絕超越性的關懷，他的個人主義也是虛假的，因爲他缺乏自我審視的意識，迴避個體內部的分裂性，他的文化反抗的形成就是他是時代的一種病，而這種病有可能產生反社會的意義。」但是他的批評視角卻潛在地回到了王朔小說的「本位」，即大眾文學層面的批評，認爲王朔「主動地從文化反抗的邊緣位置上逃走了，以媚俗代替了反叛，屈從和投好於商業潮流、主體文化、大眾媒介、市民意識，」最終導致文化反抗從北島到崔健，而至王朔身上夭折了。〔註38〕

〔註37〕 蔡翔：《舊時王謝堂前燕——關於王朔及王朔現象》，《小說評論》，1994 年第 1 期。
〔註38〕 張新穎：《中國當代文化反抗的流變——從北島到崔健到王朔》，《文藝爭鳴》，1995 年第 3 期。

　　比之張新穎批評視角的潛在轉向，青年批評者祁述裕則完全從一種新的文化形態上對王朔小說和「王朔現象」進行肯定性的評述。他從當下市場經濟社會的政治經濟文化背景中來分析王朔小說和「王朔現象」所產生的文化意義，認為「王朔一開始便以底層市民階層的代表出現在文壇。不同於傳統知識分子總是喜好顯示文化人的品性，王朔則宣稱自己是『俗人』，他把人生的目的歸納為『找樂兒』，把生存方式歸結為自己照顧好自己。」「王朔在消解一切既有意義的同時，也在構築新的人生意義大廈，即是消費人生的哲學。在他的『頑主』系列的小說中，他有意隱匿了這些頑主內心的苦悶迷茫無聊感，以及權力缺失的自我渺小感，突出其逍遙、自在的人生享受，這些描寫旨在表明他所代表的下層市民階層的精神上的優勝。」批評者甚至毫不避諱地指出：「王朔的機智在於，他以轟毀一切權威話語的方式來牟取話語權力，以否定一切真理、信念的方式來表達市民階層底層人的聲音，通過將底層社會人的生活進行理想化的描繪來顯示這個階層的精神優勝，為這個階層獲得權力話語提供合法性依據。」〔註39〕

　　這種以肯定性的批評話語對「王朔」進行切合文化本身價值形態的話語闡釋，可以看出批評者主動完成了自己精英話語形態的轉換，它摒棄了慣有的知識精英的價值立場和態度，而採取了更加適合中國當下文化語境的新觀念，理解、包容乃至認同了在傳統的文學批評話語中被當作的異質因素，從而認定了一種以「王朔」這一文化符號為核心的，體現市民價值觀念的新的文化形態。

　　從以上中國當代文學批評界對王朔小說的批評話語趨向可以見出，「王朔」在知識精英視野中的意義顯示越來越消融了其間的對立與隔膜，從而體現出知識分子對 90 年代新的現代性語境的認識深化過程和理性抉擇過程，並打破了已有的傳統價值觀的偏見和啟蒙主義式的文學想像模式。

四、文本內部的「症候」：一種矛盾的、對立的潛在意識

　　在對「啟蒙」與「王朔」進行了一番解讀之後，更為重要的是，我們還會發現文本間隱藏的一些「症候」，或者說是文本中隱含的一種矛盾的、對立

〔註39〕祁述裕：《逃遁與入市：當代知識分子的選擇和命運》，《文藝爭鳴》，1995年第 4 期。

的潛在意識。

對於批判者來說，他們強烈的「啓蒙」精英式立場和態度是毫不隱晦的，並採取了一種絕對主動的批評立場，憤擊當下的「文學和人文精神的危機「的狀況，有著鮮明的知識分子對「問題意識」的主體性態度。然而，如果我們仔細地去閱讀文本，就會發現在文本的間隙隱藏著一種矛盾的、對立的立場和態度，這些意識的流露當然是不自覺的、隱晦的，它洩露了啓蒙批判者內心的另一種聲音。

我們還是引用文本中的話來進行分析：王曉明在對 80 年代中後期以來的「先鋒」文學作家與「新寫實主義」作家的價值取向進行一番批判之後，卻描繪了這麼一種身心上的「後退」感：

> 但是，從一些似乎並不相關的現象，我卻強烈地感受到一種共同的後退傾向，一種精神立足點的不由自主的後退，從「文學應該幫助人強化和發展對生活的感應能力」這個立場的後退，甚至是從「這個世界上確實存在著精神價值」這個立場的後退。

為什麼他會有此種「後退」感呢？批判者們對當下「危機」的立場和態度不是很激烈、強硬的嗎？啓蒙主義者在 20 世紀以來一直是中國「現代性方案」的設計者，是科學文化的引路人，是現代意識最明確、最強烈的文化思想先鋒。然而在 90 年代竟然出現了這種「後退」感，它說明了什麼？或許是文化精英被無奈地擠出了社會的「中心」地位而不得不退守自己狹小的精神領地，也或許是啓蒙主義式的文學理想與精神價值受到市場經濟社會的沖刷而使之處於低潮。然而，批判者內心更爲隱憂的是，啓蒙主義思想和立場在 90 年代遭遇到一種尷尬：一種從先進的引領時代潮流的思想立場到落後時代潮流的尷尬，一種從一貫主張現代式開放觀念到批判開放式市場觀念的尷尬，一種從具有強烈的反傳統激進思想到陷入保守的道德主義的尷尬。這種 90 年代的切身感受是啓蒙論者無法逃避的，可他們固守著一種傳統的思想資源，又無法認識到自身啓蒙思想的缺陷，最終處於一種矛盾的、無法解脫的思想境地。這種「後退」感的描述正洩露了啓蒙論者內心的另一種聲音和不同的身份立場與態度，它與此前對當下「文學和人文精神的危機」的批判構成一種矛盾、對立的關係。內在的身心感受有可能化解外在的行爲批判，使強硬的話語批判溶解成一灘情緒宣洩之水，這正是我們前面所明顯感覺到的，在他們這種「後退」感中也洩露了出來。

　　這種隱含的立場和態度在文本的另一處也有所洩露。此前我們分析說過，啓蒙論者只是從已有的啓蒙觀念模式去批伐 90 年代的文學創作，而不能從文學的文本中去作具體的評論，帶有一種明顯的文學功利性和二元對立式的武斷。但是在這個批判文本中存在一個例外，即對話者張檸對「先鋒小說」《邊緣》、《呼喊與細雨》等的文本細讀式批評，他這樣評論：

　　　　從文本的敘事方式來看，這些作品往往從童年的回憶切入，敘事構成一種有指向的線性時間，但又不時被回憶中的創傷性記憶所打斷。就在敘事力圖重現失去時光，喚回童年的詩性記憶的同時，記憶中的創傷性因素卻不斷地瓦解它，暗示對現實的質疑和對存在意義的追問。創傷性所帶來的「震驚體驗」充填於幻想的時間結構之中，時間被瓦解爲碎片，歷史被轉換爲一個頹廢的寓言，小說家則在這片荒廢的背景上，凸現出一種童年的「詩性記憶」被擊碎而產生的憂傷和焦慮。

這段精彩的文本細讀絲毫沒有啓蒙論者一貫的二元式批評思維，它眞實地揭示出小說家文本世界的「存在」，批評者稱「小說家則以其眞誠的感受和回憶瓦解了線性時間的鏈條，提醒人們：存在被遺忘了。」然而，令人無奈的是，批評者剛作出一番肯定的精彩評述之後，馬上又回到了啓蒙論者的老途，回到了功利性的外在世界，去批駁小說家的「『靈魂救贖』的問題」，「其精神價值指向方面的猶豫不定」，「不僅讀者不能從作品中獲取精神能量，就是作者本人也會因精神頹廢所帶來的『如釋重負』感的誘惑，而喪失精神的力度和自信心，最終無以抵擋來自外部世界的種種壓力和誘惑（據說有一些頗有前途的先鋒作家也『下海』了）。」這種把對文學藝術的批評與本不是文學所能承擔的社會功效以及現實世界的作家行爲聯繫起來的方式是脫離藝術的眞實意圖的。很可惜，也很有意味的是，一旦批評者脫離了他們的二元式的文學批評模式，對小說文本世界眞正地領悟和肯定時，卻又馬上改爲一種否定式的批駁，稱它是先鋒小說家正面臨的「困境」，也是「整個社會人文精神的困境」，似乎在爲自己眞正的發現感到擔心。批評者這種對 90 年代文學既肯定又否定的游離態度正反映了文學啓蒙論者自身在 90 年代感受到的「困境」：他們一方面想要在 90 年代的文學批評中找到自己的思想和方法，另一方面又自覺地現出他們狹隘的文學功利性的啓蒙思想痼疾，無法放棄自己的「啓蒙」

身份和立場去適應新的市場經濟社會不斷變化的現代性語境。啟蒙論者已經感受到了啟蒙思想的內在「困境」，感受到了人文精神的「困境」，清楚到用自己的思想觀念來激烈批判是解決不了現實問題的。由於他們無法控制自身在 90 年代中複雜而真實的身心體驗，所以才有一種無法阻止的「後退」。這種「後退」與「困境」的感受正是文本中隱含的啟蒙論者的深層心理，是在其文學批評觀念和一貫立場背後的另一種矛盾的、對立的潛在意識。

我們除了在批判者所說的「後退」與「困境」中分析出啟蒙論者深層心理「症候」和矛盾、對立的意識因素外，同時還能從他們對「王朔」的批判中找出這種文本內部的裂痕。

前面的解讀已經提到，作為批判中最明顯的對立「象徵物」，「王朔」是啟蒙論者內心最大的思想障礙，是他們在 90 年代難以切除的心頭之患。因為「王朔」的出現打破了他們啟蒙文學的理想幻夢，使得他們的精英文學的地位與觀念逐漸地被瓦解。所以啟蒙文學論者一開始就對王朔下手，把它作為「文學和人文精神的危機」的靶子，批判王朔的文學失去了對生命的承擔，喪失了價值取向；甚至從 20 世紀文學觀念和文學史的高度上對它進行徹底的否認與排斥。然而，在他們潛在的批評心理中，卻又把王朔小說提高到 90 年代整個文學創作的「典型」高度，把它放大到文學史乃至知識分子的價值體系中作宏觀式的把握，說它是「中國傳統文學觀念的延續」；是繼《儒林外史》、《圍城》等「諷刺文學」之後，「正統價值觀念崩潰後的產物」；並認為「這個時代人文精神日見萎縮的突出症狀」「不是一個偶然的現象」，而「是我們精神歷程的一個合乎邏輯的結果」。顯然，這些宏大的批判話語正好說明了啟蒙論者逃脫不了對「王朔」的一種影響的焦慮，這種焦慮也正是他們在 90 年代所面臨的一種身份焦慮。在他們內心，「王朔」就是 90 年代的一面「鏡子」，或許這還是一面不堪面對的「魔鏡」。這種對「王朔」的徹底貶斥與那種逃脫不了的影響焦慮正好也反映出批評者複雜矛盾的意識狀態。

最顯眼地體會到批判者複雜心態的莫過於文學啟蒙論者在整個文本中所形成的一種「廢墟／曠野」式的心理結構。這種心理結構一方面符合了他們一貫的二元對立式的思維批判模式，體現了「傳統／現代」的現代線性時間觀念。所以批判者在最後說到：

　　實際上，可以在整個人文精神領域裏來理解這一點。傳統的價值觀念的土崩瓦解，同時也正展示出一切有形與無形的精神枷鎖土崩瓦解的可能性。而另一方面，新的生活實踐也必然要求新的人文精神的誕生。……倘若既定的價值觀念已不能擔當此任，那就只能去創造一個新的人文精神來。我們無法拒絕廢墟，但這決不意味著認同廢墟。如果把看生活的視角調理一下，心靈的視界中也許會出現一片燃燒的曠野，那裡正孕育著新的生機。

我們意識到，批判者把「廢墟／曠野」納入「舊／新」的線性時間觀念上，好像體現了一種「現代」意識。然而，仔細分析一下就發現，批判者一直把當下的「王朔」看成「廢墟」，把「人文精神」理解成 20 世紀文學與精神領域中維持的一種「過去」的精神，這在時間觀念上剛好倒置了。這種倒置使得文學啓蒙論者的「現代」意識變得曖昧不清，從而也暴露了批判者內心潛藏的矛盾與困惑：一方面是存在於固有思想資源裏的「現代」意識，另一方面卻面對著眞正「現代」式的當下生活，兩個「現代」竟然在 90 年代發生了分裂，但哪個「現代」才有眞正的「現代性」呢？批判者們無法作出理性的反思，正如他們還沒能清醒地意識到內心已然潛藏著另一種矛盾的、對立的意義因素一樣。這些內在分裂正反映了文學啓蒙論者在 90 年代裏思想觀念與生活感受之間的差異，顯現出一種複雜的混沌的批評意識。也正是這些文本間發生的「症候」讓我們深層地體會到，90 年代的文學啓蒙精英們並非一種單一的文學批評心態和身心體驗，而是經歷了一個現代性的心靈嬗變過程，只是一切還都處在潛在狀態罷了。

　　從以上的文本「症候」的分析，我們有理由相信，《曠野上的廢墟——文學和人文精神的危機》作爲人文精神大討論的始發性文本，它具有了一種「現代性」意義。如果我們僅僅把《曠野上的廢墟——文學和人文精神的危機》看成是一個純啓蒙知識分子的批判文本，那麼我們就只能感受到文學啓蒙論者的激憤心態與固執的立場，在 90 年代的思想文化背景下，他們終將導致批判性話語力量的喪失和文學批評權威的消失；然而，我們一旦超越了這一狹隘的視角，把《曠野上的廢墟——文學和人文精神的危機》看成是 90 年代一個「現代性」的文本，把他們批判的話語「還原」成一種情感批判的行爲本身，再從文本的間隙中尋找到一種現代性的「症候」，就會體會到一個全新的

90 年代文學思想發展的動態過程，看出整個精英知識分子階層在 90 年代裏的心靈體驗和精神嬗變的複雜進程。事實上，無論是執守知識分子價值傳統的激憤的文學啓蒙論者，還是摒棄知識分子價值傳統的「王朔」，都共同參與了 90 年代「人文精神」價值體系的解構與轉化，前者的激情之中潛藏著內在的自我「破壞」力，後者則以自己的行爲作外在的抗爭，但他們都共同譜寫著 90 年代一種文學與思想的「現代性」。

五、始發性文本與整個人文精神大討論的隱喻關係

對始發性文本的意義解讀很有一種意味，一方面，它是作爲事件發生的肇始，爲事件的歷史記憶留下一個原初的見證。同時它又爲事件的歷史意義提供了一種確證，無形中爲它定下了一個基調，並指引了意義延續的方向；而在另一方面，始發性的文本也留下了許多複雜、含混的現場裂痕，其文本間隙中隱藏的意義又反過來化解了它最初對事件歷史意義的指認。《曠野上的廢墟——文學和人文精神的危機》正是在這種含混的意味中來解讀的。文本的顯層是對 90 年代「文學和人文精神的危機」狀況的憂慮與批判，形成了知識精英層與當下現實的對抗心理；而在文本的間隙中挖掘出的批判者的深層心理中卻時時潛藏著另一種矛盾的、對立的意義因素，一種現代性邏輯演化進程中的現實感。這樣的意義解讀方式使得我們收穫了文本的雙重性質：一是作爲一個純知識分子性的敘事文本性；一是作爲一個「現代性」的敘事文本性。前一種性質是從批判者的目的性來看待的，它講述的是人文知識分子勇於承擔社會責任，堅決維護文學與人文精神的價值取向，批判正在墮落、滑坡的社會道德與精神危機；後一種性質是從批判者的行爲本身來看待的，它講述的是啓蒙知識分子在 90 年代的現代化語境中，如何宣洩自身在身份與地位受到擠壓下的內心焦慮，如何在一種矛盾、衝突的意識狀態中接受一種現代性「危機」的考驗，並逐步地向一個新的合法性身份的過渡與嬗變中來。

也許正是從這個單一的始發性文本的解讀中，我們更能看清這歷時漫長、複雜歧義的人文精神大討論最核心的意義，會突然發現始發性的文本原來竟是整個人文精神大討論事件的一個精神縮影，一個早就預設好了的模本，後來的人文精神討論的進展竟然是完全按照這個始發性文本的雙重性質來「複製」的。

1、一個純知識分子的事件

說人文精神大討論是一個純知識分子的事件是毫無疑義的，並且大多數參與者與後來的評述者都會認同的。這不僅是從討論的主體、對象，還是其影響的範圍來說，人文精神大討論都只是人文知識分子的「分內事」。正如始發性文本以批判現實社會的精神狀況入手，結果卻演變成激越的主體價值的張揚和內心情緒的宣洩；本想完成一次對世俗社會的積極干預和批判，卻最終走向了遠離世俗的精神王國，甘當「殉道者」與「敢死隊」。這裡面有一種借他人的事（比如王朔的「商業寫作」）來訴說自己的心情的味道。同樣，在人文精神的討論當中，也多是借他人的事（如「文人下海」）來訴說自己人文學科受冷落、知識分子日益邊緣化等焦慮情緒。所以，討論一旦開始，參與者均是圍繞自身心中事進行言說。無論是把「人文精神」定義為「終極關懷」〔註40〕、「自由的精神、自覺的精神、超越的精神」〔註41〕、一種新的「道」〔註42〕，還是理解為一種「知識分子治學、處世的原則和精神」〔註43〕，都是一種典型的知識分子話語敘事方式；而在討論人文精神的「重建」上，也都是在諸如「知識分子的崗位意識」〔註44〕、傳統文化解構之後的現代重建〔註45〕、啟蒙精神的「分化」與「溝通」〔註46〕、「新理想主義」〔註47〕等典型的知識分子話語世界中來探討的。這一切都是向內面向知識分子自身的，是 90 年代的人文知識分子對於自己生存處境的憂慮和價值系統的解構而作出的艱難選擇和理性思考，而對起先所批判的社會精神危機問題早已擱置一邊了。所以後來的事件評述者都詬病說人文精神大討論有嚴重的精英主義傾向、道德主義傾向。

另外，討論中出現的諸多的爭論也是純粹的知識分子式的思想派別的爭

〔註40〕 高瑞泉、袁進、張汝倫、李天綱：《人文精神尋蹤》，《讀書》，1994 年第 4 期。

〔註41〕 許蘇民：《人文精神論綱》，《學習與探索》，1995 年第 5 期。

〔註42〕 許紀霖、陳思和、蔡翔、郜元寶：《道統、學統與政統》，《讀書》，1994 年第 5 期。

〔註43〕 盧英平：《立法者‧解釋者‧游民》，《讀書》，1994 年第 8 期。

〔註44〕 張汝倫、王曉明、朱學勤、陳思和：《人文精神：是否可能與如何可能》，《讀書》，1994 年第 3 期。

〔註45〕 李澤厚、王德勝：《關於文化現狀、道德重建的對話》，《東方》，1994 年第 5 期。

〔註46〕 王一川：《從啟蒙到溝通──90 年代審美文化與人文精神轉化論綱》，《文藝爭鳴》，1994 年第 5 期。

〔註47〕 孟繁華：《新理想主義與知識分子意識形態》，《光明日報》，1995 年 7 月 5 日。

論，如批評家與作家之間、學理派與經驗派之間、現代式學者與「後」現代式的學者之間，甚至包含有「京」與「海」地域之間文化上的潛在衝突，還有事後發生的與此有關的「二王之爭」和「二張現象」等等，都深深地顯示出知識分子自身的秉性，流露著太多的知識者式的意氣、是非和偏執。正如前文所引述的郜元寶的一段話：「知識分子之間在根本精神方面，似乎缺乏一種有效的生產性的『公共空間』，所有的追問和探索，都處在分崩離析的瘓散狀態。」〔註48〕更多的事件評述者也都指出了人文精神大討論中知識分子群體的分裂、分化局面。

如果就人文精神大討論的整個社會影響來說，則不僅沒有產生較大的社會影響力，即便在知識分子群體的內部也都認為沒有達到較高的學術討論層次，沒有就人文精神的「重建」達成一個有影響力的成果。只是表面上在人文知識界造成熱烈的討論局面，其間的情緒論爭遠遠大於知識分子自身的理性反思，討論的實際效果遠遠沒有達到討論的預想目的。

可以看出，人文精神大討論從批判社會的危機到暴露出自身精英身份與啓蒙思想的危機，越發見出了 90 年代的人文知識分子的窘境和焦慮。作為一個知識分子的事件，它顯示出如此多的不足，後來的評述者也不斷地以「誤區」、「缺陷」和「癥結」來度量它。再加上人文精神大討論事件之後的社會發展依然迅猛，文化與市場的相互滲透不斷加深，就越發地顯得人文精神大討論的歷史影響在「進步」中被吹散。「人文精神」作為一個典型的知識分子話語業已被泛化，或成為主流意識的標語和口號，或戲謔於日常生活的口語當中。總之，彰顯知識分子價值立場和精英話語權威的人文精神大討論，在一天天地消解。

然而，人文精神大討論作為 90 年代裏一個熱烈的歷史性事件，真的沒能實踐出多少文化思想意義嗎？一個持續深廣的人文思想討論真的只是一個「失敗」的知識分子的事件嗎？

2、一個「現代性」的事件

如果我們拋開參與者對事件本身的認定，以及後來的評述者一味地對知識分子話語世界的針砭，而把整個大討論也看作是一個大大的「超文本」，從其文本間性來考察，則可明白，人文精神大討論具有 90 年代現代性語境下的多重意義。

〔註48〕郜元寶：《人文精神討論之我見》，《作家報》，1995 年 5 月 20 日。

　　正如始發性文本所啓發的，作爲一個「現代性」的文本，始發性文本內部的「症候」中藏有批判者複雜的身心體驗和矛盾的對立意識，外在的精英批判立場掩藏了其內心的現代性焦慮。同樣，對於人文精神大討論這一「超文本」的「症候」分析，我們亦能挖掘到它所具有的「現代性」事件的複雜意蘊。

　　如第一章裏所提出的，人文精神的討論者與評述者既認同於知識分子的價值立場，又質疑於知識分子的價值立場這一悖論式的「行爲」背後掩藏著什麼？作爲一個純粹的知識分子話語──「人文精神」的提出爲什麼會出現其內部的多種分歧與分化狀態？這些「文本」間的裂痕無疑在打破一個已被認定的純知識分子式的敘事想像，而那些廣受質疑的人文精神大討論中的「缺陷」「癥結」正體現了 90 年代人文知識分子一種眞實而複雜的「行爲」體驗。

　　正是從始發性文本與人文精神大討論的隱喻性關係著眼，我們會深層地體會到，人文精神大討論的「失敗」背後潛藏的是 90 年代人文知識分子的矛盾困惑與身心體驗，是新的時代影響之下人文知識分子「反對自身傳統」這一現代性行爲的契始。這充分說明了 90 年代的知識分子群體處於一個調整與轉化期，並從一個散發著激越的批判態度和矛盾的身份焦慮中擺脫出來，向著更具有現代性的理性反思層面上來。

　　這種調整與轉化的進程我們還能從另一個方面見出。在這一集中性的討論期之後，人文知識者的討論「行爲」仍在堅持，源源不斷，這種事件的難以平息的狀態也充分說明了知識分子群體在作自身調整與反思的努力。這種「人文精神」事件的未完成狀態正是「現代性」作爲未竟事業的本身，我們不必再去詬病人文精神大討論的「癥結」與「缺陷」，不必去反覆批評人文知識者固守傳統的現代性資源的道德保守主義行爲，更不必像「後」學家那樣去宣稱「歷史的終結」論，企圖顛覆一切，解構一切。即便是我們從人文精神大討論的事件內部挖掘出對於傳統人文世界的解構力量，那麼另一方面的現代性價值重建也正在嬗變中形成。只不過對於一個歷史「事件」的描述來說，「解構」也許是更具實在性的描述，對一種已經在發生的歷史性狀態的描述；而「重建」卻是一種「未然」的狀態，是對一個未來性的歷史事件的想像。

　　對於 90 年代這一特定的歷史「事件」來說，人文精神大討論確乎是一個現代性轉化的契機，它顯示出在「啓蒙」現代性之後，一種更具反思性的現代性場景，眞正反映出 90 年代這一嬗變與轉化的時代特質。無論是其對外的人文價

值的張揚，還是其內部潛藏的諸多矛盾、溝壑與磨礪，人文精神大討論都將在新的現代性視域之中完成它的多重性意義：首先，它在一定意義上顯示了人文世界中知識分子價值的力量，抗擊了浮躁的社會風氣對人文精神領域的逐漸侵蝕；其次，它提供了一個被逐步受到擠壓的知識分子群體的情緒宣洩的公共場域，避免他們在退守中產生過分失落的尷尬與困惑；更為緊要的是，它為人文知識群體提供了一個新的現代性思考的契機，並讓他們有足夠的心理準備時間來調整內部的精神狀態，逐步尋找到一個新的合法性身份。

（《曠野上的廢墟——文學與人文精神的危機》，王曉明、張宏、徐麟、張檸、
崔宜明等：《上海文學》，1993 第 6 期。）

女人是「性情」的，不是「歷史」的
——讀徐坤《廚房》

　　「廚房是一個女人的出發點和停泊地。」這確實是對女性自身一個極好的定位。因為從漫長的人類生活習俗來看，「廚房」是女性生活裏的重要舞臺，她借助這個狹小的空間來編織「愛」的紐帶，營造家庭的愛與溫馨。沒有女人的家庭算不上家庭，最多只能稱作住處或棲身之地，而沒有女人的廚房也就沒有生活的氣息了。即便是進入了現代民主社會，現代家庭依然需要靠女人來編織、組構，女人在家庭的核心位置仍未改變，家庭中決不可缺少女性的溫情和母性的慈愛。作為一個女人或女性在體，她在漫長的歷史建構中形成了一種牢固的女性身體感覺和倫理意識。

　　「女人並不知道廚房為何生來就屬於陰性，她並沒有去想。」就像她不知道自己為何生來就成為女人一樣，她只是「自然」地成為了女人。女人天生細膩、敏感，能捉摸到生活中最微妙的感覺，比如生活中潛藏的某種色澤、氣味還未充分顯現時，她卻預先地感知到了；但女人似乎欠缺一種智性，一種把握全域、縱覽始末的判斷力。女人喜歡陶醉在生活的細枝末節之中，卻不慣於超越生活的是非曲直之外。從這種意義上講，女人是「性情」的，而不是「歷史」的。

　　急劇多變的現代生活也在不斷地衝擊著女性自身牢固的身體感覺和倫理意識。從歷史的傳統預設中掙脫出來的現代女性吶喊著「女人不是天生的，女人是被塑造的。」勇敢地反叛出男性統轄下的強權秩序，去爭得女性自身掌握下的一片自由的天空。或許女人在這粗暴的歷史權力框架中受到了極大的奴役，性情被壓抑、束縛得太死，她們這種決然的「出走」，也是人性內在

的一種反抗。但女人確乎不是理性的，那種帶有強烈情緒性的，把外在的一切（甚至包括愛和家庭）都當作仇敵的叛逃無疑是一種不明智的衝動，她壓根兒都沒想到以後還要「回來」。

女人終究是要「回來」的，回到自己的生活中來，逃離之後的女人體驗到的那份失落與痛楚使她感到極度疲憊，她再也忍受不了外面世界的虛僞和污濁。即便「女人是被塑造出來的」，那她的重塑也不是一蹴而就的，它同樣是一個歷史的過程。所以，出逃的女人眞的需要回來修整。

並非說女人不應走出傳統的疆域——廚房，投入到更廣闊的社會生活中去；而是她不該進入到一種狂躁與虛無的掙脫中，拋離別夫，摒棄家庭，乃至失卻了自身最寶貴的個體性情，這實際上是在重複著她所厭惡的男權欲望爭奪的模式，逃離變成了「同謀」。

對於現代女性來說，偏執地選擇家庭或者社會都會造成內心極度的困惑，這正是擺在女人面前的一個艱難的自身倫理抉擇。女人的自主選擇本應是爲了自身性情的發展，追求獨立、自由的生活狀態，擺脫傳統預設的倫理禁錮；但面對浮華的現代生活，卻總是落入（家庭與社會二者之間的）一種非此即彼的思維陷井。是啊！逃離了外在的歷史傳統，同時也遺失了自身的內心傳統，無怪乎女人要心甘情願並且毫無顧慮地回來。

女人的這一切變化均可從小說中的兩段敘述中表現出來。有意思的是這兩段敘述竟構成了某種意義上的話語重複，因爲這只不過是對同一事件——廚房生活的不同表達。我們隨著困惑中女人一道來體會一下吧：

> 她受夠了家裏毫無新意的廚房。她受夠了廚房裏的一切擺設。那些鍋碗瓢盆油鹽醬醋全都讓她咬牙切齒地憎恨。正是廚房裏這些日復一日的無聊瑣碎磨滅了她的靈性，耗損了她的才情，讓她一個名牌大學畢業的女子身手不得施展。……

> 她願意一天天無數次地悠閒地呆在自家的廚房裏頭，摸摸這，碰碰那，無所事事，隨意將廚房裏的小擺設碰得叮噹亂響。她還願意將做一頓飯的時間無限地延長，每天要去菜市場挑選最時鮮的蔬菜，回來再將它們的每一片葉子和莖稈兒都認眞地洗摘。做每一頓飯之前她都要參照書上的說法，不厭其煩地考慮如何將飯菜營養搭配。慢慢料理這些的時候，她心情定會像水一樣沉穩，絕對不會再以爲這是在空耗生命和時間。……

女人前後兩種截然不同的生活態度是「性情」的作用，還是「歷史」的作用，我們暫且不管。只是看到她似乎又回到了內心的傳統，並用一種本能的性情去找回曾經拋棄的真愛與家庭。

具有諷刺意味的是，現代女性憑著一種現代性思維的大背景對過去的歷史傳統進行反思，並作出反叛；然而她卻不能歷史地對現代生活本身進行再度反思，無法看透現代生活的詭秘。這正是女性自身所缺乏的，同時也沒有現實的模式作參考，因為這一反思是與現代生活同步的。這不能不讓性情的女人又一次迷失在現代歷史的迷霧當中。

現代生活的技術化、規範化帶來了物質文明的飛速發展，同時也導致了人的欲望的膨脹，心靈的萎縮。真情受到欺騙，理想遭到嘲弄。現代人「頭顱」變得越大，「心胸」收縮得越小，對人性的豐富性理解簡化成了利益原則的計較，而「人」的深厚歷史記憶被逐漸淡忘。一切生活都處在偽飾之中。這正顯示著現代人的一種畸形的生存狀態，而處於弱勢的女性生存則顯得更為艱難，從而也使女人尋找真愛的回歸之路淪為一場受愚弄的遊戲。

小說本身正展示了一場可供觀賞的表演場景。其特徵不僅在於明顯的戲劇表現技巧方面，如形體語言的充分運用、人物動作的細緻刻畫、節奏性的場景變化以及戲劇效果的結局；而且在這表演之中深刻地展示了女人在渾然不覺的狀態下受到「歷史」導演的擺弄，由此而上演的一場弱者的受弄命運。

我們現在進入到遊戲的現場：一個是「快手快腳無比快活地忙碌」的女人枝子；一個是「正懶散地蜷坐在沙發上」的男人松澤。他們的社會關係是老闆與受贊助的藝術家，但外在的現實關係決定不了潛藏在背後的一個渴望得到「真愛」的女人與一個功利又「虛無」的男人之間的愛情關係。女人枝子正興致勃勃地在廚房裏烹飪為慶賀男人松澤的生日，她以女性特有「廚房語言」向男人示愛，充分展露性情女人的身體感覺，只是礙於自身的那一點自尊和矜持，女人不敢向中意的男人直接表白。無奈的是男人一直認同一種外在的利益原則，去應酬、逢迎女老闆的歡心，而絲毫浸入不到枝子柔情似水的愛情潮水之中，從而使得枝子無限期待的「生動」碰到了松澤「莫衷一是的虛無」。

顯然，女人的本能性情感染不了現實的男人，她動用了各種精明的策略（遠離了女人內心的身體感覺，而盜用了一種外在的謀略）展開了進攻，以便讓這種愛情能進行到底。這時，一場表演才真正開始了。

　　但無論女人枝子多精明，多有魅惑力，在這個物質過剩、情感萎靡的社會和以男性爲中心、女性依附的歷史年代，她也只能是迷茫地「沉浸在自己一廂情願的愛情」裏，而有著主宰權的男人松澤早已抽身而出，「像一個把持全域的導演去陪練一個女演員」。愛情淪爲了遊戲，這對還未明白過來的枝子是多麼的殘酷。

　　在這樣的年代裏，個體性情早已不堪受污而退出了商業社會的角逐。人的情感生活在現實世界裏普遍受到壓抑，從而在心靈的周圍結成了一層厚厚的「具殼」。小說中的男人與女人的表演行爲均來自於這種心靈具殼的存在。對他人的疑慮，也是對內心缺乏眞誠，難以擦去心靈上的塵垢進入到兩性自由對話的和諧空間。可以說，枝子那一點起碼的自尊和矜持早已被現實的功利原則所摧毀。表面上努力裝出的平靜只能加大她心靈上具殼的厚度，從而不斷地繼續著女人受傷害的性別歷史，這是現代歷史所導致的，也是女性自身缺乏一種反思的智性的結果。

　　當男人松澤「濕漉漉的舌音」把女人枝子從愛情的迷幻中驚醒時，女人的內在性情受到了重創。但她還是緊緊地收起自己殘破的心靈，轉瞬間「裝作滿不在乎」，變得「極奇大度極其平靜」，就像她開始在廚房裏「忙忙碌碌」一樣，又「大幅度地行爲起來」，收拾著這頓生日晚餐的殘局，並且顯示出「難以自抑的誇張」。這前後兩個近似相同的動作描寫深刻地展示出枝子外在的主動行爲與內心的被動受挫之間的某種心理聯繫。突如其來的打擊讓內心無法防備時，內在性情的軟弱只有靠外在的行動來掩飾，彷彿像是怕人看到自己內心的傷痛而慌亂地在傷口上貼上的一張膏藥，也許這根本沒有止痛治療的功效，但還是要用它來遮住這難言的傷口。這種「行動救治法」正使得女人下意識地拾起了那隻「垃圾袋」，這之間似乎有一種心理感應，讓受傷的女人永遠都無法訴說。

　　「夜是乾燥的，夜根本就沒有潮聲」。確實，這裡面已沒有溫暖而濕潤的情愛，只有乾巴巴的功利交易和逢場作戲。但在這「乾燥」而寒顫的夜晚，女人枝子竟還感受到一絲「呵護和溫暖」。或許像那個「賣火柴的小女孩」，酷冷之中回升一絲暖意，絕望之中泛出一縷溫情，這正顯示出女人心靈深處的枯渴和一種自我療傷的本能。

　　但可惡的現實總是不失時機地破壞這僅有的一點慰藉，「一袋垃圾」還緊緊地提在女人的手裏。這種近似殘酷的提示滲入到枝子狼藉的心情裏，彷彿

要她明白那發生的一切是一場絕不該上演的遊戲！

　　或許現代社會的人們始終處於一種不自知的生存狀態中。正如現代人漂泊太久渴望「回家」，卻找不到回家的歸路，女人枝子在商業社會裏拼得渾身疲憊而渴望回到「廚房」也只是一個妄想中的幻影。她根本沒想到「回來」竟是無路。被拋入現代歷史軌跡的女人，不僅繼續承受性情上的傷痛，還將永遠地漂泊，這正是現代性的一個永久命題。

　　作為一個女人，她不但要超越既成的「歷史」宿命，還要超越自身「性情」所帶來的欠缺，這或許是小說《廚房》所完成的一種意義。

（《廚房》，徐坤，《作家》，1997 年第 1 期；獲第二屆魯迅文學獎短篇小說獎。）

超越民族想像中的表層認同
——讀徐坤《一個老外在中國》

「一個老外在中國」。是一個「老外」，一個渺小、孤獨的西方人在「中國」，在一個疆域遼闊、文化深厚的東方國土。她足以淹沒一個孤身飄蕩的西方人，讓他感覺到生命的渺小、人世的無常。這樣，一邊是一個外來者的不諳國情，有著語言、文化上的巨大隔膜，在飄泊中被嗆得暈頭轉向，遍體傷痕；另一邊是神秘而深沉的東方世界能容納一切異類，消弭所有裂縫、傷痛而保持著她永恆而靜謐的姿勢。人與世界，一個讓人永遠無法破解的人生方程式。正是墜入到這深邃的東方世界的引力場中，這個孤獨的西方人無法擺脫她的纏繞，無法忘卻她恩賜過的傷痛，反而在不停地咀嚼、回味，彷彿要在這種豐富的餘味當中尋找到一種確證，然後把它標識為屬於自身的財富，一筆需要珍藏的心靈財富。即便是那麼地破損，那麼地不完整，也能帶著一份沉甸甸的「滿足感」而離開。

但這又何嘗只是一個老外在中國的人生體驗呢？「人類有些共同規律是不分種族血統的」，普天下人們都有可能經受到這種殘破又充實的人生歷程，並把它收藏起來，中國有句詩就叫「曾經桑海難為水」。

顯然，小說的敘事首先建立在一段具體的人生閱歷，一種普遍化的人類生活經驗之上的。打動我們的不是國籍、民族差別上的文化觀念的碰撞，而是實際生活層面的複雜且豐富的人生況味，以及對它更內在的情感生活的理解與領悟。於是，我們先來追述小說中呈現出來的複雜而豐富的生活歷程，進而到達對一種共通的人生經驗的理解與溝通。

　　「老外」尼爾斯十年前來到中國。或許是爲了豐富一下自身的人生閱歷，或是爲增加一點工作資歷，他暫別家庭，隻身來到中國。然而神奇的東方國度不僅讓他打開了地理、文化上的廣闊視野，而且也使得他個人的情感沉入到神秘的東方誘惑之中（從另一個方面講，是陷進了第三世界「女生」鋪設的生存圈套）。後來他竟然神使鬼差地拋棄了自己的國家和家庭，在異國的土地上建築與他迷戀的東方少女的愛情小巢。看來，尼爾斯也是個將美好愛情置於生活首位的性情中人，爲了理想愛情而對生活忘乎所以；但浪漫的愛情喜劇總是嫌它閉幕得太快，當愛情迷霧逐漸散盡，一切世俗的生活硬件馬上清晰刺眼地擺在他的面前，尼爾斯不得不爲了保護好自己的「東方美夢」而萬般折騰，再也不是單純地豐富自己的閱歷增加資歷了。生活目標的改變意味著夢幻般的愛情理想遲早要觸礁，當東方戀人因尼爾斯的不切實際離他遠去，另尋通道完成了向第一世界進軍的目標時，只留下尼爾斯這個「上國公民」遺失在迷幻的東方悠悠天地間愴然淚下。

　　但即便是情感的遭際也無法改變尼爾斯性情的執拗，他那富於詩人氣質的複雜個性因情事的挫折變得「孤僻而自閉」，內心受到損傷也使自尊更加警覺，從而在與外人的理解和溝通上有了既成的阻礙。他不願回到現實中的國家和家庭，「隻身游蕩流浪在東方發展中國家」，繼續過著一種詩性漂泊的生活，可惜時代的巨大變遷侵蝕了詩性生活背後優越的物質屏障，從而也失去了他「上國公民」身份的魅力，而他的個人魅力就只露出平庸的底色，甚至有點落魄的光景。

　　就是這麼一個性情化的西方男人，他的內心刻下了一段難以忘懷的「中國記憶」。這片異國的土地激發了他詩性的理想愛情同時又踐踏了它，他很想在此重新拾起那殘破的舊夢，企圖把它拾綴完整，但這已經是不可能的了。正如歷史是不可重來的，可以重來也就成不了歷史，尼爾斯這段逝去的愛情已經成爲歷史，想要重來的只是他那難以磨滅的中國情結。

　　當然，作爲敘事中的主角，尼爾斯無法理性地思考自己的中國命運，他只是懷著一種難以捉摸的心情來中國尋找舊夢，不過早已變遷的時代生活又讓他清楚地看到逝去的舊夢無法重演。這一切「熟悉又陌生」的異國景象使他受損傷的心靈保持敏感而多疑，想得到外人的理解和溝通，又生怕再次受到情感傷害，只能是過著一種隔膜和封閉的生活。但生活本來就是一種平凡耐久的考驗，它會讓你經受創傷，也能慢慢磨合你的傷口。當尼爾斯與生俱

來的美好生活願望和良好的個性稟賦（如對教學的責任感、對他人的善待與
尊重）在生活中漸次展現出來，他受傷害的心靈也慢慢擺脫了隔膜與偏執、「恐
懼」與「憂傷」；心靈的障礙一旦撤除，他又重新得到他人的真情和理解（儘
管這種真情和理解是另一種情形的），或許他終於在這片夢幻般的東方國土上
領悟到了生活的真實含義。

夢「破了，便醒了。」他整理好自己散亂而殘破的情感記憶，開始了一
個新的希望。最後離別時，尼爾斯懷抱著「同學們送他的一對景泰藍瓶」，沉
甸甸地踏上了回家的路。在作者與讀者的目光下，小說完成了一段耐人尋味
的情感生活故事和帶有普遍性的個體心路歷程，讓我們受到頗多的感染。

接下來我們還要看看小說另外一種明顯的敘事意圖。作者有意識地把一
段普通的個體情感波折放置在一個全球化背景中的東方世界裏。這樣，呈現
出的是東方鏡像中西方人遭受不幸命運的文化圖景。這種以東方人的視界看
待西方人的姿態，打破了一貫的「東方主義」（愛德華‧賽義德提出的後殖民
主義的文化概念）的「他者」被看的處境，取得了一種主動的文化立場。這
一文化觀念上的意圖不僅跟作家的現實身份（文學博士）有關，也跟小說文
本中反覆強調的文化意圖存在很大的關聯。小說中正是提供了這麼一個極富
文化意味的時代：「現在已經是一個什麼時代了！E 時代！全球化浪潮捲得人
嘰哩咕嚕滿地球打滾的時代！崇洋媚外寒磣勁早已經過去了。外教在學生眼
裏也不過是跟學校簽了教書合同的打工仔。」這種全新的文化全球觀念正好
可以擺脫長久以來「崇洋媚外」的強烈的文化自卑心理。

全球化的浪潮似乎把各個民族國家都捲入到一個共同的世界場域中。它
不僅給民族國家帶來無限的發展生機，同時也暗藏了對民族文化統一化危機
的深深憂慮，它加深了人們對民族國家作為想像的共同體的認同意識。擔心
自己文化身份的失落，努力保留對自身民族文化的指認，這是全球化場景中
人們的普遍心理。特別是自晚清以來，滯緩而寬厚的東方母體一直受到西方
強勢文化的壓制和欺凌，東方民族始終處在一種深沉的文化危機和焦慮之
中，始終在西方文化的抑制下來接受一種對民族國家的認同。全球化的新契
機使作家以敏感的女性視角重新打量世界場域中民族國家的文化角色，重新
獲得一種想像化的認同。作家有意識地選擇一個西方人在中國遭際的文化場
景，並使用一種調侃與貶抑式的筆調來闡述自己的敘事意圖，這既有一種文
化意義上的宣洩，同時也滿足了讀者們對民族國家想像式認同的心理。

讓我們來看看作家在人物身上是如何展現出她的敘事意圖的。尼爾斯「有著被追捕的小鹿一樣驚恐的眼神」,「翻毛皮鞋一樣的毛嘟嘟的眼形」;「睫毛毫無必要的又長又彎」,「眼球周圍透露出的驚恐是輻射性的,似乎要掙破眼眶飛出來」,眼珠「彷彿是正午的陽光打在一堆散放的彩色玻璃彈子上」;他的身材「也就是將一個小男孩的體形放大了些」,穿的服飾「把那張四十多歲的老臉襯得十分嬌嫩,有點像小家雀的黃嘴丫子未褪一樣」;他發英語捲舌音「像一根舊簧鬆鬆垮垮馬上要斷似的」。這裡,作家猶如在打量一個小小的對象,挑剔著哪兒還不夠精美。這種不夠「人情味」的文化心理優勢也同樣施展在另外兩個老外身上,一個「身材頗像美國前國務卿奧爾布萊特」(這個美國女人在國際外交上沒給中國人民留下好形象),行動「簡直像個落地無聲的母豹」;另一個是「典型的美國佬,臉像大蘿蔔,表皮坑坑窪窪」,「體形龐大如大象,別人拔牙打一針麻藥估計他得打仨」,「那傢伙體臭濃重,饒舌貧嘴……」

顯明的敘事意圖足以讓讀者得到一種想像性的滿足,但這也彷彿只是作家一個淺嘗輒止的意圖表達。她顯然不想在這種淺俗的觀念層面來迎合大眾的口味,而是有著作家自己對文學與人生的獨特理解和領悟,從而完成的是一個精神式的書寫過程。這不得不讓警醒的讀者拋開文化觀念上的表層意圖去理解文本中深層的意蘊。

我們先來注意到文本中夾藏的一種現象,即小說裏或隱或顯地記寫了另一種情形的生活。它迥然不同於經受了傷痛與滄桑的尼爾斯的中國遭遇,而是一種安穩但極其乏味的「我們」的生活。

「我們」博士班的學生每天都被填入到一種早已規劃好了的程式化生活中。他們「苛刻而又世俗」,「一肚子的功利心眼」,背地裏調侃老師,什麼都不當回事,當面卻不敢得罪,有怨言也不敢抒發,擔心「被當成鬧學潮給抓起來」;他們讀書拿學分,寫「全球化文章」,嚴格配合學院化規則;學的是人文社會科學,卻鄙視文學(「在二〇〇〇年的中國,再談文學就是沒有用。」),貶斥詩人(詩人是「更可惡,更不務正業,更不著調的」「那個東西」);他們磨滅了自己的個性,誰也不敢越軌,只想獲得一種外在的功利生活。相比於尼爾斯雖然傷痛但卻豐富多味的個性生活,作家在此有了一種更隱晦的批評指向。

　　單調與豐富，程式化與個性化，兩種不同的人類生活經驗深刻地反映了
全球化共同的背景下不同人的生活形態與自由精神。作家在那種貶抑的筆調
下無形中卻完成了一個富於整體性的個性形象，而在一種不經意的敘述中卻
流露出對自身另一種生活情形的不滿，從而在反諷的意義上拆解了對民族國
家想像式的簡單認同，達到對一個更具普遍層面的自由人生的理解，完成了
她獨特的個性表達意願。

　　正是作家獨特的人生視角使得小說末尾顛覆了已有的敘事方式。從貶
抑、調侃轉到平靜、散文化的敘述，從文化觀念中的人物成見到理解性的人
物相契，深化了小說對人的整體性的認識，即對個性與自由、理解與溝通、
眞情與領悟的表達。由此，小說撇開了一種文化觀念的簡單表述，回到了眞
正的文學本體層面；同時也使得小說在本文層次上呈現出複雜多義性，一種
多元的解讀方式也得以產生。

　　　　（《一個老外在中國》，徐坤，《山花》，2001 年第 10 期。）

現代性鏡象中的城市時間與空間
——評小說《長恨歌》的電影改編

　　上海這座城市，張愛玲在 40 年代就通過小說寫盡了她的繁華與奢靡、時尚與香豔，這裡有殖民時代的新奇，也有舊時代沒能褪盡的陳腐。有意思的是，對於一直是作為攣生姊妹的香港，張愛玲也同樣把自身的小說才華（如《沉香屑：第一爐香》、《茉莉香片》、《封鎖》、《傾城之戀》等）傾吐到這片摩登之地，用「上海人」的眼光去「察看」香港的摩登風情，正如她在《到底是上海人》一文中所寫道的「為上海人寫了一本香港傳奇」。

　　無獨有偶，香港電影人關錦鵬（當然還包括徐克、許鞍華等導演）也常常有意地通過拍攝以「老上海」為背景，以神奇、感性的敘事為故事框架的「懷舊電影」，彷彿是想通過「老上海」的時光倒轉來恢復一個對於香港自身根性的歷史記憶。誠然，由於共通的殖民化命運和都會成長的歷史境遇，香港電影人對於「老上海」情結的迷戀就自然內在化為一個關於香港的「她者」式的文化鏡象。

　　可以說，一直活在張愛玲小說和香港電影的雙重鏡象中，以及更廣大的大眾文化意識中的滬港「雙城記」，已經構成了 20 世紀文化裏一道傳奇化的現代性鏡象。

　　以上關於滬港之間相互存在的文化精神問題在李歐梵的文章《上海與香港：雙城記的文化意義》裏有過詳盡的論述，在此只略作說明。言歸正傳，來看看今年剛剛拍攝，由香港著名導演關錦鵬根據王安憶的長篇小說《長恨歌》改編的同名電影。顯然，關錦鵬依然看重的是《長恨歌》的上海背景以

及他對滬港之間互為鏡象式的電影敘事，據說王安憶也對關的改編充滿了期待和信心。但這些似乎都不重要，因為文本（無論是小說還是電影）一旦完成，就有其獨特的生命力，接受其自身的文化命運的考驗。

需要接受考驗的是，關錦鵬導演拍攝《長恨歌》面對的是一個新的現代性都市鏡象。王安憶畢竟不是 40 年代的張愛玲，儘管她留有「張派傳人」的文脈痕跡，而且《長恨歌》筆下的上海故事也已經不是張愛玲眼裏的「淪陷都會的傳奇」，更不是那個印在香港人懷舊情緒中的「老上海」遺事了。這一對在殖民化時代「對鏡貼花黃」的都會姊妹，在 20 世紀的後半段經歷各自命運的離亂與成熟。香港早在 70、80 年代就迅速成為了國際化的大都會，而上海在經歷了社會主義改造和意識形態上的重新歷史化，現代化的步伐幾近停滯。然而 80 年代以來的改革開放以及融入全球化的努力，使她重新找到了現代化的節奏，繼續煥發出現代都會的神蘊。不過在歷史的幾經坎離之後，殖民化的色彩逐漸淡化，光怪陸離的摩登都會傳奇也早被埋沒，昔日光豔奇魅的「老上海」灘頭讓位於日常生活化的尋常「里弄」，上海正以自身穩健的城市節奏拉開了宏大的現代性帷幕。

於是，在世紀末的現代化鏡象中，上海這座復活在文化記憶中的大都會正款款地邁著新的時尚步伐向我們走來。王安憶用一個新的歷史寓言化的形象——王琦瑤，向我們勾勒出這座宏大都市的現代塑像。她已不再是風靡都會的大亨貴婦、豪男豔女，儘管她也曾風光過。如今的王琦瑤是從上海日常生活的里弄裏走出來的，是在「流言」和「閨閣」裏浸泡出來的，也許她長得與阮玲玉有點相像，但「她的美不是戲劇性的，而是生活化的，是走在馬路上有人注目，照相館櫥窗裏的美。」即便是有幸被選上「上海小姐」，也只是「與我們的日常起居有關，是使我們想到婚姻，生活，家庭這類概念的人物」的「三小姐」。王琦瑤的衣著、生活、待人等體現出來的所有魅力，無不代表著上海這座在現代化的日常生活中逐步成長的城市之心。這就是王安憶作為一個上海人，對屬於自己生存的城市的精神畫像。這就是世紀末的上海，是上海人的上海，是穩住了自身的時尚節奏、

逐漸地融入全球化的日常都會的現代性鏡象。

作為一個上海作家，王安憶儘管也在小說裏隱括了一個昔日的殖民時代的都會傳奇，但更多的卻是把它作為一個歷史的記憶掩埋在日常生活之中，並從 20 世紀的宏闊全景中對這個城市的現代生活節奏和精神面貌進行細緻而

富有神韻的描繪。同樣，作為一個成功的香港導演，關錦鵬對電影語言的運用能力無疑是高人一籌的，但在表述對上海這座城市的文化認同上又不可避免地掉入到「她者」式的文化鏡象和習慣性的情緒圈套之中。

我們可以看到，電影《長恨歌》在人物要素上完全經過了打散重組，除核心人物王琦瑤外，其他的小說中人物或歸併、或刪減，人物命運重新加以設置，保持了一個彷彿更內聚、更具線性，同時也更富傳奇色彩的情節框架。這樣，比起小說裏人物鋪張式的日常生活化展示，電影中簡潔的人物設置倒更顯得富於戲劇性，節奏也激烈了很多，劍拔弩張，跌宕起伏。然而這在文本（從小說文本到電影文本）的整體面貌上卻大相其趣。我們可以更具體地來體會一下這種文本之間的趣味性變動：小說記述了上海這座城市在幾十年的歷史發展過程中，以主人公王琦瑤為核心的典型化的日常生活故事。從老上海參選「上海小姐」時期的蔣家客廳裏與程先生、蔣麗莉、蔣母的社交與情感糾葛，到解放後平安里的弄堂生活中同康明遜、薩沙、嚴師母的相互消遣、慰藉，再到 80 年代城市開放後重新聚會起更年青一代人的老克臘、長腳、張永紅等，小說正是圍繞王琦瑤不斷地展開對上海這座城市面貌的日常生活化敘事，從而展示了一幅更貼近上海都市文化精神的現代性鏡象。在這種富於生活蘊含的現代都市空間裏，人物的命運、情感、希望，乃至傳奇化的人生境遇都淹沒在散淡的都市生活之中，體現了一種日常生活化的時間性。而電影在人物的設置與選擇上，凸現了人物生活命運中的傳奇歷史，精簡化的情節框架突出了主人公王琦瑤先後與程先生、李主任、康明遜和老克臘之間的情慾糾纏，故事發展更富戲劇性，包含情慾與權力的爭鬥、世態的炎涼、人心的叵測、命運的偶然與離奇。這些鏡頭裏映現出來的濃厚的都市傳奇景象無疑延續了商業文化氛圍中香港電影對「老上海」的一份難以忘懷的記憶，以及一些習慣性的電影語言的套路。為此，電影在人物命運的設置中加強了歷史化的時間性標記，如將程先生設置成一個縱貫全域的「歷史見證人」，插入文字敘述各個人物去世的歷史時間，所有這些都強化了一種對於現代都市的傳奇性體驗。

小說《長恨歌》中，上海這座城市裏生活的人物是青春的、摩登的，或者也有近似傳奇式的生活痕跡，但所有這些都市風流均是言說不盡，無法用完整的故事來講述給人聽的。小說家甚至有意地把傳奇式的故事人生還原到瑣細的日常生活之中，通過細緻地描摹城市生活的每一個景象，捕捉城市中的每一個變化，盡力讓這個充滿鮮活的現代城市呈現在人們眼前。王琦瑤即

是這座城市的一個精神畫像，她讓我們看到的不是光彩照人的盛妝，而是日常生活中平常而又體貼的底色。神秘的都會傳奇在這裡早被歲月風化得影影綽綽、模糊不清，無論是老上海時期的摩登照片、「上海小姐」的虛華以及與李主任之間隱秘的情遇，都遭到時間與歷史無情的斬斷和埋沒。也幸好如此，否則傳奇一旦外露，便會遭受無盡的日常生活史的拋棄與死亡（程先生的自殺與王琦瑤最後的死於非命都來自於自身生活史的暴露）。由此可以看到，小說家對於這座城市的精神把握以及對於人物的生存命運的體驗，深刻地勾畫出了世紀末中國城市的日常生活化的現代性鏡象。

而香港電影家則翻轉了他的鏡頭，運用鏡框的選擇過濾了日常生活化的底蘊，並將傳奇式的都會故事進一步誇大，強化鏡頭裏的權力與欲望符號，如老上海灘的權力鬥爭；儘量延長傳奇的故事效果，如李主任在上海消失後的海外傳奇生涯，等等。諸如此類的設置加重了電影敘事的視聽效果，滿足了商業社會文化大眾的欣賞趣味，但也多少減弱了人物豐富的都市生活況味以及小說文本中的藝術張力。儘管這些文本之間的變動有著電影本身對文學符號重新編碼的結構特點，但也明顯暴露出香港電影家自身習慣性的文化視野和內在的情緒動因。

另外，從對場景的設置看，電影在對 20 世紀城市發展的宏闊歷史背景的空間表現上卻用了過多的室內場景，極少全景式的外景選擇，沒有陽光、鴿子、晨曦、黃昏，沒有電影院、步行街，缺少空間上的節奏感。再加上晦暗的色調、幽淡的光線，給人一種空間的窒悶感與暫時性，一種遠離現實的曖昧的歷史意味，這無疑減弱了電影文本對於現實的感染力。尤其是電影設置了多個缺席的空間（如香港、美國、荷蘭、巴西等）來強化上海作為全球化空間裏的一個次空間，體現出一種殖民化的空間等級意識和陳舊的現代性觀念。小說裏的上海，或者說王安憶作為上海人的上海，是一個具有自身生命力的都市生長空間，有著自己的現代城市節奏。上海「里弄」就是城市現代化的帷幕，是繁華、時尚的跳板。即使經歷了社會主義初期的閉鎖，她依然沒有褪盡都市摩登的風華，這由王琦瑤們、康明遜們、老克臘們可以為證。上海的現代性鏡象不是照在殖民化的「她者」式的幻鏡裏，而是有著自己獨有的寶鑒，那就是小說裏的「鄔橋」。鄔橋這個寂靜而滯緩的鄉下時時映照著上海的摩登與喧鬧，感應著現代都市的足音和都市人情感的動力。可惜的是，電影將此刪除，而轉設了一個富於政治意味的「上山下鄉」的別樣空間。這樣，過強的意

識形態符號遮蔽了「鄔橋」這個眞正的作爲現代性時間的符號設置。而在這些場景設置的背後再加上「老上海」歌曲的配置，點襯出劇中人物奇情哀豔的人生際遇，更加強化了一個傳奇故事的誕生，而那富於現代生活的日常場景、衣食冷暖、流言飛語全都濾盡在鏡象之外。

以上這些場景化的設置與人物要素的改造一樣，均是配合著香港電影家的一種文化詮釋，在情感上只能是滿足於一種對於「老上海」的鄉愁，在理性上則是在刻意講述一個關於香港的歷史寓言。套用張愛玲的一句話，「到底是香港人」。

還可以觀察的是，上海這座城市所具有的文學因素與電影因素也會給電影人造成一種引誘。比如，張愛玲的小說本身帶有強烈的電影化的象徵意蘊，小說裏的故事猶如一個時刻在等待著拍攝或上演的電影。這座城市本身就成了一個「現代電影院」的代碼，裏面幾乎每天都有著各種待演的新奇焦點，如都市奇緣、喋血爭鬥、權錢遊戲等；而在王安憶的小說世界裏，一切都顯得瑣細和平緩，鋪展得太開了，好像無法讓人保持急切的觀賞力。有意思的是，小說《長恨歌》裏的「電影院」具有濃烈的日常生活化意蘊，或成爲街邊的風景，或成爲無聊而平淡的約會地。它不僅作爲城市人物無聊消遣的場所，吞噬大量的現代時間，還作爲一個反覆出現的日常生活化的城市符號象徵。儘管這篇小說在首尾也設置了一個電影化的場景來隱喻主人公的一生，但這個場景太模糊了，連主演的面孔都看不眞切。所以，這種隱喻只能是文學性的。

無論以前關於「老上海」的電影取得了多大的成功，關錦鵬這次對於小說《長恨歌》的改編最終在文化成規、電影技巧、商業製作中導向了對於文學語言的電影化誤讀。當然，這並非在批評電影拍攝本身的失敗；而是需要指出，在一種傳奇化的文化鏡象的視野之下，他導致了一種對於眞正的現代性鏡象的錯位認識。而在無法避免的「她者」式的文化鏡象中，如何爲一個神秘的「老上海」祛魅，如何逃脫固有的都會傳奇化的文化想像，如何走出現代性時間與空間觀念的誤區，都是香港電影家值得思考的問題。

由此也可以觸發我們思考，在滬港之間，在文學與電影之間，在文化成規與新的歷史鏡象之間，如何才能在城市與現代性時間和空間觀念之間獲取一種眞實的文化圖景，也許這些都需要我們的城市居住者用心去體驗，去感受。

（小說《長恨歌》，王安憶，北京：作家出版社，1996 年；電影《長恨歌》，導演關錦鵬，中國香港，上海海潤影視製作有限公司出品，2005 年。）

「邊緣」身份與「中心」影像
——讀楊廷貴《寒號鳥》

　　閱讀楊廷貴先生的作品顯然難同於一般的經驗式閱讀。儘管很長時間都專注於中國現當代文學領域，獲得了一些對各種文學文本的閱讀經驗，並把握了當代文學史發展的宏觀構架，總是能把某個作家或作品習慣性地與某些理論話語和文學史地位自如地對應起來。不過要對楊廷貴先生的散文集《寒號鳥》說些什麼無疑不那麼容易，其閱讀對我是新鮮而陌生，親切而投入的，我找不到他在文學史或某些批評理論範疇中的適當位置。這種閱讀在我身上導致的後果彷彿是一種太貼身的體味，說不出一種能描繪的感覺。好比是平日裏的看電影與觀戲劇的區別，前者似乎是一種經過「文學史」導演好了的文本，只要認真解讀就行；而後者卻有著真切的現場感，讓我投入、微笑、會意，時時從他的文字裏泛出一股熟悉的「體」味，卻忘了去評價它。而這一切或許都源於那塊我們共同生存過的土壤——都昌，在廓大的中國文化地形圖上，它是偏僻又沉默的。

　　當然，光依著這種貼身感是無法作更清醒的文本閱讀的，要準確地表述出自己心中的閱讀感受唯有讓理性的批評線條重新布置好大腦的思維空間，好的閱讀必須在掙脫了親密感之後才能作出恰當的意義闡釋。繼而，從對《寒號鳥》的探詢中，我發現了楊廷貴先生那決非一種純粹地域性的文學意旨和僅僅使我熟悉的鄉土風貌的書寫，而是較深地體會到一個普通的中國作家身上潛藏的巨大的生命體驗和文化蘊量，這些東西也正是我輩所謂的「70 年代人」身上明顯缺乏的。比起他作品中所呈現出的，在對現代化的情感歷史的

體察當中所散發出的對傳統與本土精神的依戀和深省，我們這一代人早已是淹沒在諸多的關於「現代性」論爭的泡沫之中，在所謂的「後現代」式的平面裏放逐了。猶如福柯發現的「愚人船」，楊廷貴的散文書寫讓我突然明白：一種「中心」意義的中國現代文學書寫形態卻在某個「邊緣」處照亮。

確實，與他那同代人的大多數的中國作家生活經歷不同，楊廷貴先生的創作道路彷彿一直是繞著中國當代文學歷史敘述的邊緣前行。他不能進入有著上山下鄉、返城再業的知青文學大潮，也不能進入有良好的創作培養前途的文學階梯繼承者之列；他享受不到主流「歷史」聚光燈的照耀，自然也就沒有了心靈當中所留下的巨大的歷史陰影與「傷痕」，沒有了對歷史的「蹉跎」歲月的情感懷戀，更沒有站在歷史鏡象前的痛定「反思」和對歷史未來前景的「改革」圖謀（儘管他長時間地在廠礦工作過，並有過勇任企業廠長的經歷）。這一切似乎都與他的書寫無關。但並非他不想進入，而是他無法進入那個「中心」的場景，因為他成不了那個時代的「主流」青年，他生存著的身份太卑微，太邊緣了。他只是一個偏僻而貧瘠的土地上生養出來的農家子弟，一個渴望出走、難耐寂寞的鄱陽湖邊上的魂靈。

然而在當代中國，農家子弟要掙脫貧苦命運的擺佈唯有兩條道路可行：一是讀書進身；一是招工進城。儘管受到那個特殊歷史時期的限制，楊先生仍然在這兩股道路上不懈地前行，一直向著那渴望的理想「中心」邁進，重塑自己的卑微身份。

經歷過困窘而孱弱的少年讀書期與艱辛勞累的礦廠招工生活，他明白只有「讀書」才能帶給他一種精神上的滿足，甚至是一種實際的利益，一如他在《讀書雜憶》一文中言道：「我想改變命運就想起了讀書，我不能不羞愧地告訴世人，我把書籍當做了敲門磚。」。如此坦然，是因為讀書確實能忘卻苦力上的折磨，寫作（包括寫稿、辦宣傳欄）能得到「輕快事」幹。他偷夜讀書，勤奮寫作，把「作家」當成他未來心目中最理想、神往的「身份」，並成為一直影響他精神世界的「中心」影像。

80 年代初，中國文壇鄉土電影潮流泛起，楊廷貴的電影文學劇本《解縉》與電視劇本《愛，和炭相同》分別被《萌芽》雜誌和湖北電視臺選中，但在後來由於多種原因而未用未拍，這著實讓他的夢想幾近成真，又無奈地滯留了下來。不過這也增強了他向「中心」身份認同的信心。此後，他一邊工作一邊辛勤筆耕，寫作了大量的小說、散文和文學評論。1989 年，楊通過《人民文學》雜

誌社的寫作函授班推薦去魯迅文學院學習，可惜的是由於時事風潮也過早地輟學回家。其後，他還出走省城，幫刊物寫稿、寫報告文學等，但終究是作為一個邊緣的文化打工者。90 年代，楊進入縣文聯專職搞文藝工作，創辦並主編了《鄱湖文藝》，不過由於性情的原因，如他所言，一直受著一位大人物的「關照」，始終寂寞難抬頭。

不知是由於命運的乖舛還是先天的條件不足，楊廷貴先生沒能走出他生存過的鄉土領地。注定他不能在當代文學「鏡象」中照見自己渴望的「身份」，唯有在一種「失落」的邊緣駐足喟歎。這種命運的乖舛也終使得其內心的本土文化情結挫敗了其向外延展的現代性的文化訴求，永遠回落在偏遠的湖邊堤岸，在寂寞的文學邊緣。然而，正是這種駐足在邊緣處的體察，反倒鑄就了他為人為文的一種靜省心態，使得其文顯示出一種隱性的力量──昭示出中國文學的一種「中心」的意義線路來。

之所以遲遲不進入散文文本的評述，而追蹤著楊的邊緣性寫作身份，是因為在我看來，《寒號鳥》首先是一部帶有其人生記錄式的散文集，是其多年的創作生活經歷在中國當代文學、文化邊緣處的實踐與領悟，不瞭解這一點就難以領略他為文的根柢。正如他以「寒號鳥」作題，他稱『『寒號鳥』的故事寓言就是諷刺那種該做事時不做而到了冬天喊叫寒冷的人」（《用心把事做好》）；而究其實，這隻無窩的「寒號鳥」，沒有棲居地的「寒號鳥」一如作者本人現世的文化身份處境，滯留在中國當代文學的邊緣，在中國文化版圖的鄉土邊緣，在失落了價值關懷的商業時代邊緣，在世紀末瀚海處的邊緣，駐足在故鄉的湖岸邊啼叫。作者這種言此意彼的言說方式，正隱含著其內心生存體驗的「無言」的「蒼涼」，這在其文中有了深切的流露。如《語言的蒼白》一文有這樣的內省獨白：「我於是體悟到：面對神秘的世界，面對樸實的生活，面對一種別無選擇，許多思考與發問是多餘的。一種對往昔的愧疚感令我開始了對蒼穹的膜拜。……」。同樣在《蒼涼的話題》一文中又言道：「我們不能不清醒而悲哀地看到，活著的人在一步步走向墳墓；在我們埋葬別人的時候，那被埋葬的也是我們自己。我們往往生活在文化裏，也同時被埋葬在文化裏，即使你的骨灰在天空中灑落，你的生前死後仍被看不見的東西所框定。這是人的幸運，也是一種悲哀。」正是這種「無言」的「蒼涼」體味才透骨地映照出了作者一直在「邊緣」身份中守望的生命體驗，同時也展示出他對於廓大的文化生命的省察，一種宏大的「中心」意義的想像。

在此我還想清楚地指出，楊廷貴先生的文章來自於兩大資源：一是由博覽通讀和向外尋求得來的現代性知性資源；一是由長久地滯留於民間社會而得以鄉土文化浸潤的悟性資源。一方面，他博覽通讀，從阿基米德的「圓」（《不要踩壞我的圓》）、狄德羅的「話」（《又用狄德羅一句話》）、里爾克的「詩」（《古老的敵意》）到中國儒家文化傳統、老莊哲學、陸象山、王國維，以及現代的夏丏尊、郁達夫、朱學勤、許紀霖等，古今中外，涉獵甚廣。這種讀書生活方式使得他一直對現代性的文化身份有一種強烈的追認情結，他自己坦言過：「我知道自己還不是一個有分量的作家，但我曉得時代已經要求作家學者化了，學者是要讀書思辨的。」（《讀書雜憶》）。可以說，對學者式作家的身份他一直有著自覺的追求；而另一方面，長久的鄉間生活使得他游離在對民間宗教、神話、儀式和宗族文化等不斷地審視，而又潛在地認同之間。可他同樣只是一個民間生活裏的邊緣者，他向「中心」位置挑戰的受挫史使他又難以完全回歸到一個地道的「民間」身份。他只能在這二者之間的交接處作一個邊緣的精神守望。

這種立足於兩種文化交接點的「邊緣」身份使其作品有了比較鮮明的特點。首先，楊的散文寫作中明顯呈現著現代知性思維與民間悟性思維的交合。前文我已約略提到，其畢生的兩大創作資源也造就了其為文的思路，他有意識地用一種現代性的知性去批判地分析周圍的生活現象，而最終他又內在地、下意識地迸發一種深省式的體悟來呈示著自身更深層的傳統及民間的文化特質，以此而完成他與眾不同的個體生命體驗。如《語言的蒼白》中由分析蜘蛛織網的過程而得到一種現代的啟示，從蜘蛛的「簡單勞動」與人類的「複雜勞動」（如製造尖端武器）的比照中反觀人類對自身勞動創造的踐踏，並由此泛出對一種自然的、神性的存在物（創造物）的膜拜，作者深深地領悟到對一切生活所賜予的無論「幸福抑或苦難，生命抑或死亡」的尊重。《蒼涼的話題》則從歷史文化的變遷中來分析南北墳墓外形上的差異，以及北方墳墓「簡樸與隨意」的文化根源，用清醒的現代思維來審視歷史遺留下來的特定文化象徵物；而文章的最後，作者按捺不住感言：「面對墓葬，無論南北，我們活著的人感慨萬千之餘，是不斷地重複歷史，還是尋找一種真正的人生意義呢？」顯然，作者又繼而超出了現代知性的發問，從歷史文化層面下意識地返回到一貫的東方式的民間悟性思維，在自身個體生命的省察中感悟到歷史的紛爭與命定，歷史的循環與進步所帶來的代價，從而在內心深處排解

一種歷史文化的重負，渴求回歸到一種真正屬於個體生命本眞的狀態。另外，《無言的筷子》從日常生活的筷子到作爲文化符號的「筷子」，再到有生命蘊含的「筷子」，「筷子是一首凝固的古典樂曲，它以它的沉默營造著一種文化氛圍，又以它的沉默延續著不衰的生活。」《木魚的言說》。從評說木魚在宗教活動中的外在功能，到木魚所呈示的一種虛無主義的現代拷問，繼而到「讓木魚的聲音在空曠的山林鳴響，那畢竟是一種自然的裝點」的悟性回歸。等等。以上所讀的這些作品均顯示了作者一直在那種現代性的「言說」與民間性的「無言」之間進行自身的散文書寫，並以一種邊緣式的文化身份昭示著文學的「中心」內涵——對人的生存意義的關注。

我們再來關注另一組散文，如《祖宗莫怪》、《醉鬧教堂》、《在神話的滋養中長大》等。這類文章一方面記錄了作者自身在鄉間的民俗生活環境，同時又以一個民間邊緣人的身份對民間的宗教、神話、迷信、宗族文化等進行現代的審視；而另一方面，由於作者長期深受民間文化的浸潤，使得他時時感悟到它的深蕪與神秘的魅力，而一旦揭開外在的越軌行爲之後，卻是他內心深處不由得不對其「頂禮膜拜」、敬祈和篤信，呈露出一種對個體生命的敬畏之心。這種情感也正是作者在這種文化邊緣處不斷地體察而獲得的身心體驗。

另一處能體會楊廷貴先生這種「邊緣」身份的寫作的是他自覺地對「本土文化」進行的考查，這也體現了他立於文化邊緣處而對一種文化建構的主動追求。對「本土文化」的建構首先體現在作者對生活其間的民間文化習俗的記錄和懷念，如《安座》、《曠野的呼喚》等。作者並非一味地對「安座」「叫魂」等民間禮儀、迷信進行批判，而是在對民間生活作活生生的記錄以及體諒，融入了作者自身情感生命的深切記憶，從而抹去了民間文化在現代文明的影響之下所泛出的「落後」、「愚昧」色彩，賦予了它鮮活而靈動的文化生命。對「本土文化」的建構還體現在作者對中國傳統文化的體察。如《月亮隕落的悲哀》對傳統文化中的陰性一面，即詩性生存的一面在受科學理性主導的現代文化映襯下而失落感到悲哀，作者發出這樣深省式的慨歎：「我們僅僅擁有太陽是不夠的，人類經受不住長久的曝曬喲！」另外，《讀典拾遺》對傳統文化中儒家主義的「滑頭主義」「犬儒主義」行徑和老莊哲學的虛無主義一面有清醒的體認，並產生一種對中國未來文化建構的「顫慄的敬虔和赤誠的期待」。這種對大生命文化觀的審視和體察不僅體現出作者的通博和眼界，

而且有著其作爲一個守望在文化邊緣處的無名作家的深切體味。此外，這種對本土文化的建構還具體到對地域文化的反省當中，如《有感於贛文化討論》、《本土文化的「自戀情結」》等。作者清醒地認識到對地域文化的簡單宣揚會造成狹隘文化偏見和表層認同，認識到文化之間的交流與融匯對現代文化改造與重構的意義，並更深入地體會到商業時代中文化之於人的建立，於人文關懷的深刻內涵，「因爲文化上的污染，那將是災難性的後果」。

同樣的「邊緣」身份寫作還表現在對社會歷史與現實的反思立場上，可以說，沒有來自身體與心靈上的「邊緣」體認是不會時常發生著這種反思立場的。像《晏子做官》、《透過紙背讀呂布》、《近讀三國說陳宮》等一系列文章，對歷史文本的解讀以及對歷史生命的詮釋都擺脫了以往定見的束縛，給予一種新的識見。如對晏子治理東阿的歷史故事的解讀有著鮮明的現實反思力度；而對呂布癡迷愛情卻不諳政治的性格命運給予某種認同，甚至拿蘇東坡的以一婢女換一匹腳力的故事作比來批評「本土文化」中的重實利而對個體人的輕慢；同樣又借三國的陳宮來審察傳統知識分子的實用主義思維所造成的人格上的缺陷，也具有著深刻的省察力度。另一類如《也算是一種進步罷》、《謝師宴反彈》、《「聚會」文化現象透視》等現實批評的文章，也顯示了一個博識廣見的作家所有的智識和洞見。

更有現實意味的是，在文學受到普遍重視的年代，作者一直是一個渴望進入「中心」作家身份的邊緣人，而當文學已退回到邊緣狀態的商業時代來臨之際，作者依然信奉著「文學是一門宗教」這樣的信念，堅守在商業時代的邊緣作一種清醒的反思，這也不能不說是在固守著他的「邊緣」身份，不過這種固守正體現了他對一種強大的「中心」影像的深厚情結。

以上對《寒號鳥》的閱讀處處都能讓我們感受到作者「邊緣」身份的生命體驗中發生著的「中心」影像的巨大牽引力，無論是對學者式的「作家」的身份渴望，還是現代知性思維與民間悟性思維的交合、文化與生命的融匯以及清醒的反思立場等，無不是當代文學和文化建設的核心問題所在。而這一切都只是一個無名作家在「邊緣」處的寂寞體驗，是我們閱讀散文集《寒號鳥》所深切感受到的。

當然，作爲一個非專業的地方作家，一個滯留在文學邊緣默默無聞的寫作者，楊的散文還顯得不夠精練，爲文略嫌隨意，既缺乏學院派一貫的典雅與從容，又少了文采派的刻意追求和語言用心。不過也正是這種放任

的自由寫作，成就了其文諸多潛在的意義線路。或許我們該把散文集《寒號鳥》當作一份活的文學檔案，一部特殊的生命體驗式的記錄，它展示的是一個普通的中國作家的心靈在處身「邊緣」而對整體的文化與生命的深省，從而映照出一個巨大的「中心」影像來。

（《寒號鳥》，楊廷貴，北京：中國文聯出版公司，2001 年）

緬懷英雄時代
——讀北島《無題》

　　這裡讀的《無題》是北島發表在《作家》2001 年第 4 期上的詩。從詩的藝術風格來看，仍然是詩人一貫的朦朧詩風。但在這裡我更願意把它作為一首自喻詩來解讀。聯想到詩人現在的流亡身份，還有「無題」對自身指涉的傳統（從李商隱就已經開始了），都促使我從「一代人」自身的命運和存在意義出發，去窺探詩人的內心世界。當然，對於《無題》這一詩出現的時機來說，不管是進入到新的世紀的詩歌寫作還是閱讀（儘管離歷史現場只有十幾年的光景），都給人有一種隔世之感。事實上詩歌本身的藝術力量遠不如其身後所蘊含的懷舊意味強烈。

　　歷史走進新世紀，單純地從詩歌意義上來回顧「一代人」的政治命運已變得沒有多大意義了。本文只想借助北島的《無題》一詩來折射出他們在時代轉換的大背景下，個體命運的孤獨身影和存在意義。

　　「醒來是自由／那星辰之間的矛盾」：「醒來」是一次睡夢中的驚醒，也或許是在詩人長久的反省之後。詩人為了一種對自由、民主的渴望和嚮往，事實上更是對現實改造的無望，來到了異國的「自由」之土。但當他跨進了「自由」的門檻時，卻發現「自由」竟像「星辰」一樣那麼縹緲、難以捉摸。詩人陷入了深深的困惑之中。流亡在異國的土地上，割斷了與祖國、民族的聯繫，還能讓人感到自由嗎？尤其是作為一位文化英雄，詩人曾經參與了一系列的對現代民族國家的改造，他以一名詩人的身份向黑暗社會挑戰，以清醒的理性意識反思祖國和民族的命運，主動承擔著民族的苦難與社會的責任

人，這在他早期詩歌（如《宣告》、《回答》、《古寺》等）中得到了很好的表達。可見詩人有著更強烈的民族認同感和本土意識。他發現自己得到了一種外在身體的自由，卻陷入了情感深處的不自由。「自由」在這裡是一個「悖論式」的糾結，它讓詩人矛盾萬分，抓不住又掙脫不掉。

「門在抵抗歲月／絲綢捲走了叫喊／我是被你否認的身份／從心裏關掉的燈」：情感的困惑使詩人陷入了對往昔的回憶，以及在回憶中體味民族情感的連結受到阻隔的無奈。年華消逝在「門」外，割斷了與祖國的聯繫的生命消耗在異國他鄉。往昔的爲自由、民主信念的「叫喊」聲消失了，自由知識分子現實參與的急切身姿被一種強大的力量「捲走」。這裡的「絲綢」或許讓人聯想到「國旗」，一種國家力量的象徵；但或許更是對「歷史」的指認，歷史會把所有的東西無情地摔在後邊，不複重來。現實參與的失敗就意味著行爲受到懷疑，這早已成了歷史的慣例。詩人以一種不合法的身份被「否認」掉，其行爲被指認爲可疑從而在民族歸屬上也受到排斥，從而詩人內心的這盞孤「燈」也因缺乏民族情感之「油」變得很微弱了。

「那脆弱的時刻／敵對的岸」：昔日作爲「英雄」的強大影響力已經隨時代的轉換而消逝，有的只是一個孤獨的遊魂渴望得到認同的「脆弱」心事。對於詩人來說，難以抑制的思念是最脆弱的時候，因爲橫擺在面前的是一條堅硬的「岸」，無法逾越；同時，詩人的理想信念和現實境遇也處於「認同」與「拒絕」的對峙之中，這是橫擺在詩人內心的一條「岸」線。一方面是對民族情感的依戀，一方面是現實情勢的阻隔，詩人是如此地茫亂，雙重的選擇使他感到深深的困惑和焦慮，他怎麼也不能融化掉這條被「歷史」設定和自身設定的界線。

「風折疊所有的消息／記憶變成了主人」：這裡傳達了一種難以言傳的思念，由此在詩的語義上發生了「含混」：風「折疊」了往日所有的信息收藏到詩人內心，讓他沉浸到往昔的記憶裏；或者說是風有意把祖國那邊傳來的消息「折疊」起來，不讓它驚擾詩人，使他一任留在自己的記憶裏。這種語義上的「含混」豐富地傳達出了詩人想念祖國又怕思念給自己帶來困擾的無法訴說的體味；而這種複雜的懷舊情緒背後，更隱藏著詩人在過去與現在、歷史與現實的時空之間精神的漂泊感。

「哦陳酒／因表達而變色／煤會遇見必然的礦燈／火不能爲火作證」：最後一節無疑是詩人長久沉思之後的清醒，是對長期困擾內心的情感的梳理。

那段難以忘懷的「生活歷史」，原只是爲了一個美好的願望，爲了自由、民主的社會進步。但「表達」的失敗，使得這種美好的願望卻被指控成了一種否定性的個人意願，愛國之心竟成了背國之念，詩人也由「人民」變成了「流亡者」這一被拒絕的身份。這裡，詩人流露了對現實失意的感歎，但在這種情緒之中詩人還是顯出理性的反思：即便面對這無奈的現實，詩人作爲文化英雄的精英立場不變，「相信未來」，這段被掩埋的「生活歷史」終將會照亮。但清醒也是一種無奈，畢竟這種強烈的信念不能證明詩人對祖國、民族的熱愛之心。最後一句詩中，前一個「火」指代詩人爲了自由、民主而參與現實的熾熱信念，是被現實否定了的；後一個「火」指代詩人熱愛祖國、民族的赤子之心，是渴望被認同的。這裡再次表達了詩人內心難以訴說的矛盾與困惑，也充滿了一種深深的反諷意味。

總之，詩人從對祖國、民族命運的思考到對自身個體存在意義的追問，深刻地映照出從英雄時代到「個人化」時代轉換中一代知識分子內心的掠影。它傳達了文化精英在失去了民眾支撐之後內心的孤獨體驗和理想信念的艱難守望。而這所有的一切都只是個人式的，不再引起更多的關注了。

如果回到朦朧詩的定位上，《無題》一詩也給我們足夠的反思，但已不是純粹詩學意義上的。「一代人」走向沈寂的歷程背後隱藏著他們與「歷史」之間深刻的裂縫。如今，「朦朧詩」只能成爲一個凝固的雕塑停駐在歷史的道旁，留給後人瞻仰。從昔日詩歌論爭的勝利到後來朦朧詩的迅速式微，詩的沈寂其實是「思」的終止。詩人在理想與現實之間徘徊了很多年，其灼熱的思考如今已成「萎縮的花環」，發不出亮光了。所有這一切唯有回到歷史的境遇中才能尋找解釋。

「朦朧詩」的崛起無疑是一場詩歌啓蒙運動。「一代人」以現代人的眼光重新審視民族國家的命運和歷史中人的生存意義。他們用「黑夜」（「文革」十年）中鍛造的「黑色的眼睛」去「發現光明」，抵拒黑暗，內心湧動著現代個性的騷動。他們一開始就呈現出兩個向度的「林中路」：一是張揚人的現代個性，恢復人的尊嚴和權利；二是承擔民族國家的苦難，肩負社會的責任。這是有別於西方現代派詩人的典型東方人的姿態。朦朧詩人們在現代化的焦灼中難以割捨心中傳統的家國情結，主動承擔民族國家的大任。李澤厚在《啓蒙與救亡的雙重變奏》中就說到過：「實用理性」使得「這些反孔批儒的戰士卻又仍然在自覺地承續著自己的優良傳統，承續著關心國事民瘼積極入世以

天下爲己任的儒學傳統」。時代的宏偉責任阻礙著個性的奔張，故「女神」式的詩人遠走了，「一代人」也必然離去。

從反思個人生存苦難出發進而思考民族國家的命運，「一代人」最終由於國家意識形態力量的強大而吞沒了他們現代個性的思考，這也是與他們自身的民族傳統情結潛在地契合的結果。統一化的社會意識形態必將排斥現代個性意識，「黑色的眼睛」無須在「光明」裏發現「黑暗」。「一代人」被強大的歷史所隔離，從而退守的退守，流亡的流亡。最後，乖戾的顧城爲他的詩歌理想獻出一份白色的祭奠，以作爲他們的歷史終結的哀告。同時，從北島急切的現代姿態中又可以看出他企圖擺脫東方式的思維束縛，卸載傳統文化的負荷，尋求現代化出路的心切。一切都是矛盾的，足以讓「一代人」困惑一生。今天，回眸20年來之歷史，「一代人」激越的現代性衝動早已消淡了，「挑戰者」的姿態業已被歷史化解，留下的只是詩學意義上的爭論，至多也只是主流意識截殺封建迷信的「馬前卒」。

對於「一代人」來說，他們對「思」的追求遠遠大於對「詩」的探索，但他們的現代性思考結束得太早了。從80年代精英意識的歷史書寫到今天的個人記憶的抒發，北島這首詩無疑延續了一種思考。但隨著90年代之後英雄主義的謝幕，商業化浪潮與「世俗化」傾向開始讓眾多的知識分子丟掉精英身份，轉向「凡人」意識，尋求世俗化生存的穩妥環境。一種對社會化的歷史進程的無奈情緒讓執著的英雄們百般惆悵，熱鬧而喧嘩的時代還需要一雙「黑色的眼睛」嗎？我們還是讀讀這首詩來緬懷他們，緬懷那個難以忘懷的時代吧！

附北島的詩《無題》：

無題

醒來是自由
那星辰之間的矛盾

門在抵抗歲月
絲綢捲走了叫喊
我是被你否認的身份
從心裏關掉的燈

那脆弱的時刻
敵對的岸

風折疊所有的消息
記憶變成了主人

哦陳酒
因表達而變色
煤會遇見必然的礦燈
火不能爲火作證

（《無題》，北島，《作家》，2001 年第 4 期。）

新世紀十年：斷裂與消解

斷裂時代的愛情「問題」與「策略」
——讀盛可以《手術》

「婚姻是世俗留下的東西，唯有感情是神聖的」，這是不是唐曉南的心裏話？如果拿弗洛伊德的理論來分析，在超我層面，唐曉南是很有意識地向李喊表達過的，藉此來表達獲得一種感情的渴望；在本我層面，這句話或許應該倒過來說，「感情是世俗留下的東西，唯有婚姻是神聖的」，因爲對於唐曉南來說，在這個世俗的社會裏，感情已經讓她感到懼怕，很多婚姻就是讓性愛毀了，她內心要的不是性愛，而是婚姻，可她不會這樣赤裸裸地向男人表示；而在自我層面（依照現實原則去調節、壓制本能活動，以避免不愉快和遭受痛苦），唐曉南眞的不知道如何表達了，因爲她說出來的話傳達不了她內心的想法，反而成了李喊回擊的把柄，她有點後悔，而她內心的想法卻又一時難以說出口，所以她就只有出「問題」，遭受身心的痛苦了。這樣分析看來，唐曉南失去自我了。

唐曉南怎麼就失去自我呢？其實她應該清醒地表達出她需要的是有愛的婚姻，是愛情與婚姻的統一；這樣，她不是既可不否決婚姻問題，掩飾住對婚姻的渴望，又能讓李喊明白她是多麼看重感情嗎？可是她始終沒表達出來，爲什麼？因爲她是一個遭受了許多性愛創傷的女人，是生活在一個把婚姻看成是愛情的墳墓的時代裏的女人，是一個早已把性愛與婚姻對立起來的時代裏的女人。她無法表達出內心的想法，無法說出既可掩飾本我潛意識，又能體會出超我意識的語言了。

對，一個失落在時代裏的「問題」女人！這正是小說《手術》裏所塑造

的一個女性。可以說，小說有著一種對女性生存困境的執著思考。而更讓人引起閱讀興趣的是，小說的思考是放置在一個頗有意味的敘述形式和隱喻方式之中的。

小說的交叉敘述與時空輪換是通過「手術」這一場景為軸心的，一面是身體上的麻醉，一面卻是感覺中的清醒；一面止於身體的某一部位，一面卻飛揚在愛情的路途上不斷聯想，這兩者在敘事中時時構成一組隱喻：即在手術過程的敘事中，展開的是關於左乳問題的發現與切除，它按照正常的時序向前敘述；而對應的感覺過程的敘事中慢慢發生的，是關於戀愛問題的產生與困惑，它是按一種回溯的方式來敘述的。彷彿敘事的時間間隔越拉越大，但又時常給人一種空間上的相關性，而小說正是在這種既相背又相關的敘述張力中保持著一種閱讀的效果。

毫無疑問，小說只是在努力講清楚一個問題，即關於這個時代女性的戀愛與婚姻問題，而這一問題正是在一個關於左乳的切除中隱含地表露出來，這一隱喻性的藝術表達給文本增加了豐富的內涵。

左乳的問題是在李喊的撫摸中發現的，從更清楚的表達上說，它是在兩人已經進入馬拉松式的戀愛過程中發現的，就像是在身體長時間麻醉即將得到解除的狀態下突然感覺到的一種疼痛。好在這是個良性的，沒什麼大的問題，「乳房裏的纖維腺瘤，就像婚姻當中的愛情，可有可無；像愛情當中的嫉妒，無傷大礙，」但誰又能打包票它不會惡化成毀滅性的結果呢？這種擔心決不是多餘的，是「問題」就必須要盡早解決，這是「當事人」應該明白的一件事。所以，唐曉南的左乳注定要經過一番捏摸、擺弄，經受住令人很不舒服的破壞，誰讓她要出「問題」呢？但一個經受了冗長的戀愛過程的女人，誰又能保證不出問題？唐曉南終究難逃一劫。

有意思的是，唐曉南在解決左乳問題的時候，老想著自己的戀愛問題，這本來不是一個問題，卻又被她時時拉在一起，怪只怪這個手術，只麻醉了身體，卻讓頭腦異常清醒，使她「驀然生出一股無所事事的情緒來，就像戀愛到了一定的階段，不知道怎麼繼續」。這個時候，也許就像她與李喊的愛情，也進入了一個平淡的「麻醉」狀態，「找不到活著的感覺，便十分渴望和李喊大吵一場」。

唐曉南這個時候「希望有一點疼」，無論是正在手術進行中的左乳，還是正在發展中的戀愛，畢竟她與李喊經過了很長的同居生活，她不知道他們以

後會怎樣發展下去，不知道她們之間該如何了斷，因為現實的問題太多，如李喊的出國問題、她的年齡問題等等。但現實彷彿像是「黑夜裏的怪物」，讓她感到一種恐懼，也許只有一種疼痛感才能讓她對黑夜保持警惕，不至於麻木吧。

居然到了希望有一種疼痛感來保持對生活的警醒，說明女人在這個時候真的需要安全感與歸宿感了，可這個時候誰能給她這些，李喊能嗎？這個比她還稚嫩的男人在手術前還對她說過「有我呢，你別怕」，讓她「無限感動」了一次。然而，這也僅僅只是一句話而已，李喊不能給她依賴感，「她和他的關係一開始，便有了結果。」唐曉南內心渴望愛情基礎上建立起的婚姻，但在這個「以炮當禮」的時代，性愛與婚姻早已對立起來了，現代愛情中性與愛、靈與肉的結合已被分裂成兩半。這是一個極其斷裂的時代，就像愛情問題與婚姻問題斷裂一樣；就像當一個人宣稱自己是如何如何的有責任感、如何如何的尊重傳統一樣，其實責任傳統的內涵與他宣稱的責任早已斷裂開來，只空餘一種話語的軀殼在這個時代裏裝點情感。所以，唐曉南在第一次見到李喊時說的「婚姻只是世俗留下的東西，感情是神聖的」，只是「成了她們男女關係中的潤滑劑」，同時也成了日後李喊逃避婚姻反戈一擊的武器。而這句話所要傳達的實際意義卻被拋棄掉了，但它的話語軀殼卻成了這個時代的一種偽飾，讓唐曉南無言以對。除了茫然地等待，她無法解決自己的愛情「問題」。

面對李喊一番「客觀現實與言論」辯駁之下的虛無承諾，唐曉南開始感覺到愛情「問題」中的疼痛，也恰好是這個時候，左乳「問題」出現了，這兩個本不相關的「問題」彷彿是冥冥之中的一種徵兆，竟如此地身心感應，相影相隨。當唐曉南的愛情遭受到如此的困境與疼痛時，她的左乳為什麼也要重新受到一遍如此相似的遭遇？是否是她的身體之中早已隱含著她的情感世界的「客觀對應物」？

我們重又回到手術過程中的左乳「問題」。即使左乳的麻醉失去了敏感與知覺，唐曉南還是感覺到醫生們冷漠的捏摸與搜索，「就像屠夫擺弄案板上的豬肉」，左乳在慘遭蹂躪，這當然令她感到極為噁心。尤其不幸的是，左乳裏的腺瘤隱蔽得很深，使得她的左乳被擺弄得像一團亂麻，彷彿就像她的愛情，一開始兩情相悅，朝朝暮暮，但「問題」卻隱蔽在最後，等到想要解決的時候，卻又無所對策。唐曉南只好經受這份折磨，擔心著左乳會留下疤痕，

擔心它在性愛中感覺的遲鈍，誰讓她是戀愛中的女人呢？最後，當她承受著包紮了紗布的破碎的左乳，手端杯子去做病理時，左乳「問題」還得等待最後的分析與結論。

有意味的是，小說在兩種「問題」的敘述當中藝術地引入了一個結構性的人物——李醫生。正是這一人物，讓兩個相離的敘述空間有了藝術上的連結，也使得兩個「問題」的解決有了一個共同的落腳點。因為李醫生的醫生角色，他參與了手術的全過程，診斷、捏摸、擺弄、包紮，直到最後的病理分析與結論；而作為一個父親的角色，彷彿他也在時時地處在觀瞻、審察、試探、警示與告誡當中：從一開始面無表情的打量，到下定手術切除的果斷，到手術中間的試問（「聽李喊說，你對他學習影響挺大」），到手術後段的警示（「姑娘，你也準備出國嗎？」），直到最後手術結束時的告誡（「姑娘，按理說，到你這個年紀，應該也生過病，打過針，不應該還這麼怕疼。」接著又說，「是手術，總會有點疼的。麻藥是起一定的麻醉作用，但不能完全依賴麻藥。過後會有回到現實的感覺，那就是真實了，也會更疼些，不過很快就會好的。」）。唐曉南在整個手術過程中，感到處處承受著一個長者的目光與口吻，就連最後端著杯子去作病理分析時，也彷彿是在同時等待兩個「問題」的最終結論。

然而，當兩個敘述空間的拉開，而以一個傳統化的「倫理」角色干涉進來，難道僅僅是起到一個結構性的作用嗎？難道愛情的「問題」與左乳的「問題」一樣，可以讓一個充當醫生的父親角色來解決嗎？父親這一傳統的「倫理」角色在這個斷裂的時代能起到一種什麼樣的功能呢？

實際上，在小說敘述的這個時代裏，傳統的倫理角色只是一種「虛位」，而真正起作用的卻是深掩在背後的男權力量，它一直在主宰著女性的生存與命運，安全感與歸宿感。面對著兩個「問題」的同時發生，與其說李醫生作為一個傳統的父親角色干涉進來，不如說這只是一種男權主義的應對「策略」。斷裂時代不信奉傳統的力量，傳統倫理的枷鎖早已解除，傳統的孝悌早就消失，沒有人會在內心真正地返回傳統，堅守著理想的愛情與婚姻。如果說傳統的角色還在這個時代裏出現的話，那麼他也最多只是作為一種「後傳統」形態的「策略」，以一種「金蟬脫殼」之計來逃避這個時代的責任與承諾。當唐曉南手術結束後默默地喊著「李喊，李喊呢」時，代替李喊的卻是李醫生的背影。這裡，我們不能不明白，躲藏在外面的李喊與在近旁的李醫生結為一體，充當著一個極具男權意志的角色，他一直在手術過程與戀愛過程中

保持著對女人的一種觀瞻、審察、捏摸、警示和告誡，最終讓不明事理的唐曉南在茫然地等待著「問題」的結論。

　　與徐坤《廚房》的女性視角相似，小說同樣講述了這個時代中女性的愛情與婚姻，情感與生存的問題。愛情只是逢場作戲，或者邂逅性愛，而婚姻卻是遙不可及。只是前者適可而止了，而後者卻非要等待到最後的病變；枝子提著一袋垃圾的失敗感與唐曉南端著杯子去作病理分析的茫然感，同樣預示著女性難以逃脫男權統治的厄運，難以在這個複雜變動的斷裂時代發現真正的自我，成為自己的主宰。

　　《手術》這篇小說反映了這個時代女性的情感與生存問題；同時，作者還提出了一個作為「策略」性的「後傳統」形態問題，確實是一篇真正的「問題」小說。

　　　　　　　　　（《手術》，盛可以，《天涯》，2003 年第 5 期。）

詩性生存中的「軟弱」防禦者
——讀遲子建《酒鬼的魚鷹》

一、酒鬼與魚鷹：東北氤氳下的醉態生存

　　生存在一個物質與權力優先選擇的現代世界裏，追求一種過於防禦和保守的內在生存策略總是要受到過多的損傷，它會使人性深處的意志處於一種無力的狀態，找不到回「家」的路。這不，我們看到走過來的一個叫「劉年」的東北漢子，竟然「晃晃悠悠」的，像一個「飄移過來的影子」。

　　這就是酒鬼劉年，每天似乎都在一種醉態中生活，恍恍惚惚的，要讓一群無知的孩子們領著他回家，迷糊到這種地步還老跟人家爭辯「鬼」和「徒」的分別。或許他在終日酒醉之前就已清楚地辯明了這件事：「酒鬼」只是嗜酒如命的人對酒這種東西強烈的欲望；而「酒徒」則是對酒的愛好和追求，與它融為一體的癡心。但他在這種迷糊的醉態當中總是爭辯不贏的，因為他好像無力清醒過來，即便偶而清醒也「永遠都是罵罵咧咧的，見了蝴蝶罵蝴蝶，見了雲彩罵雲彩，見了螞蟻罵螞蟻」。

　　他有一個家，一個開著食雜店的家，處在地勢低窪的臨街邊上。食雜店主要經營著低檔食品、醬油和醋，「飄出的氣味非鹹即酸，實在不好聞」。更要緊的是家裏還有一個滿足於過著安穩日子的黃臉老婆，每天撥弄著從別人家裏買來的老式算盤，她並不會使用，卻只想找找當女店主的感覺。她經營著這些蠅頭小利，還常常關著屋裏的燈為了節約一點點電費，遇到一些事總是「哎喲」一聲，一驚一咋的。她全然指望著這個食雜店，覺得日子能這樣

「四平八穩地過下去，餓不著凍不著，是她對生活的唯一要求了」。

酒鬼劉年跟這個家和老婆一點也沒有黏合之感，除了迷迷糊糊地醉到這裡睡覺打呼嚕，就是醒來後的滿口牢騷，似乎這裡的環境無法使他像正常人那樣清楚地生活。所以他更多的時間是走出這個陰暗難聞的食雜店，帶著自己的酒壺來到河邊釣魚。其實他只是「爲了消磨時光，有無收穫並不放在心上」（除了擔心老婆見他一無所獲會「哎喲」一番）。他喜歡河邊的夕陽、水面和柳樹，喜歡陽光落在水面上的那種絢爛與柔和，更喜歡在河邊那種「微醉的感覺，渾身酥軟，恍恍惚惚，什麼事也想不起來。」這種醉態與大自然中彌漫著的山氣和水霧渾然一片，讓他忘記了周遭的一切，感覺與自然一同泛出了醉態。

要是在有雨的日子裏，他就會踅到叫驢子酒館來喝酒。他非常喜歡這裡，喜歡「這裡暖洋洋而又陳舊的氣氛」，喜歡女主人寒波「燉的殺豬菜和醃的鹹魚」，喜歡這裡可以給他賒帳而沒有勢利刻薄的人情味道；其實他內心深處更喜歡那個散發著溫柔的懶散和淡淡的體香的女人寒波。女人對待他的親切可人是他這輩子都從來沒有過的，這讓他感到內心有無比的溫柔和纏綿的心悸。他與這個女人之間情意的相通猶如河邊的陽光落在水面上一樣和諧、融洽，猶如酒館外沙沙的關門雨一樣綿長、潤澤，這給了他軟弱的生命中最大最深的安慰。

這個喜歡漫遊在河邊與叫驢子酒館的酒鬼劉年，有著一番軟弱受欺的生活經歷，時時呈現出他無力的生命意誌狀態。他一生「麻煩」不斷，飽受著物質與強權的欺壓。他自小就受人欺辱、誣陷和訛詐，從來沒有絲毫的對外反抗力，只是小心地忍受，小心地防禦。就連他的只顧過安穩日子的老婆許哎喲也只是他作爲一個「麻煩」而被迫收下來的「二手貨」。他窩囊地接受了這個被人玷污的女人，跟她在一起生活一輩子，他無力甩開她，軟弱而善良的性格使他沒有嫌惡她，心平氣和地對待她，似乎他注定要讓「麻煩」一輩子纏身。

他想「遠離人煙，遠離麻煩」，與自然和孩童親近。但他越是怕惹「麻煩」，怕人欺壓和侵犯，軟弱的心靈空間就越是缺乏防禦能力，「麻煩」就越是乘虛而入，侵佔他的東西，在他身上施展強權。

小說的作者不厭其煩地給她筆下的人物傾倒出如此多的「麻煩」事，有意展示出這個人物在軟弱受欺的生活背後善良而實在的生存態度，表露了對

他的一種同情、理解與心靈的相契。作者甚至通過筆下的另一個人物寒波，用溫柔的手掌去撫摩了一下這個值得同情與寬慰的人物的臉頰說：「你真是個善心人啊。」確實，很真的性情，很善的良心，卻在這個物質與強權並重的現實世界裏遭受到如此的不利待遇，失去了防禦生活的能力，失去了生命意志的力量。他只有躲在世界的某個角落裏尋求到一絲絲的撫慰，以此來忘卻醒目的現實欺凌，化解心中久積的晦氣。由此我們不難理解酒鬼劉年在努力逃避現實的生活，躲到清靜的河邊和溫暖的叫驢子酒館去擺脫糾纏不休的「麻煩」，用一種醉態生存的方式來軟弱地對抗這個讓他無法防禦的世界。

不過，酒鬼劉年終究是個無法躲避自身「麻煩」的人。小說結尾寫到他不得不又一次地屈服於權力，幫寒波送魚鷹到局長家裏。王小牛看見他帶上的活活的魚鷹突然冷凍得失去了血色，受到了極大的刺激，犯了一種寒症，無法恢復。他該如何去面對這個由他親手帶來的「麻煩」呢？他又該以什麼樣的代價來賠償呢？他「顧不得喝酒和釣魚」，想再逮一隻魚鷹送給王小牛，好拯治他的寒症，可是河面上再也沒有了魚鷹的蹤影。小說末尾無疑慘痛地預知我們：酒鬼劉年的這個「麻煩」不再是靠自身物質上的虧損和對強權的承受所能賠償得了的，而是心靈深處性情的永遠虧欠，無法償還。這正是他面對這個現實世界所泛出的無力感，人性深處軟弱的生命意誌狀態。

他終究還是會回到原先的醉態生存中，以酒來養護他的容易乾燥的脾性，就像這片生養他的東北土地一樣，時常地浸泡在霧氣和雨水的潤澤之中才會顯出它的自然色態。正是在這東北氤氳之下，小說呈現了一種沉默的普通鄉民早被世界淡忘了的真實的生存狀態，一個被現實世界淹沒了的偏遠的自然生存角落。

再看那隻魚鷹：「頸和腹部是白色的，其餘部位則是灰色的。它頭部的羽毛是湖綠夾雜著幽藍色的，使其看上去就像濃蔭遮蔽的一處湖水，神秘、寂靜而又美麗。」它顯然與眾不同，作者一開始就想創造一個想像性的人物精靈，不僅賦予它高貴而美麗的外貌，而且在精巧地想像出一個魚鷹出場的奇蹟，那麼地巧合，那麼地意外，彷彿是從作者冥冥飄浮的意識空間裏突然穿越時光隧道竄進了小說的現實世界裏，從此有了一種通靈的品質。這無疑是作者自己詩意想像的產物，也是作者小說世界裏人物精神的投影，好像它注定要落入這個不太理想的現實世界中，無力反抗，「一副聽天由命的樣子」。「它並不很飢餓，也看不到有傷口和血跡，它的萎靡不振更像是內心有了隱痛。」

它似乎是真的失落了內心深處的生命意志，不能回到自己的自然世界裏。

這隻命定落網的魚鷹，幸好被叫驢子酒館的女主人寒波留下來做伴，並且在這裡逐漸積攢了一些人世間的溫暖與活力，有了對人的友善與溫情，同時還學得了一種對人的防禦性的力量，能分辨出人間的美醜善惡。但這隻美麗的魚鷹最終還是不能獲得自身的生命意志力，無法回到自然世界中去，而被人世的欲望和強權所窺中，毫無防禦能力地落入了現實世界的殘忍之中，成了一個沒血沒肉的動物標本。魚鷹的生命無力地消失正好可以讓我們從小說文本的世界中返回到一個隱喻性的精神世界裏，透過它生命的多重棱鏡，照看出人性深處生命意志的無力狀態，也照看出人的內心遺存的詩意之美，人的溫情與友善，人的防禦與軟弱。

酒鬼與魚鷹，都隱含在一種「軟弱」的詩性生存之中。

二、敘事與想像：詩性背後的「軟弱」防禦

以上我們談論的是文本中人物形象的一種生存狀況，而這種生存狀況與作家創作時存在的狀態是否有同一性，還要我們再深一層地挖掘。我們說，從創作的角度講，作家進入文本是以自己獨特的構思方式來塑造人物形象，用自己獨特的語言表達方式來描畫筆下鮮活的生命的，在這些形象身上不僅體現了作家內心的表述意圖，甚至還沾染上了作家本人特有的氣息；反過來我們也可以從批評的角度，從一種文本狀態來反窺作家創作時存在的精神氣質和心理狀態。正是在這裡我們才發現了作家在文本中呈現的一種「軟弱」的詩性生存與她創作時的存在狀態竟然有著某種同質性，即文本中人物形象的生存狀態與作家對文本的敘事策略和想像方式有著更內在的契合點。下面我們從作家的敘事與想像兩個方面來對文本進行理性的分析，以得出「文本」與「作家」之間到底是處於怎樣的一種同一性關係的。

作家遲子建喜歡用自然和童心來構築她自己的敘事世界，她的很多作品如《逆行精靈》、《霧月牛欄》、《清水洗塵》等，都是在一種詩意化的敘述中來完成的。在這篇小說裏面，既有對日常化的生活詩意的拾綴，又有對童稚化的自然詩意的營構，我們幾乎隨處可得這些詩意的靈光。如：

> 許哎喲看過魚鷹，就閉了燈，坐在櫃檯後面的椅子上，於黑暗中撥弄著算盤珠子。有時她覺得這珠子就是時光，每響一下時光就消失一下。……

　　　　店門開了。一縷昏黃的光虛弱地先飄了進來。這光中既有街面
　　路燈的朦朧光暈，又有月光的絲絲縷縷痕跡，是自然光和人造光的
　　混合體，給人以半實半虛之感。跟著光進來的，不是人影，而是聲
　　音：「老許，你在麼？在你就開開燈，我這眼睛不行了，骨頭也酥了，
　　要是讓你那門檻絆一傢伙，還不得七零八碎了？」

　　這些日常化的詩意捕捉使之濾化了世俗生活描寫中的混濁氣息，使小說
敘事有了輕柔、怡情之美，而詩意化的文字編織也正顯示了作者心靈向外界
訴說的一種心願，對讀者、對世界的一種美好心願。不過更值得讓讀者欣賞
的是作者對那種童稚化的自然詩意的營造，這才是顯示出遲子建的小說創作
中最明顯最優美的一道風景。我們還是凝神閉息地來品味一下：

　　　　它的羽毛是一種亮麗而高貴的灰色，有一種雪青色的光芒動人
　　地浮現著，它的眼睛也是炯炯有神的，如果它張開翅膀在水面飛翔
　　起來，那一定是能吸引所有植物的目光的。樹葉會睜開碧綠的眼睛
　　看它，願它把巢築在自己身上；花朵會把嬌羞的笑容展覽給它，希
　　望它在半空掠過時能俯身看一眼它。……

　　　　太陽走得高了一些，街面就更加亮堂了。陽光本來是齊刷刷
　　的，但由於落腳之地有高有低，就顯得參差不齊了。落在高處的陽
　　光命運好，它們高高在上……低處的陽光多數落在了大地上，大地
　　上有了路的，那陽光的命運是最悲慘的。不唯車馬人流要去踐踏它，
　　紙屑和垃圾也常常遺落其上，刮它們的臉，使陽光變得黯淡而殘
　　破。……水面上的陽光乾淨、輕盈、瀏亮、活潑，它們隨波逐流，
　　盡享兩岸旖旎風光。待到暮色籠罩時分，它在消失之前，已經在水
　　面上嬉戲了一天，死而無憾了。

以如此活潑稚氣的情態表現力來構築小說文本的詩意氣蘊，確實是小說家一
種難得的秉賦，賞心悅目，自不必言表。然而在欣賞了這些美妙的由日常生
活和自然美景構織起來的詩意韻影之後，我還很想觸及小說的詩意敘事背後
的一種尤為真實，也尤為「軟弱」的敘事策略和想像方式。或許我是在有意
地打破作者已經構築和防護得和諧美好的文本世界，但這也正是我要讀者看
清的，為什麼在作家小說世界中我們能時常體味到一種溫柔的傷痛和難言的
感傷？或許在此正有它的敘事根源。

　　首先我們來看一下小說的敘事線路：作家一開始是按正常的敘述時間講

述故事的發展的，主人公去河邊釣魚，悠晃地回家，下雨天上叫驢子酒館喝酒。伴隨著歲月的流轉和光陰的流淌，故事中的生活是那麼地靜謐、從容，沒有喧囂的雜鬧聲，沒有污穢的渾濁氣，一切都過濾成清新的「陽光水面」。然而在另一面作家又不時地停下來回敘一些過去的生活故事，這些沉入過去時光裏的生活故事無不是顯示出有波折、有衝突性的不和諧狀態，如城裏兒媳的隔膜與女兒的呆實給許哎喲的難以依靠感、寒波家庭的不幸事件、劉年的麻煩家世、賴湯的無賴生活劣跡以及劉年的城裏遭際等等。回敘中的過去生活均染上了陰暗而又不良的晦色，彷彿這一切都只能是隱藏在晦暗不明的狀態之中，無法浮出現時生活時光的「陽光水面」。不過更為明顯的是，一些本來就是發生在現時生活光陰裏的故事也被作家特意地放入到「過去」的生活時光中，通過回敘與轉述的方式來呈現出來，如魚鷹的意外落網、王老太太的死、賴湯的被捕等都是發生在小說正常的敘述時間裏的，但作家似乎有意迴避對這種突發性的晦暗不明的生活事件的直接敘述，而把它們沉沒到「陽光水面」以下，這與一些當代作家追求的對欲望和暴力現場的敘述快感截然相反。

這種把和諧靜謐的生活時光作為敘事的主導進程，而把所有其他帶有晦色的生活記錄都隱藏在現時「美好」時光之下的敘事設置正是作家遲子建內心一種詩性生存的想像性構築，即通過詩意化的生活形態來實現對不和諧的現實的迴避。但這終究是一種敘事策略上的「軟弱」抵禦，因為現實的強勢力量最終還是要讓她無奈地去面對。在小說的最後，作家無法把魚鷹的悲慘命運放入到敘事的「陽光水面」以下，而是直接敘述了劉年帶著王小牛給局長家送魚鷹的全過程。不過這種敘述顯得有些急促，恨不得快速收場，失去了她一貫的從容和細膩。似乎作家不願在這種現實的晦色中停留太久。但她又不得不把敘事進行下去，否則一味地把現實中出現的不和諧的東西都隱藏在敘述的背面，則這個敘述的故事就只能無限地在她想像性的敘事模式中徘徊下去，無法打上休止符。這正是作家敘事策略上的無奈，「軟弱」而理想化的敘事方式無法完成現實中時時遭受突發性的生活形態，無力防禦現實世界的入侵。

如果我們再往下透視，還會發現這種敘事上的「軟弱」與作家內心對文學世界的想像方式有著更內在的關聯。

遲子建以自然和童心來美飾自身對文學世界的詩性想像，用一股充溢著人性、人情的溫暖力度來抒發對真善美的嚮往。她的小說世界裏有的是性情

的真、彌漫的善和靜謐的美，它們滯留在小說文本的間隙之中，充盈了整個的文本空間。然而在另一方面，作家對假惡醜卻有著簡單而刻意的編織，這形成了另外一種截然不同的想像模式。我們看到小說裏作家所描述的「惡」均來得非常的突兀，沒有前因，沒有生活邏輯的發展，似乎一切「惡」都早已靜止的擺放在那裡，阻礙著生活的進程，比如王老太太的仇恨、賴湯的霸道和局長的貪婪等，即便是酒鬼劉年的軟弱也是一開始就設定下來的。另外，小說中列舉了劉年所受的大量「麻煩」，一下了竟然衍生出如此多的現實醜行來，好像這個世界的周遭到處是不和諧的人與事，這與作家另外一面的詩性想像是完全不一致的，從而給我們一個分裂的文學世界的想像圖景，難以把它們湊到一起。這種對文學世界中幽暗面的臆想性安排就顯得簡單而無力了，當作家對筆下的一些人物作出了刻意的安排（如王老太太被嚇死、賴湯被捕等）之後，終不能把所有幽暗性的人物命運都給抹去而形成一個徹底完美化的想像世界。作家縱然對呈現在「陽光水面」上的詩意世界有著美好的嚮往，但還是不敢虛妄地面對自己眼前的現實世界，簡單地處理生存世界的本相，只有「軟弱」地防禦著垷實世界對想像世界的入侵，最終給自己的文學世界留下了一份惆悵和感傷。

作家遲子建對世界的想像方式使得她把複雜的現實世相簡化為單純而明晰的文學圖景，裏面沒有喧鬧混雜，沒有劇烈創痛，大變大非，只有一種淡淡的、彌漫著人性、人情的靜謐與溫情遺留在她詩性的想像空間裏。這種想像方式正來源於她「軟弱」的內心無力叩問「現實」之門，只能在自己的想像世界裏作出一種防禦，一種關乎生存、關乎文學的防禦。

很多人都樂意把遲子建和蕭紅兩位富有才情的東北女作家放到一起，驚煞於她們在地域風格、文學氣質上的相似，從而也表露出對她們二者的喜愛。然而從她們對文學的想像方式來看，蕭紅的東北是在他鄉視域中形成的一個特定的歷史性空間結構，其間的審美觀照產生出了一種受歷史空間隔離後的創傷與痛楚的記憶，其想像中的東北故鄉是永恆而靜謐的，是永遠停留在她內心的精神家園。她的小說世界透露出被現代性撞擊、破壞之後所滋生的對傳統家園的懷舊與感傷。寫作對她來說是一種難以磨滅的記憶；而遲子建則是對東北家鄉近距離的溫情注視者，現實的「惡」與人性的「善」是如此近地在眼前浮現，她無力拆除那些不和諧的障礙，只能求諸於內心的文學想像，通過一種童話般的幻想和自然詩意的拾綴來防禦現實世界對精神世界

的入侵。她也極力建構一個靜謐而不變的空間性家園，但同時她又要置身在
現實的故鄉里親歷一種紛繁變化的生存。寫作對她則是一種對現實的忘卻，
在現實中忘卻「現實」。

（《酒鬼的魚鷹》，遲子建，《天涯》，2002 年第 5 期。）

「調味盒」式的長篇寫作
——評池莉《水與火的纏綿》

　　飽受非議的作家池莉或許要在 2002 年讓人改變看法，中篇小說《看麥娘》的出世著實讓懂文學的人吃驚不小。以往俗化的生活觀念、仿眞「生活秀」的趨時寫作和通俗淺易的敘事方式不見了，行文沉緩、思想加注的內省式寫作使池莉的這篇小說格調提升，好評不斷。《看麥娘》中對人性隱秘生活經驗的揭示和女性自在性情的書寫，讓人看到了池莉的創作由外在的生活形態向心靈的縱深處開拓。緊接著，在一種似乎並非刻意的期待中，池莉的長篇小說《水與火的纏綿》由華藝出版社迅速推出了。

　　但事情總是不按預想進行，《水與火的纏綿》的出爐使我對池莉創作的熱切程度又涼了下來，乃至把我帶入一種更悲觀的境地。這不僅因爲《水》沒有繼續《看》創新的路子，而且在作家創作的老路上《水》也大大地滑坡了。儘管藝術家們總是在創新與重複（自己）之間前進，對其創作不必求全責備、過於苛求，但像《水》這樣敷衍、濫俗的寫作還是少見，至少在文學創作還被當作一種嚴肅的藝術活動的關係上看是這樣的。這彷彿就像一名中學生要完成一篇字數限定的作文而不得不拿出的應付老師的手段。爲什麼池莉要寫《水》這樣的長篇呢？想必大家該知道些。

　　我無意對作家及作品進行刻意地「惡評」，畢竟曾是喜歡讀她的一些作品的，如《煩惱人生》、《不談愛情》、《心比身先老》，還有現在的《看麥娘》等。我耐著性子把《水》看完，企圖找出小說文本與作家創作思想之間以及文本內部存在的一些值得思考的地方，以重建一種對作家的「好感」。

　　《水》講述的是青春女性的成長故事。它圍繞著青年女性曾芒芒從戀愛到結婚、生子、……的「成長」主線，呈現出她在家庭、事業、情感等生活變化中的一道道「皺褶」。作家企圖借對實際生活層面的各種敘事來獲得一種對「愛」與「理想」的理解，以及闡發個體生命的隱秘意義。

　　這樣，作家一開始就為自己的小說定下了一個理想化的「基調」：一個寧靜悠閒的星期天，青年女工曾芒芒躺在單人宿舍裏讀一本法國作家羅曼·羅蘭的《約翰·克利斯朵夫》，她還抄錄了扉頁上的題詞：受苦的奮鬥的自由靈魂必戰勝一切！這一「開場」無疑說明女主人公是一個沉靜、善良，充滿著理想，又潛藏著激情的新一代知識青年。

　　在一段簡單的「過門」之後，曾芒芒的「成長」道路進入了預定的軌道。有三個不同性格的青年先後進入了她的生活世界：酈園是本廠一個熱情、能幹的鍋爐工；高勇是一名出身於知識家庭的沉穩、內斂的機電技術員；常聲遠則是一位機智、風趣的水生物研究生。這三個人均在她的情感生活中產生重大的影響。不過，小說的主體敘事是在曾芒芒和高勇之間戀愛、婚姻、家庭以及事業等生活經歷中展開的，並著重表達了他們二人在世俗與愛情、現實與理想、靈魂與肉體之間的碰撞和糾葛。從稚嫩的青春到成熟的智慧，他們穿越了艱澀的成長道路，體味了豐富的人生況味。作家正是在這如「水」一般的情感生活流程中勾畫出新時期人們正常的生活軌跡和普遍的生存狀態。

　　然而，作家在正常軌跡之外還勾畫出另外一種情感生活狀態。它隱秘在普通的生活流程之中，卻在個體心靈中收藏，不與普遍的生活共同分享。它極力衝破這被程式化的生活逐漸凝固起來的「靜默」，以便讓個體心靈釋放出「火」一般的潛能。曾芒芒同酈園有過純真的愛情，但由於出身背景的差異，她無力承擔外在的壓力而臨陣逃脫。情感受到貶抑的她最終在與酈園（已成為商場老闆）的第二次人生相遇時燃發出激情之火，正如小說中寫道：「遭遇一次那從來沒有過的錯誤吧——她自己誘惑了自己。這與酈園沒有多大關係，芒芒心裏明白。芒芒不僅是她丈夫高勇認識的那個女人，她還是另外一個女人，芒芒現在開始認識到這一點了。她是水，也是火，她天生就是，只是從前她看不見自己。芒芒明白了。」（第 291 頁）

　　如果說這是曾芒芒在溢出正常生活軌道之外所迸發出的一團「明火」的話，那麼與常聲遠的那種似是而非的「友情」交往則是她內心深處始終燃燒著的一束「暗火」，它隱藏在芒芒的生命最深處。儘管從表面看來，他們似乎

什麼也沒有發生過，但這種心靈的知交足以讓她刻骨銘心。小說中有這樣的表白：「常聲遠去了美國，她就沉默了。封存了一種風格。掩埋了一部分的個性。如果說人是多面的，那麼某一個側面就算壞死了。」（第282頁）

小說正是在敘述主人公「水」與「火」的情感生活過程中努力地表達出女性個體那種獨特的生命感覺與體驗，以至作家設置了一條明顯的貫穿始末的隱喻性線索：曾芒芒在丟失了與酈園的純真初戀後招來了流言，被認為是出了「作風」問題時突發了一種病症，叫「胃痙攣和精神性腹瀉」；此後在與高勇結婚登記前必須經受婦科檢查卻碰到了「處女膜」問題時，芒芒又猝不及防地犯了一次「精神性的胃絞痛和腹瀉」；再後來是結婚之後由於家庭瑣事的厭煩，夫妻之間缺少默契和關愛，芒芒病情再次發作；小說最後，酈園因肝病去世，在芒芒的生活世界裏永遠消失了，她生病了，還是「精神性腹瀉和胃痙攣」。顯然，每次得病都是在曾芒芒的情感生活遭到破壞之後，彷彿丟掉了一種屬於自己的東西，失去了對自身的把握能力。這一顯明的線索提示也證實了作家想在自己的小說中著力表現女性生命感覺與體驗的隱秘性。這或許是小說的精神「內核」。

遺憾的是，小說在疏散的展開過程中出現了太多的紕漏和敷衍。閱讀完整篇小說之後，一個明顯的不適就是小說存在嚴重的拼貼感，如家庭之間的相互歧視、婚前的艱辛與婚後家庭的煩惱、兩性之間的誤會與猜忌、生子的疼痛及事業的轉機與發達等，這幾乎都是作家已有的小說情節原版的拼接，沒有任何形式表達上的新鮮感；即使在小說所傳達的思想觀念上也依然流露出原樣的市民生活習俗，諸如「結婚怎麼可能就是男女兩個人之間的事呢？」（第123頁）「她不喜歡高德靜的方式，也不喜歡郝毓秀的方式，她喜歡張阿姨的方式。」（第98頁）等等。唯一有變化的或許是作品的外在反應，即池莉以前的創作帶有「新寫實」傾向，反浪漫、理想，揭示出生存本相，具有一種批判性品格；而現在的寫作則是一種複製式的「生活秀」，沒有獨立的寫作立場，靠編織浪漫、理想來投合大眾的趣味，具有明顯的媚俗傾向。這在那種敷衍、片斷式的長篇編織過程中可以見出。糟糕的寫作狀態使得作家越想編織完美越是造成更多的紕漏和失誤，或許這也踐踏了作家自身的創作。我們還是到小說中來指出她的諸多失誤吧。

如小說開頭明確介紹了曾芒芒在跟酈園相遇前有過與四位男性失敗的交往，行文中沒有任何含糊的交代，而作家在緊接其後卻說成是「5個了！」作

家是對這種簡單數字的疏忽,還是原定有一個預想的人物竟忘了塞進故事中來呢?另外,小說在第113頁有一段議論:「這與它27歲的年紀有什麼關係呢?27歲是不小了,可是誰會告訴她這種隱秘之事呢?同學之間的玩笑都很抽象啊?新華書店一直就沒有這方面的書出售啊!」而在不遠的第130頁又出現了一段議論:「感謝中國的改革開放,近期出版了不少關於性知識的書籍,他們羞羞答答,含含糊糊地對已經27歲的曾芒芒教導說,性應該是一種享受……。」這樣只顧編造了理由,卻忘了前後文的照應。

當然,跳出文學欣賞之外而挑剔非文學的錯誤,不是一種好的閱讀方式,但小說本身出現的敗跡足以打斷讀者良好的閱讀心境。即便從「吹毛求疵」的刻意上走開,我們仍然感受到寫作帶來的拙劣和不快。

比如性愛,應是人的私人情感生活中最激動人心、最動人心魄的東西,已往文學作品有很多不乏精彩的描寫,兩性的和諧時時讓人感受到大自然賜予人體的造化之美。作家顯然也在這篇小說中著力刻畫人物內心的靈與肉的衝撞與和諧,以烘托出她「愛」的主題,但糟糕的寫作心境和拙劣的編織技巧使得她越是刻意越讓人反胃,彷彿一個末流的歌手在臺上翻唱一首經典老歌,搔首弄姿,矯揉造作,不知是在獻媚大眾還是要敷衍大眾。

拙劣的手段還體現在作家想像力的匱乏上。小說第八章之後,作家編造了兩次約會故事來表現芒芒與高勇情感上波折和摩擦。極其類似的兩次地點上的誤會:一次是青山公園老站與新站之間的誤會;一次是張之洞題匾的抱冰堂與奧略堂之間的誤會。這一對經歷了漫長的戀愛季節的情人,不說心心相印,至少對周身的生活環境該熟悉吧!作家已感覺到自己的理虧而作了一些牽強的解釋,但也足見她想像力的匱乏。可笑的場面出現在小說的第170頁,作家仿造了一個與小說《太陽出世》裏結婚當日與人打架的場景(或許這種場景很合大眾趣味)。有別於一貫粗野、鄙俗的趙勝天,為了讓有知識教養的高勇獲得打架的理由,她編造了高勇抓住了留在他口袋裏的小偷的手,而錢包已經被轉移走了。納悶的是錢包都轉走了,小偷的手還留在他口袋幹嗎(為了等待一個高勇結婚當日與人打架的理由嗎?)!這讓我著實想了一番,最後也只能感歎作家的幼稚與天真了。為了給筆下的人物行動找理由,或者是為了製造大眾趣味性,作家刻意地編造一些細節,從而使得她的長篇寫作疏鬆、零散,缺乏內在的時空結構。

其實,透過池莉長篇寫作的鬆散結構,我們還是能看到她要表達的一貫

性的創作思想。執守於市民生活觀念使池莉的長篇寫作形成了一個觀念模式，並由此而映照出她想像中的「理想」市民生活圖景。這似乎像中國古典小說中形成的「大團圓」模式，信奉兩條至聖的原則：「善惡相報」和「有情人終成眷屬」，讓讀者得到一種滿足感和自適感。當然，現代生活形態的變化以及生活觀念的變遷，使得作家以一種新的觀念模式來替代，那就是市民生活理想中的「人情互報」觀念以及現代生活中的「情感平衡」原則。中國世俗社會一向有「人情急似債」的說法，他們把人情的互償看作是做人的原則，這是潛入普通人精神深處的生活觀念；而在情感交往方面，作家也有意識地把它當作一架機器來調配，只要人物情感上出現欠缺，總會在後來得到補償，不留任何的缺憾。正是從這種世俗的生活觀念出發，作家把一切都編織得非常圓滿，讓讀者從中獲得了暫時的滿足感和自適感。這種寫作觀念的形成是反映了當代社會生活的真切形態，還是作家缺乏獨立的社會思考判斷力而採取的一種隨俗傾向呢？

池莉的長篇寫作一般都是以一種普通生活流程的時間性串聯起來的。戀愛、結婚、生子、家庭和事業等普通生活，著墨很多，描寫細緻且過程極其類似，其間再夾雜一些新奇的生活新聞加以調色、充實。另外，為了給平淡、枯燥的普通生活著色，她還特意摻入一些理想的歷史記錄，如武漢城發生的歷史故事（辛亥革命，毛主席游長江）；家庭的光榮歷史（高勇的祖父高秉德，一個著名的開明紳士，獻金救國，支持革命；曾芒芒的祖父曾分田，參加過長征，為新中國的締造立下過功勳的革命將領）；甚至當代生活中發生的重大歷史如「六·四」事件她也拿來摻和。但無論歷史多麼神聖崇高，一到她的筆下均消解殆盡而抹上了生活化、傳奇化的色彩，很有一種民俗性的濾化效果。

在作家池莉創作世界的深處其實還自有一種女性的自立和堅韌的品格。她不完全依附於家庭而有自己的情感和事業，但又不忘對婚姻家庭的執著與堅韌，總是在情感家庭出現裂痕時起到一種極大的縫合作用，這或許是作家內心深處渴望表達出來的。然而，囿於既定的觀念模式以及缺乏獨立的寫作精神，使她在寫作行為上更多地投向了市民階層的傳奇講述和媚俗大眾的時尚編寫。物質時代的文化產品需要的是複製的數量、賣座率和改編率，需要的是文化食品的即時消費，池莉也正是在這種媚俗中取得了自己的表達立場，而其內心真正的「愛」與「理想」，以及那屬於女性自身獨特的生命體驗

卻無法與讀者進行心靈上的溝通，這顯然是一種寫作的失敗。物質時代的寫作要表達理想狀態的情感，這本身就存在著一種無法解決的內在矛盾，作家如何在這文學社會學領域尋求到一種超越性的途徑呢？

相比於王安憶，一味地追求市民生活的表層趣味而欠缺對生活形而上的把握能力，使得池莉的長篇寫作缺乏內在的時空結構以及濃鬱的歷史氣蘊，只呈現出物化層面的「調味盒」式的寫作；再加上商業社會的侵擾而導致的創作流俗化，這樣，縱然有了一些創作感覺也無法構築起長篇的藝術空間。

（《水與火的纏綿》，池莉，北京：人民文學出版社，2004 年。）

商業社會裏的生存境況與人際交往
——讀鐵凝《誰能讓我害羞》

　　孟子說過：「無惻隱之心，非人也；無羞惡之心，非人也；無辭讓之心，非人也；無是非之心，非人也。」可見，羞恥之心是作人的根本，即孟子所說的「四端」之一；同時羞恥心也是文明社會進化以來形成的一種普遍化人性的表徵。但不管是作為一種文化層面的倫理建構，還是一種普遍人性的表現，羞恥之心都早已融入人的深層意識之中。猶如水對於身體，一旦分離出來身體就會很快乾枯、消亡。所以，沒有羞恥之心難以稱得上是人了。

　　不過我這兒還得重新開始文章的寫法，因為在這個反覆被宣稱是「後現代」形態的商業社會裏，「引經據典」實在不是一個很好的做法，甚至還有嘲弄的嫌疑。說來有些弔詭，人們一方面清楚地知道經典的意義和威信，一方面又以自己的行為來侵蝕它意義的高度。商業社會的忙碌紛爭使得人們已無暇顧及經典的「尊嚴」，早不把它當回事了。所以，只有榮光的表面而實質已被掏空是注定要自取其辱的，還是不要把它抬出來的好。

　　當然，我得把經典當回事，並要認真分析它受嘲諷的原因，畢竟我以後還指望以它為生。

　　在這個競爭劇烈的世界裏，作為社會的個體人必然要充分施展自己的身手去博取一個穩妥的生活與優越的地位，避免被急速行進的社會步伐所拋棄；但物質化文明的無限進步讓追逐的人再也無法停歇下來，或是對「文明」的豔羨，或是對優越地位被擠掉的憂慮，這已經讓人身不由己了。就在這種追逐和保持「優越感」的狀態之中，無邊的物欲在不斷地擠壓人的內心，讓

自身性情不能自由地飛轉而處處受到外界的支配，獨立的個性在體感到極大的壓抑並在孱弱地抵抗和承受，於是企圖擺脫掉這種束縛，但他眞的能擺脫得掉嗎？向外界攫取與向內心求索是當下人們無法躲避而又兩相悖反的兩面，二者相互糾纏卻又如此相悖，總是走不到一起和睦共處。我們還是到曾經發生過的一個「送水」的故事當中去體味一下當下人的矛盾處境吧。

一、女人：商業社會裏的成功個體及受壓抑的個性

「女人吃過早飯就一直在打電話」，她那種故作自在的做派正向人們顯示出一種極大的優越感，同時也流露出一種對更高級的生活鏡象模仿（外國電影裏）的豔羨心理，這讓她感到無比的自得。女人不到 40 歲，對於一個人的成長經驗來說，這歲數處於一個模糊的界線，我們難以像習慣上的說法（比如「三十而立、四十不惑」）來猜測她。但仔細探究一下，這歲數是很有一些曖昧的特徵的。這說明女人已經適應了這個商業社會規則下的生活，能夠自如地「模仿」商業社會裏的生活儀式，比如小說中的她「穿戴整齊，鎖好家門，乘電梯下樓，開車……」；然後，在「一條擁擠、嘈雜的肮髒小街」的視覺呈現中，女人是怎樣地展示了自身的優越性以及對商業社會的認同和對這種社會規則的篤信。當然，這不算太過的歲數還說明女人仍保持一些原有的敏感性格，沒有被打磨成商業社會高速運轉中的一個機械對象，時不時地還有一些獨立的想法，甚至一種渴望越出日常化程序生活軌道的「創造」願望。她很想把已有的物質優越感轉化爲內心的悠閒「自得」，但這又談何容易呢？這種極短暫的感覺彷彿是繁忙的工作中偶而打了一個盹。因爲就在這時，她發現飲水機上沒有水了，而這一件小事就足以把她剛剛編織好的一小片「自得」的幻想攪得凌亂破碎。

從某種意義上說，商業社會的生活規則是建立在一個虛擬式的物質結構框架之上的，所有的實體都被一些對應的信息化了的符號所編碼，一旦這種編碼系統出現故障，所有實體都變得遙不可及了，剩下的只是一串對生活沒有實際意義的數碼符號。這足以讓人對龐大的商業社會產生極大的恐懼感。所以，女人必須憑藉著這些電話號碼、水票、地址等數碼符號去找到它背後眞實的東西，否則這種恐懼感會很快侵入她的內心世界。

於是，女人開始爲她的行爲找一個理由了。是爲了那「100 塊錢」，還是爲了自己作爲顧客受到了「戲弄」？是爲了商業社會的規則遭到破壞而憤懣，

還是因為個性受到傷害而怨恨呢？一切都處於晦暗不明之中，我們說不清楚。但女人有理由認為感情受到傷害，也或許是「怨恨」比「憤懣」的理由來得更高尚吧！其實女人也清醒地知道商業社會裏形成的規則「缺乏信譽」，讓人感覺「不安穩」，這種複雜的體味是每一個進入現代商業場景的人都無法避免的。就像女人對那頂「紅呢貝雷帽」的複雜感覺，「煞有介事而又不倫不類」。一方面的感覺是商業社會總是按規則行事，公事公辦，正兒八經；另一方面則感覺這種僵硬刻板的做法實在不符合自由自在的人的「做派」，有點滑稽可笑。女人這種對商業化規則既認同又嘲弄的感覺化體驗道出了商業境況下人的生存處境的尷尬與困惑：一方面商業社會在不斷地強化人們對物質生活的優越感，培養他們對這種社會規則的篤信；另一方面又在不斷地擠壓他們的個性，給他們帶來無法抵禦的恐懼感，使得他們對商業社會產生極大的疑慮，其受壓抑的個性不得不時時在警覺中觀望、防衛。

二、少年：作為初涉者的膨脹個體及執拗個性

少年是商業社會的初涉者，正渴望著能被這個社會所接納。他的年齡也就在「小男孩」和「小夥子」之間吧，沒有脫盡稚氣又在盡力表現出老練。這像女人的歲數一樣處於一個模糊的界定狀態，彷彿也呈現出複雜的商業社會裏許多事物都會表現出的曖昧特徵，猶如一塊多放了幾天的肉塊，其實也不見得就壞了，但吃起來總感覺不對勁，老懷疑它有變質的嫌疑。

在少年的眼裏，這個商業城市簡直就是一個寶地。他正竭力模仿著這個高級聚居地的各種交往禮儀，只是「運用尚欠自如」。但他的積極姿態說明他在想方設法地裝扮成一個合乎規範的成員。物質文明的巨大誘惑力使他無比的豔羨：那「白色的汽車」，「直奔他而來」的「帶著風、帶著香味兒」的女人，和那大得有點浪費的「廚房」、洗碗池邊鋪著的「地毯（防滑墊）」，還有那給他留下深刻印象的「寶寶」拿著手機當玩具，「痛痛快快地玩」，還要吵著「打110」。這一切感官的衝擊都讓少年驚羨不已，並由此產生了直接而天真的想法，以為擁有了眼前的一切就能任由性子自由而痛快地作為了。他開始有點膨脹，「忽悠」地就幻想著進入了那個「高級」的場景，他開始產生一種孵化在物質優越論基礎上的「尊嚴」，他感覺自己「與同伴好像不一樣了」，甚至「有些後悔跟他們一塊兒湊在水站吃那碗油潑麵」。於是他開始想著要「改頭換面」，充當一個體面的角色。他從表哥那裡偷來了新的服裝，還配上了幾件時髦的玩意兒如「花

格圍巾」、「花領帶」、「花哨的鑰匙串」、「隨身聽」等，為此他還受了表哥的一頓揍，但這依然抑制不住他已經膨脹起來的對物質世界的美好憧憬。

然而，這種虛幻的「烏托邦」心理是怎樣地讓這位天真的少年誤入歧途，他不知道這種社會規則有多麼殘酷的嚴格，尊嚴的建立是多麼的實際，來不得半點幻想。事實上，少年的偽裝幼稚又拙劣，他忘了肩上的「水桶」才是顯示他身份的真正標記。儘管這種外在的努力也顯示出他個性執拗的一面，但在一次次努力的追求中其個性卻又在一次次地受到貶損。

他顯然過於天真，天真得「想法有時候無邊無沿」，他看不清這個商業社會的真相，稚嫩而執拗的個性與這成熟得有點糜爛的社會是多麼地不相融，以至他常常下意識地拿這種執拗的個性跟堅硬的社會規則叫板，結果肯定是要撞破頭的，但這或許正是他通向「成功」之門的一種必須的生活經驗。我們沒有能力阻止他這麼幹，也無法提醒少年那個「成功」的門檻背後有著多麼壓抑個性的受制生活。有時候我們得承認，欲望的追逐與個性的張揚是一回事，都是對自由的嚮往，二者都在同一個方向上，但又似乎難以結成同路人，彼此互相侵害，結果哪一方也到達不了自由的終點。所以，我們無法告誡少年，也不能把他帶出迷途，我們都在同一片迷霧中找不到超越之路。

正是因為少年張揚出來的還未完全被商業社會所磨化的執拗個性，才使得一個商業社會裏最具日常化的機械交往模式——「送水」，偶而攀升到個性化衝突的層面，並發生了後面一系列難以理清的「糾纏」。

三、女人與少年：社會交往與情感交流

商業社會裏的社會交往過濾了情感，人們按利益原則和商業規則行事，每個人都讓自己的職業和身份說話，而個人的真實感受都躲避到這層面具之後。在女人眼裏，少年只是一個骯髒、邋遢的東西，以至根本不值得考慮稱呼；而在少年眼裏，女人絕對是一個能夠「痛痛快快地」享受的「高級」模本。他們彼此都只是一個僅供自身參照的社會化符號，沒有任何可須對方揣摹的個性內質。這樣，「送水」就只淪為一個單純的社會化交往模式。

然而，「送水」模式一旦落入到一個略具戲劇性的生活情景中就太不一樣了。個性的無意間涉入以及壓抑性情的觸發，使得這個本可複製的交往模式變得複雜難料，由此而產生出冷漠、猜疑、警惕、對抗等一長串情感化的交往體驗。

一開始進行的是商業社交的慣例，少年為女人送水服務，女人享受一種

商業社會提供的便利消費方式。但隨著交往的增多，執拗的天眞少年在試探中開始接近他所豔羨的「高級」場所，女人則冷漠地排斥著離她似乎遙遠的低級群體。這之間的距離本來就很大，幾乎不存在情感化交流的可能，但只要人還沒有被墮化爲商業社會的複製產品，他就必然要在一次次的試探、接觸當中顯示出個性的力量來。

在「送水」過程的線性敘述中，少年的每一次積極的試探與接觸都在女人消極的冷漠、排斥中結束，一次次的受挫讓執拗的少年感到無比懊喪，爲什麼就不能「痛痛快快」一回呢？從最初的懇求、堅持，到後來的「挑釁」、「絕望」終至「暴怒」，他難以抑制住自己的個性，由「豔羨」轉爲「仇恨」，或者說由欲望追逐的受阻而轉向個性表現上的報復。正如前文所說，這二者確是一回事；從更遠的意義上說，商業社會裏人的生存就始終處於二者的「糾纏」之中。對於女人來說何嘗不是如此？一方面她憑藉自身的優越感拒絕、嫌惡這個髒亂的少年，她感覺到自己的優越和強大，處於支配他人的地位；另一方面商業社會的浮華多變讓她時時體味到不安穩之感，使她敏感的性情始終處於一種受抑的警覺與防衛當中。故當少年一有不符常規的跡象時，女人就敏感地認爲這不是一口水的問題，而是自身受到了「侮辱」，她一定得清除身邊出現的不安穩因素，來回擊這個商業社會帶來的對自我性情的侵擾。

在這個看似一場純屬社會化衝突的情景當中，實際上自以爲是的個性卻在暗暗地主導著它的進程。少年不是眞的要持刀搶劫，女人的手槍更是假的，但這裡卻發生了一場眞的對峙，一場受壓抑的個性之間的激烈衝撞。終於，一個人格意義上的情感交流破裂了，各自的個性均受到損傷。

當結局在戲劇化的安排中戛然而止時，這種欲望與個性間的「糾纏」才陡然解開。原來一切都只停留在一個簡單的社交層面，個性間的衝突僅僅是自我的一種預設。但這一錯誤的預設卻讓彼此都丟失了一些本該保留的東西（羞恥心）。少年在物欲膨脹之中居然只爲一支「槍」（物）而「害羞」，女人在商業社會的包裝之下也「強硬地」不感到「羞愧」。當然，一切都緣於個性受壓制的極度困惑而失去了內在生命的力量，縱然在內心深處發出呼救，但很快就被商業社會的喧囂所淹沒。這讓我們深刻地體味到，商業社會曖昧不清的特徵有多大的迷惑性。否則一切都不應發生，但不發生的都發生了，而且還這般的合理化。（結局有點戲劇化，但又有內在的必然性。）

四、寶寶及其他：一個關於「水」的問題思考

在這個「送水」的社會交往模式中，寶寶的角色顯然被擱置在一邊，至多只是作爲少年眼裏一個視覺性的標尺，用來強化他對物質追逐的「豔羨」心理。然而寶寶最後參與的報警行爲在敘事的線條中卻起到了切實的效用，它戲劇化地中止了一場社會（或個性）的衝突。具有反諷意味的是，就寶寶自身來說，「痛痛快快地玩」是一種孩童天性；「打110」是向社會規則的侵犯，也是他任性自由的表現，但一直受到大人的看管和阻止。最後一次他終於自由地拔打上了110，可是這次自由任性的表現實際上卻演變成了實際的社會效果。這裡面似乎隱喻著一種並非戲劇化的社會行爲：即寶寶的行爲開始由其自由天性向社會規則化方向引導、就範。明白了這一點足以讓人不寒而顫，我們彷彿窺視到商業社會在暗暗地逼人就範的巨大陰謀。從寶寶到少年到女人，我們看清了一段現代人受外在生活的逼迫而逐漸喪失內在個性空間的生存本相的歷程。

我們難以猜測作家是不是有意識地涉及一個關於「水」的命題，但在接下來的對「送水」模式的拓展考察中，可以發現仍然有更深的隱喻性在其中。

中國人有句古話叫「受人滴水之恩，當以湧泉相報」，「水」在此即是一種人情，而人情是沒有等級貴賤之分，「滴水」與「湧泉」不靠商業尺度來衡量。然而在當下的商業境遇中，傳統話語顯然失效。「送水」的背後是一種商業行爲，這意味著人的情感發生不再是處於一種自在的狀態，而是被商業化了，價值的表層化使個性內質由此喪失。女人把少年對「水」的懇求誤以爲搶「水」，把渴望情感的回報當成要破壞社會規則。這樣，情感上的交流自然也被商業化的社會交往強暴了，而個性之間相互慰藉的溫暖願望終於不能發生。

「水」一旦成爲了商品，最多只能保養往豐碩的軀體，卻滲不入逐漸乾渴的心靈。這則簡單的關於「水」的寓言能實現讓當下社會境遇中的人們多保留一點溫暖的願望嗎？

（《誰能讓我害羞》，鐵凝，《長城》，2002 年第 3 期。）

當下中國文學的敘事立場
——讀曹征路《那兒》

一、「情感傷害」與「社會傷害」

　　在我們這個政治頭腦發達、經濟智商低下的國度裏,《那兒》的影響比「郎咸平風波」來得強烈和震撼,這或許是因為小說不只傳遞了一個經濟學上的MBO(管理層收購)問題,而且更多地包容了社會的、政治的和情感的信息。諸如下崗工人的苦難、國有資產的流失等社會正義與公平問題,就引起了讀者們對於社會學和經濟學方面的關注,以及新左派批評者們的廣泛認同;小說直面當下現實的苦難,讓人們產生有重回80年代文學「轟動效應」之感、稱作品是「工人階級的傷痕文學」、是對「左翼文學傳統的復蘇」,等等,好評不斷。

　　當然,撇開所有的符號化闡釋,讀者最主要的感動應該是來自作品裏面巨大的情感效應,來自於一個關於「情感傷害」的三角故事關係:杜月梅—小狗羅蒂—小舅朱衛國(如下圖)。

　　小說「開頭很簡單」,一個下崗女工白天去賣珍珠奶茶,夜晚就改裝成「霓虹燈下的哨兵」;一天半夜回家,在拐彎處被一條狗驚嚇得癱瘓在地,引來了一些人的同情。就這麼一樁小事是怎麼牽扯出了一個關於「情感傷害」的三角關係,以至於撞擊了我們的感動之門呢?

　　顯然,感動不是來自於下崗女工的苦難,在我們這個社會,社會結構轉型早把工人階級轉到了社會邊緣,現在是所謂「中產階級」的天下,所以工

人階級成了「霓虹燈下的哨兵」也就不足爲奇了。感動源自於小說引出的其他兩個角色：小狗羅蒂和「我」的小舅朱衛國。小舅是杜月梅原來車間裏的師傅，甚至可以說是早先的情人，而小狗正是小舅家裏的。由於發生了開頭這件事，小舅爲了平息心裏面的一些愧疚，揣了點錢去看杜月梅時，不想被她破口大罵一頓，更讓小舅傷心的是，杜月梅竟然誤解了他的情意，把他給的錢圑成一團又扔了出來，並惡意地對他「說我就是跟狗睡我也不能叫你污辱我！……」這深深地傷害了小舅的感情，使他深受刺激。於是他就讓人把自家的小狗拉到兩百里外的蕪城放了生，並下定決心爲瀕臨被收購的工廠和工人的命運擔負重任，向上告狀。當小舅費盡心血、近乎瘋狂地要保住工廠，與領導層的資產收購鬥爭時，他越來越成了一個孤獨的「英雄」，沒有人能理解他，他恨不得想殺人；而此時，那隻忠誠的小狗羅蒂竟歷盡難以想像的痛苦與煎熬找回了家門，卻又繼續面臨被狠心的主人小舅拋棄的局面，當它識破再次受背棄的命運之後，小狗羅蒂毅然爬上龍門弔跳下自殺，對「遭到冷酷的人類拋棄」的不公命運以死抗爭，完成了一個催人淚下的義舉；而小舅在工廠的收購風波中無力承擔工廠和工人的命運，最終也在現實的背叛與拋棄面前選擇躺在空氣錘下自殺了。小說與兩個帶有精神同構性的角色的死亡來講述了一個「背叛與承擔」的故事，足以給讀者以情感上的震撼。

然而，這種感動是來自於故事本身還是當下現實呢？是作家對情感故事的虛構力量還是對當下現實苦難的揭露力量讓我們感動呢？

繼續追問讓我們首先發現了小說敘事結構中三個角色之間的連環傷害：小狗羅蒂驚嚇了苦難中的杜月梅；杜月梅刺激和傷害了眞誠老實的小舅的情感；小舅逼死了忠義而倔強的小狗羅蒂。好像在這個「情感傷害」的三角關係中我們找不到理由該誰來爲這個「傷害」負責，三個同是善良的角色，在現實面前表現出同樣的無助和軟弱，本該相互安慰、相互團結，但最終卻又相互仇恨、相互殘害。這一切是不經意的偶然事故嗎？如果只是一個過失我們相信也有足夠的情意來彌補，他們三者之間畢竟有著很好的情感關係，如師徒之情、主僕之情。我們需要來質疑這個「情感傷害」的故事的眞實性嗎？

是的，我們在情感上得到一種痛苦的滿足之後，必須回過頭來理性地評判一下這個「情感傷害」的三角債務，並逐步認定他們之間發生的是一個關於「社會傷害」的事故。下崗女工杜月梅被社會逼入了生活的死角，成了「霓虹燈下的哨兵」，所以才不得不半夜二點的時候出現在馬路的拐彎處，女兒小

改生病無錢就治，本來就心裏惶惑，被小狗羅蒂無意中驚嚇在所難免；小舅朱衛國作爲廠裏的工會主席召集工人集資買崗位，結果集資款全讓那幫貪污犯拿去投資打了水漂，使得一貫堅守承諾的小舅在工人中失去了信任，內心本已有屈難伸，被杜月梅辱罵更加重了他想要發洩的怒火；而小狗羅蒂同樣經受了找回家門路途中的幾經磨難和身心摧殘，內心的冤屈積壓太深無處傾訴，才在主人的威逼之下心生絕念。

然而，在同樣相似的社會命運中，這隻可憐的小狗羅蒂卻成了一隻「替罪狗」，成了這個非正義的、背叛了工人階級這個昔日國家主人的社會的替罪身。難道小狗羅蒂是這個「社會傷害」的眞凶嗎？作者爲什麼要讓一隻沒有生存自主權的小狗來替代社會的眞凶呢？爲什麼作者要如此濃墨重彩地寫一隻小狗？如果作家的創作資源裏有大量的現實苦難來結構杜月梅和朱衛國等工人階級的生存故事，顯示小說紮實的現實生活底蘊，則這隻小狗羅蒂顯然不在其中。沒有任何社會材料顯示家庭寵物在當下現實生活中遭受諸多的不幸與苦難，情況恰好相反，家庭寵物已是中產階級優裕的象徵，是這個背叛舊主人的新型社會的受益者。

這樣，有一點我們是清楚的，即「義狗」羅蒂是虛構出來的，它的離奇的經歷以及死亡的表演性是作家的藝術處理。在這個三角關係中，小狗的不現實性是作家特意安排的一個替代之位，是作家給了它一個「替罪狗」的身份。可是，爲什麼作家要刻意讓小狗羅蒂加入到一個關於「情感傷害」的敘事環節中呢？小狗羅蒂的存在到底是加重了小說的情感敘事力量還是現實批判力度？我們不得不先從追查作家面對當下現實選擇的敘事立場入手，考察作家與當下現實保持的一種或堅定或游移的關係。

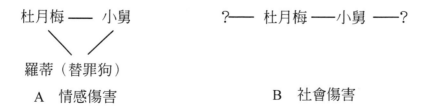

二、寫作者游移的敘事立場

似乎是爲了更好地表達出對當下現實苦難的關注，造成一種間離的效果，作家一開始選擇了一個「後精英」的世俗立場，用一個年輕的報社記者

加親人的身份作爲「我」的敘述者。年輕的報社記者對社會苦難司空見慣，對新型社會的認同感使得「我」對現實感到麻木、抽象、甚至調侃；而作爲小舅的外甥，「我」又必須涉及這個本可不管不顧的「社會傷害」中來，從體諒小舅的情感出發親歷這一事件的人物心理狀態和發展全過程。這樣，在整件「社會傷害」的過程中，「我」的情感處於既隔膜又投入的飄浮狀態。這種隔膜可以很好地把充滿苦難的當下現實放入一個「冷酷」的社會背景之中得以理性的反襯與批判；而「我」的情感投入卻又致使作家表達當下現實的「間離」效果遭到破壞，而不自覺地添加了一種情感化的價值傾向。所以在介紹小舅這一角色的出場時，作家起用了自身知識分子的歷史經驗，把自中國 20 世紀以來的「左翼文藝」、「十七年文學」乃至「新時期改革文學」等所形成的工人階級敘事運用到對「小舅」的人物塑造上，並充滿了對這種早已失效的文學敘事的文化想像。

小說正是在一種含混的敘事立場上進行的。如果說小說第一章以「我」的當下世俗化立場勾畫了一個現實中衰朽的工人階級肖像——犯老年癡呆症的外婆，清醒的時候能唱「英—特—納雄—那—兒就一定要實現……」；緊接著，在第二章小說又轉換了一種歷史敘事立場，渲染式地刻畫了一個工人階級的英雄模範——小舅朱衛國的成長史：小時候淘氣、調皮，不好好學習，長大了卻是個天才的技工，車鉗鍛焊沒一樣不精通，年年是廠裏的技術能手；他從小喜歡扛粗活，看人家打鐵；十來歲就學會給刀口淬火，能做出像樣的鍛工活；下鄉插隊打鐮刀鋤頭在周圍一帶很有名氣；回城後就碰到礦機廠需要找一個會「腰錘」的挑戰機會，結果一錘成名，廠裏嘉獎，老外佩服，報紙電臺猛吹；趕上那年美院學生來寫生，如此好的工人身板激動了美麗的大學生，並以他爲底板集體創作了一幅油畫《脊樑》，成了時代美的象徵，那年他也評上了省勞模。小說就是這樣講述了 80 年代以前一個典型的工人階級成長的敘事。接下來，作家又繼續講述工人階級的思想、愛情與婚姻特徵：他不愛說話，也不會說話，提拔他當了幹部也是不討好的。他不夠聰明爲自己的個人前途打算，常說「我要不當這個雞巴幹部就好了，我有手藝哪混不上飯吃啊？」一句話，「他太認死理，只有一根筋」；他見女人就沒話說，二十五六歲還愛找小孩玩，二十八才正式談戀愛。但這還是身邊十七歲的女徒弟杜月梅，可心裏也沒把她當女人看。到了有了些朦朧的感情，卻又不敢承認。「他對女人太緊張了，緊張到了無話可說，已經分不清喜歡和需要，以至於該正規的時候他也不敢面對。」而他的婚姻家庭卻是以一個戲劇性的玩笑開始的，這是

一個反映工人階級精神生活的赤裸裸的惡作劇：一個夏天的中午，他穿著單
衣午休，一個女庫工進入找他簽字，就在女庫工看著他一身肌肉害羞緊張的
時候，旁邊的工人把她拎起來放到他的身上，並摁著胯子來回搓上礅下，這
一下讓他在哇哇大叫的集體快慰中堅挺了起來。事後，女庫工哭了他也傻了，
並決定要跟這個女人戀愛結婚。在他看來，「他都那樣了就等於做出了承諾，
他就不能不負責任，否則他就眞是流氓了！」

在這段典型的工人階級敘事中，作家有意講述的是工人階級樸實的生存
哲學（工人賣的是力氣靠的是手藝）和思想觀念（要堅守承諾和責任）。而與
此同時，小說又借「我」的敘事立場總結了小舅的成長經歷，「認爲人的命運
確實不可捉摸。人這個東西，我說，眞的很偶然，很虛無，很結構，很符號」。
也許作家一方面是想借助典型的工人階級敘事來塑造小舅理想化的工人階級
情感；另一方面又想憑藉當下的世俗化立場與此拉開距離，造成間離的敘事
效果，帶動讀者去思考當下現實中工人階級的生存狀態。於是，接下來小舅
上訪的故事就越來越顯現爲一個「正義的好人」與一群「社會的壞人」作鬥
爭的敘事模式了，裏面是智慧與狡詐、勇氣與心虛、苦難與享樂的較量。這
一敘事策略無疑能帶動讀者對於小說主人公命運的關注、策動讀者內心深處
的情感之源。

然而，當作家極力地去營構他的「情感傷害」的故事時，尤其是作家加
入了小狗羅蒂的生存表演來隱喻性地展示小舅的人物命運的敘事意圖時，卻
越來越讓我們感覺到最初的敘事目標的偏離，感覺到對於當下現實批判力量
的減弱。這不僅是指我們在後來所看到的，小舅身上正義的「階級」力量被
當下現實消解爲個人的情感衝動，從爲民請命到爲情人、爲自我的倔強而較
勁，致使他越來越成爲了一個近似於「瘋狂」的孤獨而落伍的「英雄」。小舅
再也不能作爲工人階級的代表，來證明他們一代在缺乏正義與公平的社會當
中遭受到的普遍性命運，而只是作爲一個個人成長中有所欠缺的、無法擺脫
生活前史的個體特例；而且，在作家這種近似「複調」式的雙重敘事視野之
內，所謂的工人階級敘事其實已經納入了整體性的「後精英」世俗化敘事框
架，並且遭到了一種「後殖民」式的、關於身體政治化的文化想像。我們發
現，作家在對小舅生活史的敘述中，反覆進行關於身體的書寫，如果說在小
舅從小不好學而好粗活到成長爲一位工人模範和國家「脊樑」更多展現的是
他的樸實的工人階級思想和精湛的工人技術的話，則後來帶有戲謔式的婚姻

鬧劇、小舅時常爆出的粗口、以及上京告狀背下來那個材料被發現「三四千字的文稿，幾十個數據，只弄錯了兩個標點符號」等等，這些極度強化的身體敘事帶有一個發達的文化工業社會的「後精英」對於前工業時代工人的極端想像方式。也許作家只想表達出「咱工人賣的是力氣靠的是手藝啊，只要有活兒幹咱都能把日子打發得快快活活，咱怕誰個啊」的樸素的生活哲學。然而，這種想像的方式無疑顯露了被時代所淘汰的「落後工人階級」的極端化的當下社會群像，它明顯把這一代表工人階級的「身體」符號植入到一個後工業文化的鏡象之中，並從這一「身體」政治學的文化解讀中潛藏著對於工人階級落後的生存地位的認同。在此，小舅和中國落後地區的農民無異，它的機智是原始的生存機智，而他的愚昧才是真正現代的、沒有自主意識的愚昧，這無疑損害了作家要塑造的小舅形象。即便作家想加大對於人物的情緒感染力，但無意中卻使得工人階級的典型敘事意義被消解殆盡，導致作家在對小舅朱衛國的「英雄」敘述中充滿了嘲弄與嬉戲，「複調」的小說功能蕩然無存。當作家過於急切地表達對於「情感傷害」的敘述願望，自然就不自覺地站在世俗化的故事講述立場之上，忽略了另一種對現實保持理性化的批判聲音。

直到這個「情感傷害」的故事終於達到高潮，作家才清醒於一個面對「社會傷害」的事件發生，忍不住地從敘事的背後走進了小說：

寫到這裡，我渾身顫抖，無法打字。我只能用『一指禪』在鍵盤上亂敲。我不能停下來，停下來我要發瘋。我也寫不下去，再寫下去我也要發瘋。

從敘事學上看，這時的「我」顯然不是小說前面的旁觀者和參與者，而是已經退出來的寫作者和敘述者。這一敘述者的聲音似乎讓我們覺察到，作家已經無法持續原有的敘事方式，工人階級敘事本來就已失效，而當下的世俗化敘事又無法將這一「背叛與承擔」的故事結束。最後，作家的敘事立場又遊動到一個很具精英化的啟蒙主義者的立場上來。比如，小說最後寫道：

我離開報社半年以後的一個早晨，我正坐在工地的一堆鋼筋上吸煙，冷不丁看見一個穿白大褂戴大口罩的婦女在路口賣早點。……

有時我也會思考，比如良知，比如正義，比如救贖什麼的。……

笑著笑著，我突然明白，我之所以不走，其實就是在等待，我想等著最後一個結果。……

翻開我們的中國現代文學史，尋找現代文學經典的敘事立場與法則，我們常

常發現，現代文學作家們如魯迅的《祝福》、《故鄉》，柔石的《二月》等，常常以精英者的姿態在面對現實的苦難時，用「啓蒙者（思考者）／被啓蒙者（受難者）」的「看／被看」的關係來推動小說的情節發展，同時以「離去－歸來－離去」的模式來結構敘事的進程，通過講述他人的苦難故事和自己的情感故事形成一個「複調」（這已經不同於小說前面的兩種敘事方式的混雜，而之前的「我」也只是一個世俗化的敘事者，對苦難充滿隔膜）。顯然，小說最後就是翻印了現代作家的這種啓蒙敘事，用「離開－歸來－離去」模式拉開時空的距離，以注入情感上的悲憫和啓蒙意識來「看」杜月梅和小舅的命運，思考當下這個苦難的社會，以達到敘事中「情感傷害」的彌合以及對現實的想像性的求助，如杜月梅開始信基督教了，小舅死後上面派人來調查了。但啓蒙者眼裏的現實依然是灰暗的現實，而小說最後卻寫道：「我想，小舅這回該瞑目了吧。」

　　小說雖然在最後恢復了作爲一個啓蒙式的精英者對當下現實的批判（儘管這種啓蒙式批判在當下也已遭受質疑，但比起世俗化的立場要好得多），但也只是其敘述立場游移到最後的一個暫時性的滿足，而對於整個小說的敘事方式來說，其面對當下的批判力量卻被一個刻意地講述的「情感傷害」故事所削弱，這種削弱正體現在對於小狗羅蒂的藝術虛構上。

三、「義狗羅蒂」在敘事結構和當下社會中的雙重角色

　　當我們從作家游移的敘事立場回到小說本身，重新回到那個關於「情感傷害」與「社會傷害」的圖式，來看看作家面對當下現實，是如何地虛構出一個「義狗」羅蒂的。爲了講述情感化的故事的需要，作家有意打造羅蒂與小舅之間的精神同構關係，二者同樣地體驗到遭受背叛的痛苦，同樣地在死亡之前選擇了反抗式的絕望表演，最後在這個飽含情感的敘事中都成就了一個「英雄」的形象。可以說，作家對於小狗羅蒂的隱喻性命運的設計富有成就感，這一藝術化的處理似乎讓小說的意蘊豐富了不少。然而，「義狗」羅蒂在作家的構想中誕生暴露了作家內心的某種困惑和無奈。面對當下現實赤裸裸的「社會傷害」，作家無法直接地面對當下現實，或者說作家想「藝術地」處理小說與現實的關係，而把這個「社會傷害」的現實主題轉化爲一個關於「情感傷害」的情感主題，從而在「杜月梅－小狗羅蒂－小舅朱衛國」的三角鏈條中形成連環傷害的豐富而感人的敘事環形。但是，我們都知道，作家

敘事的初衷以及終極目的都是爲了獲取現實批判的力量，而不僅是講一個情感化的故事。儘管在小說中作家借小舅朱衛國之口反覆批判了工廠領導階層的貪污腐化與道德敗壞，並且在小說結尾軟弱地作了一個回應，但一個具有普遍性的「社會傷害」只是根源於某些領導的個人品質與行爲嗎？當落後的體制引發的社會問題走向全面的潰敗，頑固體制下無約束的權力與只講效率不講公平的發達資本相互勾結，讓整個社會底層的人們處於弱勢無依的地位，從而形成了這些後發展中國家中的社會畸形症狀，「社會主義」已經隨著社會結構的轉型而流於一種口頭上或宣傳上的承諾。我們由此要問，這一「藝術化」的虛構帶來的眞的是現實批判力量的效果嗎？

我們繼續深究，即便作家運用了隱喻化的藝術處理，但小狗羅蒂與小舅朱衛國有著不同的生存意義。小舅朱衛國曾經是一代工人階級的集體「英雄」塑像，而小狗羅蒂只是中產階級富裕的個人生活的表徵，然而在這個缺乏社會公平與正義感的「社會傷害」裏，小舅的理想承擔淪落成了表演，沒有人信任他，工人楷模的英雄形象被消解一空；而撿來的寵物羅蒂可憐般的忠誠表演竟成了當下忍辱負重的「英雄」，最後小狗跳架自殺而獲得了「義狗」的美稱，並供早已麻木了的消費社會的人們（如對杜月梅的苦難命運）的情感發洩。如果說小舅的死亡表演具有社會批判意義，則小狗羅蒂的死亡表演就只具有情感消費意義。

羅蒂的虛構不僅沒有增強批判社會的力量，反而弱化和掩蓋了對於現實的種種矛盾。敘事結構中羅蒂與小舅的同構關係（作家有意塑造的精神同構）之下是社會斷裂時代不同階層的英雄塑像；而在當下社會結構中羅蒂的虛構卻表現爲作家面對現實的一種妥協心理，是把現實矛盾緩和或隱藏的一種想像的中間物，由此而避免了與當下社會政治與經濟的正面衝突。這從文學表現上體現了作家藝術的匠心，而從社會心理上則視爲作家內心的困惑與無奈。

由於作家在刻意地經營一個「情感傷害」的敘事，而選擇了一個對「社會傷害」保持迴避與曖昧的姿態。於是，在這個對於苦難越來越抽象化的世俗社會裏，小說「情感傷害」的故事只是讓讀者像趕來安慰祥林嫂的人們一樣，掬一把眼淚，而後走開，而眞正的「社會傷害」的元兇卻繼續讓人遺忘。小狗羅蒂身份的曖昧性是無法完成一個現實批判的使命的，比之像經典的批判現實主義作家契訶夫筆下的「老馬」（《苦惱》）、「小獵狗」（《變色龍》）等，《那兒》還無法顯示出足夠的批判力量，這也是「批判現實主義」在當下文

化體制中遭遇的尷尬。無論啟蒙資源與左翼資源在小說中如何地被藉以利用，當下的寫作者都很難逃脫「後精英」式的世俗化敘事立場，這正是一個想勇敢地直面現實，卻又充滿種種內心矛盾與困惑的寫作者游移其間的文化心理根源。從作家的敘事立場的游移不定中，我們還可以思考這樣一個問題：在失去了 80 年代的宏大敘事之後，個人化寫作如何表達一個當下現實性的批判主題？

（《那兒》，曹征路，《當代》，2004 年第 5 期。）

解讀鄉村社會的現代性病症
——談《丁莊夢》的多重結構意蘊

　　讀過閻連科的長篇小說《丁莊夢》，最直接的感受就是爲小說中「丁莊人」的貧窮而導致的災難性死亡後果而悲憫，同時又爲「丁莊人」處於死亡狀態下依然進行爭權奪利的劣根性感到痛心。丁莊人渴望致富的夢想比現實來得更眞實、殘酷，更赤裸裸！但小說顯然不是按照一般的現實規則來寫，而是設置一個幻化的敘述者 ——被毒死的男孩亡魂，還有爺爺不斷的造夢，給人亦眞亦幻，亦幻亦眞之感。到最後發覺，小說中爺爺的夢與現實的進展分毫不差，夢即現實。確實，對於丁莊人來說，短短的暴富之路就好比是一場夢，到最後什麼也沒有，死的死了，搬的搬了，「平原上光光禿禿了，人畜絕盡了。」

　　看到小說封面打著「中國第一部描寫艾滋病題材的長篇力作」，我們也許會認爲小說是一部近似於社會報告的寫實文本，以喚起人們對於某種特殊群體的關注和同情。然而，讀罷小說之後，我們卻發現小說家將一種熟知的社會經驗上升到更具普遍意義的生存層面，講述了一個既嶄新又古老，既眞實卻又夢幻般的鄉村社會事件。

　　是的，小說是足以打動人的。一如作家在後記中所說，他體驗到了一種「強烈痛苦的絕望」，和「一種長久寫作的崩潰」。這種絕望與崩潰顯然來自於作家對於現實體察長期性的心力交瘁，來自於內心積累的超越性的生命經驗的復活。

　　小說裏面沒有針對艾滋病的知識進行現代意義上的發生學、傳播學、醫學及社會學等問題的講述，只說那是一種俗稱「熱病」的絕症。但小說家卻探入到更深的精神層面去寫熱病產生的動機、擴散的根源以及承受的方式，由此觸摸到丁莊人最原始的生存本相，讓人感受到在這場突發性災難中人性

的欠缺和命運的乖戾。而具有現代性意味的艾滋病症對於這個古老而又現代的聚居地——「丁莊」來說，也許只是一根引線，它只是演繹幾千年來早已成套路的鄉村中國生存遊戲的一個嶄新的道具而已，它讓看慣了戲劇套路的中國鄉人找到了一個新式的花樣來重新演繹古老的生存故事，這種故事就是無休止的死亡與權力遊戲。我們從以下簡明的敘事結構圖可以清楚地看到：

卷一：A 基督教的救贖啟示。

卷二：

一、B1 爺夢見城市管道和平原的井河裏都流淌著鮮紅的血，夢見丁莊人死盡消失了；B2 爺想讓爹去給全莊人面前磕頭，去死掉。

二、C1 爺夢見丁莊人瘋狂賣血成為模範血源村的情景；C2 爹成了第一個私人血站主。

三、D1 馬香林下世了；D2 爺差點掐死了爹，並給莊人下跪謝罪。

卷三：

一、E1 李三仁老村長下世了；E2 掌管村委會的圖章丟了。

二、F1 爺夢見爹掌管著棺材廠；F2 爹成了熱病委員會的負責代理。

三、G1 莊裏又死了一個人；G2 爹只給油和鞭炮，不給棺材。

卷四：

一、H1 二叔丁亮與弟媳婦玲玲通姦；H2 抓奸使丁莊權力爭奪的陰謀開始。

二、I2 丁躍進與賈根柱攫取了村政權，爺被撤銷學校老師資格；I1 丁亮家破。

三、J1 爺夢見爹賣棺材大發昧心財，心想著他死；J2 丁、賈帶人與爹丁輝要棺材失敗，爹成熱病委員會的副主任。

四、K2 丁、賈批准全莊人伐樹做棺材；K1 趙德全下世了，爺讓叔去玲玲娘家要來紅綢襖了卻趙德全的心事。

卷五：

一、L 叔丁亮與玲玲同居，想正式結婚得以死後同葬。

二、M 趙秀芹死了，偷一兜大米回家被豬吃了，追打豬累得胃上出血。

三、N1 莊裏又有死人的消息；N2 叔與丁小明協議死後將家產出讓換來與玲玲結婚。

四、O 玲玲下世了，為了不讓叔先死得以同葬用冷水濕身幫叔退燒。

五、P1 叔丁亮下世與玲玲合葬；P2 葬禮由爹丁輝主持，官家墓、金銀棺，氣派很大。

卷六：

一、Q2 墓被偷挖；Q1 爺夢見大旱。

卷七：

一、R1 大旱，熱病爆發死亡劇增；R2 賈根柱說要悶棍打死爹丁輝，還想死後能用公章陪葬。

二、S2 爹忙於配骨親收冥婚費；S1 爺夢見爹屋裏堆滿了錢。

三、T2 爹氣昂昂地回莊給兒子我配陰親，莊裏人巴結；T1 爺用粗栗木棍朝爹後腦勺砸死了爹（夢）。

四、U 爺跪著向莊裏活著的和死去的人報喜。

卷八：

一、V2 大旱六個月一百八十天，像為了救他，大旱到草死樹盡時把爺帶走關押了，等到終於下雨了，又把爺放出來了；V1 莊裏沒人，爺累了，睡著夢見「一個新的蹦蹦跳跳的平原」。

《丁莊夢》無異於一部「死亡之書」。全書籠罩著死亡的氣息，彷彿在小說家的筆下人物一個個挨著地送進了墳墓：從小說作為一個亡魂的敘述者——遭報復被毒死的小孩開始，依次 B1、D1、E1、G1、K1、M、N1、O、P1、R1、T1，到最終丁莊人全都消失，只剩下一個具有強烈贖罪感的爺爺留在了無人的丁莊。可以說，「死亡」形成了本書的敘事節奏，建立了一個殘酷的框架。然而，在全書的「死亡結構」框架中，每個人接近死亡的方式都不同：有遭

報復無辜地接受毒死的「我」，有死前滿足於上臺唱墜子的馬香林，有丟失村委會公章而死不攏嘴死不瞑目的李三仁，有爲了死前能爲媳婦要到一件紅綢襖的趙德全，有因偷一兜大米回家被豬吃了追打豬累得胃上出血而加快死亡的趙秀芹，有爲了死後能同葬不惜以身治病的玲玲和願拿整個家產抵押換來死後幸福的丁亮，有大旱到來熱病爆發之後燒死、撞死、弔死及砍死的許許多多的丁莊人，還有利用熱病大發昧心財惡貫滿盈而被老父打死的丁輝，等等。每一個人的死亡雖然都與熱病相關，可接近死亡的方式卻又如此不同，形形色色。但正是在這個「死亡結構」框架之中，我們眞正看到的不是丁莊人不幸染上的現代式的艾滋病症，而是這種病症之下所隱藏的傳統的、難以治癒的精神痼疾。

從某種意義上說，不是現代式病症的不幸感染給予了丁莊人不公平的生存待遇，眞正讓他們難以過上幸福生活的癥結在於他們對於傳統式的「死亡」觀念的理解和現代式的生存方式的認識，在於他們自身無法擺脫的處於落後狀態下的精神狀況。丁莊人，乃至整個生活在落後狀態下的中國鄉人，被現代世界的突發性事件給好好捉弄了一下，並上了殘酷的一課。「死亡」對於所有的生命來說，都是不可避免的，然而，丁莊人的「死亡」樣式尤其見出現代社會人生的可憐與慘淡，而這一切我們可以繼續從本書的「權力結構」敘事框架中得到顯現。

本書的第二個敘事框架是「權力結構」。從丁莊接受賣血的宣傳鼓動開始，到丁莊死的死了、搬的搬了而消失終，權力的角色爭奪演繹得如火如荼：C2、E2、F2、G2、H2、I2、J2、K2、P2、Q2、R2、S2、T2、V2，一系列古老的權力鬥爭模式在丁莊傾力顯現。從丁輝對高縣長的附勢開始，圍繞著丁莊的權力控制而展開了各式各樣的明爭暗鬥：陰謀、欺騙、訛詐、暗殺、示威、恐嚇、巴結等等，無所不用其極。是熱病引發了丁莊人的鄉村權力鬥爭，還是鄉村的權力鬥爭加劇了丁莊人的熱病，沒有一個丁莊人會作這樣的現代式的思考，他們都沉浸在對權力與利益的無休止的追逐當中，也許只有爺爺一個人在極力將熱病與死亡秩序化、規範化，但他本人也無法避免不被拖入這場權力鬥爭的鬧劇當中，充當權力角逐的工具品。

小說中的「權力結構」敘事具有什麼樣的意味呢？從傳統敘事形態看，權力鬥爭的模式一般有兩種：一是以一方戰勝另一方而使權力重新建立新的統治地位，我們姑且稱爲「三國演義」模式，它或多或少帶有一種嚴肅性和

歷史感；二是以雙方或各方的激烈爭鬥而兩敗俱傷，最終什麼也沒有得到，鳥盡林子空，姑且稱這為「紅樓夢」模式，它具有一種對於權力遊戲的反諷性和超脫感。丁莊人的權力鬥爭彷彿延續的是以丁輝的顯赫回莊、眾捧巴結的三國模式，但最終又急轉直下變成了「落得個白茫茫一片大地真乾淨」的紅樓模式。可以說，小說的這一權力形態的敘事充滿著豐富的意蘊，既給人深切的痛感，又有較強的反諷意味。同時，從現代觀念來看，對權力的攫取從本質形態上說是一種擴大的再生產，它遠遠超出了一般的生存滿足的需要，而是以無休止地達到贏利為目的。正是這樣，古老的權力鬥爭模式至今依然經久不衰、愈演愈烈，並延伸到各個生存層面以及精神層面，如丁輝不惜一切地斂財，貪婪到賣血、賣棺材、配冥親、建豪宅和堆滿錢的密室；賈根柱和丁躍進用陰謀和欺騙取得村權後大加濫用，在死亡底下依然不忘為家庭謀私利；還有更多面臨死亡的丁莊人，如趙德全、趙秀芹等，運用巴結的手段換來到手的眼前私利；甚至老村長李三仁和賈根柱，都嚮往帶著村裏的公章入墓，以求死後依然能享受到權力帶來的滿足感。所有這些無不看出他們對於權力追逐的費盡心機和喪失理性的瘋狂。

　　如果說「死亡」讓我們對於丁莊人充滿一種同情和哀歎，則這種「權力」又使我們對於他們感到一種痛心與悲切。以上兩種敘事結構分析讓我們明白，在對丁莊人的命運進行考量的時候，「死亡」和「權力」是戴在丁莊人心頭上的兩道枷鎖，沒有一種死亡是坦蕩的，沒有一種權力是可以放棄的。也許我們會羅列很多造成丁莊人災難的原因，如不幸的熱病傳播、窮困的生存處境、愚昧的頭腦以及對另世的恐懼等等，但一點我們不該忽視：他們對於自身生存權的渴望和作為一個起碼的普通人的尊嚴是永遠值得尊重的，無論這一切的災難是歸結為落後的權力形態還是缺乏文明進步的生存觀念。這由此也讓我們看到了小說敘事之中的第三個結構因素──「民間結構」。

　　小說的「民間結構」是以一個「亡魂」的形式展開的，通過「亡魂」這一具有民間意味的文化符碼講述普通人的生存願望與理想，同時又不失趣味性。我們從 D1、E1、F1、H1、K1、L、M、N2、O、P1、P2、S2、T2 等敘事因素中可以看到，馬香林在死亡面前對於唱墜子的執著、李三仁為村委會圖章的丟失而死不瞑目、趙秀芹近似吝嗇鬼一般的偷竊居家、趙德全因為結婚時不能給媳婦做上一件紅綢襖而至死不忘、還有丁輝近乎守財奴般的斂財，以及小說中描寫的配冥親、棺材的等級與雕刻等等，敘說得嚴肅中帶著

活潑，可笑中透出可憐。無論他們的表現如何，無論他們是多麼地愚昧與可
笑，這都體現了丁莊人眞誠的生活願望與理想，當他們遭遇到這個現代性的
艾滋病症所能導致的災難性後果時，他們依然沒有丢掉自己的本色。而小說
中最有民間色彩的核心故事顯然是丁亮與玲玲的生死愛欲，小說通過他們在
同樣面臨熱病的死亡考驗之下所發生的一系列完整故事：從學校的通姦到麥
場上的姘居，再到正式的家庭夫婦，最後雙雙下世及隆重合葬，盡力展示了
丁莊人對於鄉村隱私、倫理、訴訟、規約以及死後的精神歸宿等各種民間性
的生存形態和文化心理，顯現了有著古老歷史的鄉村社會在處理一種從不正
常形態轉向一種合理性的鄉村文化形態的生活事件的深厚的民間文化底蘊，
不僅很好地暴露了整個丁莊人的生存狀況和精神狀況，而且也眞誠地表露了
作爲普通鄉民對於生存的美好願望和做人的尊嚴。

　　最後更值得一說的是小說中一個更爲理性化的「悲劇結構」。之所以放在
最後交代是因爲這一敘事結構回歸到了一個更切合小說家本人的精神內視
點，而不是敘述者「我」。全書以「夢」爲題，通過爺爺的似幻似眞的夢來完
成了一個嚴格意義上的悲劇主題。從 A、B1、B2、C1、D2、F1、J1、Q1、S1、
T1、U、V1 中，小說有意以宗教救贖啓示隱括全書，以爺爺強烈的贖罪感開
始，極力勸說父親丁輝去給莊人磕頭並以死謝罪，當遭到父親的拒絕之後，
爺想親自動手掐死父親，但由於意志的軟弱而功敗垂成，致使父親在斂財和
侵害丁莊人的道路上愈陷愈深，最終使得父親喪心病狂地成了丁莊人的天敵
和失卻人性的守財奴。當爺爺眞正找到機會一棍打死父親的時候，他再也無
法去救贖丁莊人了，因爲丁莊已經消失了，只留下爺爺一個人在疲憊中睡著，
做著一個「新的蹦蹦跳跳的世界」的夢。在這一敘事結構中，爺爺無疑是一
個悲劇式的英雄，有著強烈的救贖精神，但由於生命意志的一時軟弱而使得
悲劇無法避免地產生，愈演愈烈，最終當他克服了個人的意志來阻止悲劇的
進一步上演時，一切都爲時已晚。救贖已經喪失了價值，什麼都沒了，只留
下他一個人孤獨地生存在天地間，做著理想的幻夢。一如小說裏爺爺的悲劇
情懷，事實上，小說家面對現實世界中艾滋病的肆意傳播，內心正充滿著這
種理性者的無助的悲涼和憐憫。

　　當小說家把一個廣受關注的社會題材提升到如此豐富的小說多結構意蘊
層面來講述的時候，我們不能不對《丁莊夢》這部小說抱以深切的敬意。閱
讀《丁莊夢》不僅讓人體味到當代中國農民在遭遇到現代性的突發病症的背

後，所難以掩蓋的落後的、擺脫不了傳統文化心理束縛的精神痼疾，尤其是在今天還有非典、禽流感等不斷出現的現代傳播性疾病的生存威脅；而且還讓我們深刻地感受到對於社會底層人的感性的生活狀態，那種落後群體的樸素的生存願望和做人的尊嚴，不能認識到後者身上所具有的生存合理性和心靈進化的滯後性，我們就不會對他們援以幫助與關懷，也就依然無法完成對於現代社會和現代人的生存發展的精神建構。

進而，更有深意的是，當小說敘述一個特殊的村莊偶然地遭受到令人恐怖的艾滋病的侵害時，這種落後的中國鄉村社會突然遭遇到的現代性病症的歷史卻並非偶然。「艾滋病」只是落後鄉村中國面臨現代化入侵的一個象徵性符號，它表明了如果落後的鄉村社會沒有經過很好的調整來迎接現代化種種危機的挑戰，必將會出現那種非理性的畸形發展，最終走向潰敗。這讓我們聯想到更多：如現代採掘業煤礦不顧作業安全帶來的崩塌和不斷上升的鄉村死亡；大批農民外出打工帶來的田園荒蕪，老弱病殘滯留無人照顧；更有農村建設帶來的生態破壞，等等，它們都將證明中國鄉村社會在一片繁榮的假象背後隱藏著深刻的現代化危機。也許，丁莊人的現代噩夢，將是整個中國落後的鄉村社會在畸形的現代化發展中所遭受到的普遍的心理病症。

（《丁莊夢》，閻連科，上海：上海文藝出版社，2006 年。）

余華的「文革」情結──《兄弟（上）》創作的潛在心理線索

一、爲什麼寫了一個沒有血緣的「兄弟」家庭？

繼《活著》、《許三觀賣血記》的輝煌之後，《兄弟》的隆重登場似乎讓讀者有了很大的期待。讀者的批評反應是褒是貶我們暫且不說，反正作者本人在媒體的簇擁下早已對這部小說闡釋夠自信了，而且聲稱「光是上半部，就比《活著》和《許三觀賣血記》要好」〔註1〕。無論批評者想評價高也罷、低也罷，首先得有足夠的自信跨過作家的自許。

所以面對《兄弟》，我得繞過這些正面的闡釋，說說陰面的、作家沒意識到的或沒說過的東西。

也許作家自己也沒想到，在《活著》、《許三觀賣血記》和《在細雨中呼喊》之後，竟然虛構了一個失去血緣紐帶的家庭，一對沒有血緣的兄弟。這裡面有沒有寫作上的邏輯性，有沒有刻意的設置呢？可能僅僅是爲了表示「文革」造成的苦難，一個組合式的家庭更能患難見真情，更易突顯人性的溫馨。然而，從這個失去血緣的歷史書寫中，我們似乎看到了作家對於「文革」這段歷史敘事上的無意識焦慮。

首先還是從虛構說起。無論小說如何地貼近了「文革」歷史進行書寫，或是作家表白的「我能夠對現實發言了。」小說開頭卻給我們造成了虛擬的時空感：「我們劉鎮的超級巨富李光頭異想天開，打算花上兩千萬美元的買路錢，

〔註1〕參考《新京報》2005 年 7 月 22 日和《南方週末》2005 年 9 月 8 日的專訪。

搭乘俄羅斯聯盟號飛船上太空去遊覽一番。」「超級巨富」、「兩千萬美元」、「俄羅斯聯盟號」，諸如一系列的全球化符號背景之下是一個非常狹小的地域性空間——「劉鎮」，作家一開始就有意把讀者的視角切換到一個封閉性的歷史場景之中，充滿著極強的全球化對地域性時空的後工業「幻想」，這或許不是作家的原意吧（作家離鄉進京，並去美國一趟，在這十餘年間構成了這種虛構的距離）。

緊接著是一個更具想像性的視角：公共廁所裏的糞池口。無論這一視角是如何地挑戰了公眾觀念裏的清潔底線，有一點可以證明，它已經引起了讀者極大的閱讀誘惑力，而且更深層地引出了一個更有社會涵量的「窺視」主題，從而透視出「文革」時代的人性壓抑。這種虛構的效果正如作家引證《聖經》的話，從一個「窄門」走出了「寬廣」的道路。

爲此，我們不得不沿著虛構的線路往下走，看看走到哪裏才是小說敘述的第一個落腳點？終於，在各方的交代與出場之後，一個全新組合式的家庭出現在歷史的虛構現場。

這個組合的家庭是如何產生的呢？它沒有體現出任何的歷史苦難和命運淵藪，純粹用偶然的死亡來爲組合式家庭鋪墊。死亡在這裡只是一種道具，甚至帶有某種喜劇的色彩：劉山峰掉入糞池的死啼笑皆非，而宋凡平的妻子無端地平靜病逝則好像是爲了孕育著另一種更美妙的愛情。這個組合的家庭彷彿是刻意安排而成的，親人死亡的前奏沒有對他們以後的生活產生任何的情感記憶和心理創傷，彷彿組合而成的新家庭才是眞正的、期待已久的家，就像是樂曲裏的一個「過門」，調試一下感覺和氛圍而已。這在作家對時代動盪的「世紀的敘述」的整體意圖中似乎成了一個閒筆。這眞讓人猜不透！爲什麼不寫一個普通的家庭，一家四口，男的是地主出身的老師，女的是工人，有兩個可愛的兒子，不幸在文革時代遭到了暴力的欺壓與毀滅呢？爲什麼要先切斷血緣，而後才能方便地進入「中世紀」的歷史書寫呢？

帶著這個疑點我們繼續探索作家的敘述之旅吧。

接下來的宋李聯姻順理成章了，喜慶也是不言而喻的。但就在宋凡平帶著宋鋼推著板車來迎接李蘭和李光頭的那一天，他們收到的不是向這個新家庭眞誠的祝福，而是看熱鬧般的哄笑、作弄，甚至挑釁、暴打。顯然，這個新型家庭的誕生在劉鎮僅僅是一個滑稽的笑話：「公雞淹死了，母雞再嫁人。」對於劉鎮上的人們來說，這個沒有固定的血緣紐帶的家庭是不該得到任何尊

重的；但這個重組的家庭內部卻勝似任何一個普通的家庭，他們團結和睦，夫妻更加情投意合，兄弟更加手足情深。儘管在外面遭到譏笑，受人欺辱，但他們一家仍然昂首走出家門，「李光頭和宋鋼走在中間，他們的父母走在兩邊，四個人手拉手走在大街上。」「街上所有人的表情都是那麼的快樂，他們的快樂和宋凡平的快樂不一樣。宋凡平的快樂是新郎的快樂，他們的快樂是看別人笑話的快樂。」

如果說《兄弟》講述的是這個重組的家庭在「文革」劫難中的崩潰過程，展示出個人命運與權力意志無法抗衡的災難性景象。那麼，這個家庭在宋凡平的地主身份沒有正式亮相之前並沒有真正構成與「文革」時代的衝突，因為所有的前提都只是一個偶然性的婚姻案例，任何時代都難免會出現這種缺陷式的家庭悲歡。然而，我們讀者似乎又已經感受到了這個家庭在誕生之日起就受到了時代的衝擊，或者說作家早已在此提前預設了「文革」年代權力意志對個人命運的壓制與摧殘。為什麼這樣來虛構呢？這與設置一個切斷了「血緣」的重組家庭有什麼關係？

為了解釋「血緣」符號在這個敘事中缺席的迷團，追究這個重組家庭一開始就得到不受尊重的「禮待」，我們不得不追查作家潛意識中的「革命」情意結。

二、來自極端化的革命敘事模式的潛在影響

如果我們在此指出，作家首先預設了一個革命年代的「革命家庭」模式，一個類似於《紅燈記》〔註2〕裏由李奶奶、李玉和、小鐵梅組成的階級革命家庭，很多讀者，甚至包括作家本人都感到極度荒唐。因為革命家庭從來就是光榮的、英雄氣概的、有信仰目標的，而小說裏這個組合式家庭是受人嘲笑的、軟弱的、沒得到尊重的。

不過這些只是我們對於革命時代一貫的本質化定義，如果從其想像歷史的方法看則近乎一致。熟悉「文革」樣板戲的人都知道，《紅燈記》是「文革」時代極左文化思潮對於革命年代的極端想像，用階級力量取代一切社會結構性的複雜形態，突顯出革命者的崇高與機智，映襯反革命的殘暴與愚蠢，從而展現出革命歷史的殘酷性與正義性原則；而《兄弟》則是新世紀的作家對於「文革」年代的極端虛構。它依然在暴力與溫馨、麻木與機智、邪惡與善

〔註2〕「文革」期間「八大樣板戲」之一。

良之間的革命／反革命邏輯之中進行，只不過是轉換了虛構的年代而已。我們如何來理解作家這種變了味的另類革命呢？彼得・卡爾佛特在《革命與反革命》一書中曾這樣闡釋過革命：

　　那麼，我們所觀察的革命中到底發生了什麼呢？首要的問題是，革命是一個社會過程。因此，「現實」到底意味著什麼不是由測量的全面的、抽象的標準決定的，而是由這一過程對參與者或觀察者的相關性所決定的。因此一些人認為「實際上」並不存在革命。革命並非一個或一系列事實，而是一個主觀的建構，一個個人心智的創造物，而非客觀存在。〔註3〕

　　作家對於「文革」時代的敘事虛構正源自於他內心的「革命」衝動。從白色恐怖的年代到極左壓抑的年代，從階級革命到人性（身體）革命，從革命者的崇高精神到善良人的樂觀忍耐，所有的這些都為一個「革命家庭」的誕生準備了邏輯上的前提。所以，小說一開始就有了一個險惡的暴力環境，一個團結和睦的家庭，一個不畏劉鎮人譏笑和挑釁的樂觀精神。

　　對於「文革」時代的革命敘事來說，清除了「血緣」的革命家庭是擺脫了一切革命羈絆和社會約束的、最純潔的、最理想的階級鬥爭模式。它清除了革命與反革命陣營之間一切無法取捨的、搖擺的、私人化的中間狀態，從而在正義與邪惡、進步與反動之間做出你死我亡的革命選擇。一句話，清除「血緣」的歷史是極端革命的前提。

　　我們也許不能簡單地理解作家余華在個人生活的歷史經驗中對於「文革」時代的情感記憶。然而，我們在小說《兄弟》中確實看到了這樣一個敘事的動向。一個切斷血緣紐帶的重組家庭，一個充滿邪惡、沒有鄉村規約的劉鎮，一個「革命者」手拉著手昂首相攜和「反革命者」惡意的譏笑與挑釁並存的社會生態結構。

　　這樣，在這個漫長的反壓抑的人性（身體）革命裏，我們看到了這個重組的「革命家庭」裏激進的革命行徑：宋凡平敢於與李蘭在球場邊、冷飲店表演大膽的愛情，大白天在裏屋裏繾綣；他敢於冒死去履行對李蘭的承諾，李蘭一直為犧牲了的宋凡平癡守白頭；李光頭與宋鋼也得到了在自由的天地裏到處遊逛的實踐鍛鍊機會，獲得了成長的廣闊的空間。這一切也許正造就了與帶有某種「血緣」性的傳統家庭禮制截然不同的生活經歷。

〔註3〕〔英〕彼得・卡爾佛特：《革命與反革命》，張長東等譯，長春：吉林人民
　　　　出版社，2005 年，第 28 頁。

三、另類「革命少年」階段性的成長經歷

在以後的苦難歲月裏，我們能反覆看到宋凡平的樂觀、李蘭的堅貞、李光頭的機智與成熟和宋鋼的兄弟般的情義，充分顯示出一個「革命家庭」與眾不同的革命氣質。而在這種革命敘事中更讓讀者體會到的是一個「革命少年」非凡的成長經歷，這也是最能體現革命意義的敘事策略，或者說是作家潛意識中有意打造的敘事效果。

當然，我們還是得先拋開一些成規，如所謂「革命」的一貫正義性原則（李光頭不是潘冬子）〔註4〕，以及小說敘述中的戲謔色彩。對於「革命」這個詞來說，它並非天生就代表著正義，也並非永遠擁有崇高的格調，它只是一個中性的社會學詞語。否則我們無法按照中國革命史所養成的習慣意識接受另類的「革命少年」李光頭成長階段中所能具有的「革命性」意蘊，以及作家敘述中對於革命敘事的潛在影響力。

為此繼續問一個有意思的問題：為什麼作家以李光頭十四歲那年在公廁裏偷看五個女人的屁股作為小說的開頭呢？是作家敘事上的策略，以戲謔的細節引誘讀者閱讀的興趣？還是作家為之稱道的，從這裡找到了一個「窄門」作為敘述的起點，從而打開了通向兩個時代以及命運的歷史書寫？無論說哪一點都是滿意的回答。然而在作為一個潛在的革命敘事的動力軌道上，李光頭的偷看正預示著「革命少年」成長經歷轉折的關節點，是「革命」真正成熟的標誌。

幾乎所有以革命成長為主題的小說敘事結構中，我們都可以按照「革命少年」的成長規律把《兄弟》分成三個階段：薰陶期（五——八）、磨礪期（九——二十三）和成熟期（二十四——二十六，另加上前一、二），而每一個階段都散發著豐富的「革命性」意蘊。下面我們來看李光頭的成長史：

革命的薰陶與啟蒙是從李光頭的一次偷看開始的。那一天中午，宋凡平與李蘭光顧著自己在裏屋幹著親密的「革命」，而荒疏了對兩個小孩的看管與教育，這對「革命家庭」來說是常有的事。大人去革命，少年就自發地得到薰陶與啟蒙。李光頭把從門縫裏看到的「革命」行為模仿給宋鋼看，於是才有了長凳上的「革命」，接著李光頭又去指導宋鋼這個「革命」悟性遲鈍的少年同伴，由此而掀開了李光頭自發「革命」的序幕。隨著社會實踐的深入，

〔註4〕 「文革」期間出版的革命題材的少年小說《閃閃的紅星》的主人公，並被改編成電影。

李光頭對「革命」的認識也由一般的「舒服」到「發育」到「性欲」的高度了。李光頭的「革命」在風平浪靜中從此走上了正軌，直到全家第一次送別李蘭去上海告一段落。「革命家庭」的分離似乎預示了新的形勢的產生。

果然，李蘭走後，「革命」形勢風雲突變。先是形勢大好，李光頭跟隨著宋凡平身後「性欲」高漲，此時的他顯然對「革命」的艱險和殘酷估計不足。接下來，李光頭與夥伴宋鋼碰到了孫偉、趙勝利和劉成功等人的威脅，頓時「性欲」沒有了，紅像章也被搶走。就在他們去向宋凡平求救時，才發現「革命」的領路人也被抓起來批鬥了。當「革命家庭」的骨幹一個離別，一個被抓，此時的「革命少年」進入了真正的磨礪期。從此，他們孤立無援，忍受著欺凌，體會著「革命」的艱難與磨煉。「革命少年」李光頭只能一個人在街上遊逛，他時常忍受著別人對他的革命「性欲」的嘲笑和逼迫，而同伴宋鋼縮在家裏不敢出門。在失去「革命」親人的艱苦歲月中，他們也自然學會了生存、學會了應付孫偉們對他的「掃蕩」，懂得了端著黃酒和煎蝦去「探監」，慰藉革命親人。最後，當發現親人宋凡平暴死在車站，他們悲痛的哭喊和哀求讓一對無助的少年在殘酷的「革命」年代受到了深深的創傷和磨礪。直到李蘭從上海歸來，這個「革命家庭」已經遭受了極度的破壞，她只好讓宋鋼轉移到鄉下，自己帶著李光頭繼續在險惡的環境中生存。這樣，「革命少年」李光頭繼痛失親人之後又體會了一次與同伴離別的悲傷。

正是在與李蘭相依為命的艱難歲月裏，「革命少年」經受了嚴峻的革命鍛鍊，開始走向了真正的成熟。一個值得記住的日子是李光頭十四歲的一天，發生在公共廁所裏偷看女人屁股的「革命性」事件，也就是小說開頭講述的那一幕。這一事件的爆發讓他的「性欲」獲得了第二次萌發，從而也使他掌握了「革命」的主導權。李光頭不僅沒有受到「掃蕩」和「圍剿」，反而所有的人都來向他探聽「革命」的信息，用三鮮麵來賄賂他，尊稱他為「屁股大王」。儘管此時的李蘭在經受「革命」的沉痛打擊和消磨中迅速地衰老、病逝，但新一代的「革命者」已經能接過革命的重任。李光頭運用「革命」的智慧把李蘭送到鄉下與宋凡平合葬，順利地完成了「革命」的接班任務，並與「戰友」宋鋼會合一起並肩奮鬥。

小說的最後，宋鋼為了不負李蘭「革命」的遺願，跪在李蘭的墳墓前作出了「革命」的保證：「媽媽，你放心，只剩下最後一碗飯了，我一定讓給李光頭吃；只剩下最後一件衣服了，我一定讓給李光頭穿。」這一富有「革命

性」意蘊的場景向我們展示了一個「革命性」的承諾、一個從「革命少年」向眞正的「革命者」轉變的儀式。從此，他們將勇敢地投入到新時代下繼續「革命」的洪流中去。當然，這是後話。

四、「文革」批判與革命敘事的內部消解

當我們把作家虛構的一個沒有血緣的家庭成長故事用革命敘事的方式重述一遍時，發現他們之間竟是驚人的合拍。這不由得讓我感到自己也彷彿中了「革命」的魔咒。好在有這個切斷血緣的「革命家庭」作證，有李光頭與宋鋼兄弟倆的成長生涯作證。虛構的力量不是來自讀者與批評者的「革命」式的閱讀方式，而是源自作家余華的「革命」情結，以及來自「文革」歷史對他內心影響的焦慮，從而在對「文革」歷史的批判中走向了極端化的小說想像。

一方面，在作家的意識層面，小說被敘述成在一個精神狂熱、本能壓抑和命運慘烈的時代的故事〔註5〕；另一方面，在作家的潛意識層面，卻發生了以一個典型的革命敘事法則對文革生活進行極端化的歷史虛構，由此塑造了一對「革命少年」在「革命家庭」成長起來的「光輝」歷程。

這一事實不由得不讓讀者警醒，當我們沉浸在余華寫實性的敘事策略和簡潔化的文體風格，迷戀在細節的眞實與話語的狂歡之中時，不要忘了他從一個先鋒作家演變而來的虛構能力以及內心對於文革歷史的敘述衝動。余華的思想世界裏不僅包藏著文革歷史的批判資源，而且在文學形式的資源上也同時深受那個時代的「毒害」。這也使得《兄弟》（上）在無意識地運用革命敘事的方式來批判文革歷史的時候，反而淡化了他所要表達的對於文革批判的思想力量，最終墮入一種革命話語的循環論。因爲用極端化的敘事虛構法則來批判一個極端化的歷史時代，只會導入一種歷史書寫的內部消解。對歷史的把握需要有一種從容與氣魄，一種審美經驗的昇華，小說家不能陷入一種絕對的個人經驗化去想像一個「單面的歷史」，除非作家承認他只是一部象徵體小說。儘管作家聲稱比起他前幾部成名的長篇，《兄弟》「一點都不弱」，是「所有長篇小說中最好的小說」，是「一部強度敘述的小說」，但我們更多地感受到的是小說戲謔的味道和過於虛化的苦難與溫馨主題，敘述力度不如

〔註5〕余華：《兄弟（後記）》，上海：上海文藝出版社，2005年。

從前。甚至作家有可能從（身體）革命敘事的邏輯出發走進一個欲望化敘事的商業圈套，而這正是遭受普遍惡評的《兄弟》下部在創作上的邏輯發展。

　　余華以為終於找到了一個「窄門」，可以窺視出濃縮於四十年的四百年間的動盪變化，孰不知他仍然只是在對文革歷史虛構的敘事迷宮中打轉。好在歷史的迷宮有入口就注定有一個出口，相信余華面對歷史與現實，選擇從容的敘述，並最終會真正走向一片寬廣的天空。

　　　　（《兄弟（上）》，余華，上海：上海文藝出版社，2005 年）

學術評論：經驗與視野

經驗史研究對文學史的意義
——評《20 世紀中國文學經驗》

　　經驗史研究與一般的文學史研究之間存在著差異，前者不僅是對後者的豐富和補充，而且是對它的拓展。文學史是一段時期的文學發展規律和史學邏輯的總結，它是一個收集、梳理、遴選的結果；而經驗史研究更注重歷史原始面貌的挖掘，以及各種歷史資源的整理與積聚。如果說文學史的知識體系體現的是一種文學權力結構，則文學經驗史的研究就是對權力框架之間的大量疑案和事例的質詢和詳察。由此可知，經驗史的研究是對文學史邏輯背後的多方面（至少有正、反兩方面）的經驗積聚，它豐富了文學史的多面性，且為不斷地修正文學史提供了可能。

　　20 世紀中國文學已經走過了百年的現代化歷程，其間充滿著種類繁多的文學史研究著作，從上世紀初胡適的《五十年來中國之文學》、周作人的《中國新文學的源流》、錢基博的《現代中國文學史》，到上世紀末錢理群等編著的《中國現代文學三十年》、洪子誠的《中國當代文學史》，以及近十幾年大量出現的各高校編著的文學史教材。不斷寫史的過程也是一個對中國文學的現代化歷程不斷總結的過程。20 世紀的文學史研究與文學發展幾乎是緊相隨行，它讓我們見證了中國文學在 20 世紀裏的文學實績，同時也暴露出文學史寫作的固有局限。一方面，它會把中國文學的現代化發展狀況作一個史學框架的描述，選擇具有文學史意義的作家作品、文學流派和文學思潮來進行敘述，從而理清歷史發展進程中的主要線索和主要案例。但這種選擇和判斷往往受一定時期的文學史觀和社會意識形態觀念的左右，如某些作

家的文學史排位、某個文學流派和文學風格的前途，常在文學史權力框架中被預先設定；另一方面，作為邏輯化的必然後果，文學發展史上的大量經驗材料時有偏廢、忽略，從而造成中心與邊緣、主流與游離、顯露和隱秘等不同等量的文學史事實。

在文學史這面大旗幟之下，我們很難看到作家個人的內心選擇、私人的情感交往，如魯迅與周作人的兄弟失和、沈從文在建國後的惶恐與轉向、張愛玲為何孑然一身、異鄉漂泊，所有這些全都淹沒在時代的潮流和意識形態觀念史的整合當中了。這自然就妨礙了我們對現代作家的主體精神、情感狀態和生存遭遇進行深入的探問，我們也就無法突破文學史的屏障，看清一個世紀的中國作家在現代化歷史進程中的真實心路歷程。

塵埃初定的 20 世紀中國文學歷史在我們的經驗世界裏難以達到一種客觀化的歷史效果，這一方面是受到一些時代觀念的制約和片面、狹隘視野的影響，另一方面也在於我們的精神結構中缺乏歷史反思意識，對於歷史既成事實的認識越來越趨於固定化。即使是文學史的研究與寫作在不斷地提高和深化，其特有的邏輯形式也難以涵蓋所有的歷史經驗。再加上一些現實的情勢，文學史的寫作越來越流於形式化，這主要體現在高等院校的文學史教材的編寫上。為了配合教學的需要，以及體制化的學科建設，文學史的教材編寫仍然停留在了原有的文學史格局上，如體裁分類法和時段劃分法的板塊分割，對經典作家作品的過度依賴，等等。而對文學生產和傳播的潛在影響力、作家精神狀態中所表現出來的私人化情感選擇，以及作家與時代的內心衝突等文學史發展的微觀動力則缺乏關注。總之，高校文學史教材編寫的通病是：過於重視歷史的邏輯；過於追求簡單化的明晰；傾向於建立單一化的知識結構體系，而忽視多層面的、甚至是相互衝突的歷史複雜狀態。在這個時代轉型、社會思潮多元化的大文化背景下，文學經驗史研究的意義日益凸顯出來。

由中國社會科學院文學研究所楊匡漢先生主編的《20 世紀中國文學經驗》，就是在經驗史的研究視野中對目前學術界風行的文學史研究和書寫所進行的一種開發性擴展。本書秉承「本土立場、問題意識、還原歷史、打通斷裂」的著述理路，全面地展示了 20 世紀中國文學現代化的複雜歷程，從多個視角和研究領域去探尋文學史背後的可能性。

首先，該書對「文學現代性」的宏大理論構架展開細緻的發掘和清理，尋找中國文學現代性發生的真實緣起和內在複雜性。

「現代性」無疑是20世紀中國文學史研究的核心關鍵詞。然而，無論「現代性」理論闡釋得如何地完備，中國文學的現代化步伐如何地受到西方現代觀念的影響，「現代性」終究是一個舶來的理論術語。事實上，中國文學走向自由、開放是一個歷史的必然過程，無論是否引進「現代性」這麼一個東西，20世紀中國文學的命運都必然會發生改變。那麼，怎麼來重新敘述和看待中國文學自身的現代進程呢？如何從我們自身的內在經驗積聚出一個合法性的「現代」理由，如何去體會中國文學發展的內在動力機制及傳統性的結構牽制所呈現出的一種特有歷史姿態，這是值得我們細緻地發掘和考察的。

中國文學的現代性不僅僅體現在語言革命和啟蒙思想這些宏大的現代視野上，也不只是一個一往無前的歷史動力火車；它包含許多無數的落後心理和錯誤經驗，如意識深層的時空觀念、懷舊心理、傳統想像，如拼音化運動的失敗、文學制度化的波折等等。所以，我們必須掙脫強大的西方理論和文化心理的束縛，「考察和梳理中國的現代性問題的緣起與發展，時空觀的變遷與中國文學經驗的『現代性』特徵，以及由文學作品或文學批評所呈現出來的『現代經驗』，呈現出來的被『20世紀』這樣的『現代』的時間概念所描繪和遮蓋的文學經驗的複雜性和豐富性。」（第42頁）

其次，該書梳理了一個同樣宏大的文學實踐線路，即20世紀中國文學向左轉的歷史命運。並將左翼至延安這一時代關節點放大到歷史的顯微鏡下細緻地觀察，從具體的歷史細節、作家心態的變化、領導層的意志、形式實驗等細小的現象入手，讓我們回到歷史的「當下」去體察中國新文化構建「步步緊逼」下的文學境遇。這一歷史境遇的產生不單純是強大的政治意識形態威權外在施壓的結果，而且是在現代民族國家制度化的內部演變中一步步地確立起來的。所以，對於20世紀中國文學的「政治」宿命的理解，要求我們擺脫整個20世紀進程中文學與政治的外在糾葛，從左翼文學到延安時期的文學再到共和國時期的文學的內在邏輯演進中搜尋答案。進而深入探討一個文學體制是如何地從文學組織的內部來規範現代作家的「自由」意願，而不是我們通常所認為的那樣通過外部的「禁燬」方式來干涉文學獨立的審美生命形態的。這些經驗的獲得有助於我們剔除對於政治意識形態的簡單化的怨恨情結，學會從文學多方面的社會資源和內部機制去思索我們中國文學一個世紀以來的生命旅程。

再次，該書還分別清理了20世紀中國文學在社會向度和審美向度兩維中

所收穫的文學書寫經驗。在文學的社會化形態中，20 世紀的中國作家關於民族國家想像的集體意識、關於具體生存空間鄉村與城市的心靈感受，直至個體性的情感狀態以及女性的特殊生存體驗等所有的精神衝突與心理嬗變，產生了中國現代文學複雜形態下的不同書寫經驗，由此也讓我們細緻地體會到，20 世紀的中國人在時代境遇的壓迫下被無情地歷史化的命運，從而也透露出這個世紀中所有文學符號生產的秘密。即便是「文革」年代，這個異樣的社會炮製出的文學符號同樣地處在「現代文藝」這個書寫體系的秘密之中。而在文學的審美形態上，20 世紀的中國文學在審美的啓蒙和審美的政治化、雅俗兩翼的平衡、詩意想像方式的運用及母體模態的延伸等多方面都具有豐富的審美處理經驗，這些審美經驗的獲得對於 20 世紀中國文學形式史的發展有著彌足珍貴的意義。

此外，該書還對以往被文學史忽略的「小歷史」進行了拓展式的梳理和考察。如文學的社會傳播和商業競爭、作家私人化的精神狀況、海外邊緣文學的生存狀況等，以往都是作爲 20 世紀中國文學的「民間」生存狀態而進入不了文學史的「廟堂」。然而，這種「民間」式的驅動力緩慢卻持久地推動了文學史的發展，並將文學史發展的必然因素和偶然因素融合，還原了歷史的無限豐富性與眞實性。

如果說現代經典作品創造的內動力是作家主體思想與人格的催生以及宏大的民族化使命的結果，其外驅力則是現代傳媒與報刊的風行。如魯迅的小說《吶喊》集是在《新青年》雜誌的朋友錢玄同的催促下而寫的，也許這種力量比起我們平時所說的爲人生和國民性改造的文學使命來得更具體些；沒有現代報刊的興起，沈從文也不可能從一個到北京求學而不得的鄉下文學青年成長爲一個現代小說大家（《京報副刊》和《大公報》等現代報刊曾在沈從文的文學生涯中產生過重要影響）；至於上世紀 40 年代淪陷期張愛玲的成名，更與《萬象》等現代雜誌和柯靈等現代報人分不開，她的橫空出世絕不只歸因於驚人的文學天才（民族大義且拋開不談）。這些現代傳媒的功能及其推動文學現代化的史學意義無疑被文學史寫作忽略或弱化了，表面上是擔心這些市場化的因素會損害經典作家作品的精神魅力，而其眞實原因是我們一貫的「大歷史」觀念在作祟。

經驗史研究的優勢在於它本身所佔有材料的豐富性，以及沒有強烈的理論觀念的掣肘。它可以在文學史研究與寫作之上發現被忽視的敘述漏洞，且

注重反向的文學經驗的搜索，追求廣闊的文學新視野，不固守傳統的立場。正因如此，它能夠為文學史研究帶來豐富性和拓展性，並不斷地顛覆傳統文學史的框架，更新文學史的知識系統，引導文學史研究領域的新取向。不過，經驗史研究一旦失去了其活躍的學術精神和求變的研究視野，則至多是文學史研究的一個收集工具而已。

　　經驗史的研究處於社會歷史和精神史之間的寬廣地帶，承接著從社會具象到抽象的兩端，她不排除歷史的煩瑣細節，又可以深入歷史的意識底層。從這種意義上說，20 世紀的中國文學經驗的研究，將文學史研究帶入了一個新的階段。然而，過多地糾纏於史學材料的堆積，或過強地糾纏於研究者自身的歷史觀念及闡釋，都會導致經驗史研究意義的落空，這些正是我們的研究者所應注意的，也是《20 世紀中國文學經驗》所極力把握的平衡點。

（《20 世紀中國文學經驗》，楊匡漢主編，上海：東方文化出版中心，2006 年。）

文學論爭的「場域」與「本位」——評《二十世紀中國文學期刊與思潮（1949～2000）》

　　報紙雜誌的出現無疑是現代媒介出版業興起的標誌。它使得現代人的話語交流更集中地體現出來，並得以廣泛傳播。而文學期刊則是現代社會的思想文化陣地，是話語言論的集散地，是現代社會文化思潮得以記錄和體現的園地。其對現代文學思想及觀念發展的影響力是深遠的。

　　對於人文領域的論爭，我們一直以春秋戰國時期和五四新文化運動時期為傲。因為這是兩個「百家爭鳴」式的論爭時代，反映了社會歷史變革之文化思想狀況，並將這一時代的社會結構及人們的生活觀念的轉向深度地反映出來，讓後人閱讀歷史時能清楚地感受到一個時代內部活躍的脈動。當然，我們今天能通過閱讀諸子百家的文字專集，感受古代人文思想論爭的活躍狀態；但比起今天能在現代期刊上閱讀到的那種論爭話語「現場」，我們對於瞭解歷史和書寫歷史的效果確是截然不同。歷史的鮮活感總是難以保持的，只有靠後人的想像來彌補。但是，借助於現代報紙雜誌對社會文化記錄的連續性和及時性，那種歷史現場感終得以在紙面上「保鮮」。

　　那麼，作為現代媒介出版業的產物，文學期刊的出現對於文學論爭和文學文化思潮的形成有什麼更獨特的影響力？其論爭「場域」的形成與論爭主體之間到底存在一種什麼樣的關係？這是本文所要考察的目的。

　　從 20 世紀的中國文學思潮打量，文學論爭的頻繁起於現代人對話交流的需要，從最初面對面論爭形式的文藝沙龍，到集中於表達共同主張及集體宗

旨的同人刊物，再到由整個組織機構所展開的機關刊物、制度化管理下的期刊雜誌社，現代人在專業領域交流論爭的「場域」越來越大，極大地滿足了他們對於觀念及思想表達的需要；但是，從另一方面看，作爲論爭話語的權力也難以避免地被宏大的社會意識形態所管制。從可以自由交談個性言論的沙龍，到爲某一團體及派別、立場辯護的同人刊物，再到論爭話語受到規範化管制、及言論發表建立審核機制的制度化期刊。我們可以明顯地感受到，現代人的文學及文化論爭由個性話語到集體話語形態的權威管制的路途。雖然從某種意義上說，這種對論爭話語權力的制度化大大強化了現代話語言論的「民主式」管理，越發表達出「大多數人」的民意，維護了主流話語傳播的有效性，提高了論爭水平的專業素養；但是，從更深遠的意義上講，現代話語論爭的發出者已經由論爭主體者轉向了論爭的場域維護者了。正所謂，「不是你在說話，而是話讓你說」。雖然，這種管理化的論爭「場域」帶來了現代思想觀念競爭的活躍狀況，但也由此帶給了當代文學論爭的一系列負面影響。我們可以從《20 世紀中國文學期刊與思潮》中窺見諸多文學話語論爭的個中問題：如非此即彼，強詞奪理，人云亦云，偷換概念，「上綱上線」，無端影射，等等。總之，文學問題的論爭非文學化了，論爭的話語修辭形式佔了上風，而問題本身的內涵則被淘空。基本上演變成了跟文學問題本身無關的爭論，越來越趨向於無個性的大眾化言論思維和觀念。

考慮到當代文化體制的特殊問題，文學的政治化與那個時代所存在的文學觀念的落後，以及文學對社會功能的強調是分不開的。它強化了一個作爲「人民」群體的政治大眾，弱化了作爲「個體」的文學創造者的個性因素。然而，這種思潮對大眾的影響力及對文學表達主體的規訓力不是直接來自於權力部門的管制，它仍然是通過文學話語發表的言論陣地——文學期刊來作用的。如對主流作家作品的宣傳（提供規定的坯本），對重大文學理論問題的闡發（近似於社論），有選擇性地對讀者來信的刊登（主流民意的反饋），等等。這樣，一個影響文學思潮發展方向的宏大「場域」就在主流文學機構、作者、讀者三者之間形成了。它構成了一個穩定的三角結構，而主流文學機構起著絕對的主導力量。然而，一旦這個「紙上的歷史現場」被事先支撐好的三角架牢牢固定；那麼，給後人觀看的歷史鏡頭就會顯然單調異常。這或許正是我們對於過去年代裏的期刊文學作品和文學論爭形態感到乏味的原因。80 年代後，一些學者總想在這些主流期刊之外打撈更多的代表歷史時代

記錄的「真實」話語文本，挖掘那些被壓抑的文學文本形態。如老作家的遺作，被打壓的邊緣作者作品，關於文學問題討論的私密信件，「手抄本」的傳播與交流，等等。

確實，從當代文學期刊對文學論爭所產生的「場域」影響來看，我們發現，一些具體的文學問題的論爭較多呈現出「有組織化」的傾向。如關於蕭也牧創作傾向的論爭集中在《文藝報》（中國作協機關刊物），楊沫《青春之歌》的論爭集中在《中國青年》（團中央機關刊物）和《文藝報》，王蒙《組織部新來的青年人》的論爭集中在《文藝學習》（中國作協主辦），歐陽山《三家巷》、《苦鬥》的論爭集中在《作品》（廣州作協主辦），等等。這種討論容易出現「一邊倒」的批判，其中存在的作家與期刊的地域及組織關係淵源也比較明顯。顯然，是文學期刊在嚴重地「限制」文學論爭的自由度和言論方向，使得文學論爭失去了文學問題的「本位」，並淪為了另一種意義上的非文學論爭。

這一情形在上世紀 80 年代後的思想解放、文化體制鬆動的時代有些好轉。我們看到，此後的文學論爭很少「上綱上線」，對文學本身的問題的探討也自由寬泛得多。如在關於「重寫文學史」和「人文精神討論」的大型論爭中，雖然集中於主要的期刊陣地有《文藝報》、《上海文論》、《讀書》、《文學評論》等，但從論爭文章發表的廣泛性上看，期刊參與的種類分散得多。且在集中的期刊陣地中，參與論爭的文章也沒有「一邊倒」的跡象，而是各抒己見，火花迸發。然而，細加考察，文學期刊依然在暗暗主導著文學話語的表達方向。論爭中暴露出來的簡單思維和觀念的問題仍在，期刊陣地對論爭主體的話語邏輯及言論風格的束縛影響至深。如對於「要不要『重寫文學史』」、「是否存在『人文精神』的失落」等問題，總是會陷入二元爭鬥的局面，更不用說這兩個大型論爭中的諸多插曲，如「關於《金光大道》的論爭」、「關於『二王（王彬彬與王蒙）』之爭」、「關於『二張（張承志和張煒）現象』」等。期刊陣地彷彿有意在引導這種兩陣對壘的狀況出現，樂意看到那些言辭犀利、觀點明確的「刀筆吏」風格的文章。這一定程度上關注的不是文學問題「本位」性的探討，而是一種論爭的「熱鬧」與「看點」，即文學期刊的「場域」功能被放大了。

從這種意義上看，不是文學問題的探討和論爭借助於話語陣地向公眾展開，而是文學期刊的場域空間「限制」或「規訓」著文學問題媒介功能的轉化。雖然在今天的時代，文學期刊較少被政治宣傳功能利用；但我們發現，

更糟糕的還在後頭。開放時代的文學期刊仍然將文學論爭的主體限制在牢牢的三角關係中。一方面是期刊的權威性（核心級別、CSSCI 級別等）提升話語的影響力，一方面是期刊本身的媒介性質提出大眾文章風格的要求，而第三方的話語表達主體成了最被動最弱化的一方，很難表達出他們對於文學問題的獨立見解和完全主張。而且，越來越多的文學論爭最後都淪化為偏見的爭論，話語邏輯和思維方式的爭論，以及知識譜系的論爭；其間不是將問題的範疇越拓越寬，反而是越辯越簡化對方的觀點，同時也不可避免地在論辯對方時狹化了自己的主張。古人經驗告訴我們，事理越辯越明；而現代論爭卻在關注度更高的期刊陣地上越辯越簡單化了。顯然，文學問題論爭的主體們缺乏從容的心態和獨立的品格。而究其底，則是提供給自我表達的言論陣地爭搶太激烈，容不得他們從容地探討和展示。文學期刊的陣地真正變成了一個少數人搶佔的等級空間，而不是一個讓文學思想、藝術觀念完全呈放的「園地」。

當文學期刊依然無法給文學論爭提供自由的表達域度，我們就不能僅僅是去反思某個時代特殊的社會文化體制，更不能歸咎為某些編輯群體的「喜好」。我們要追問的是，作為一種現代專業性的媒介，承擔著歷史現場記錄、激發社會文藝思想的重要空間，它是否該有自己獨立的品格，而不是借助於一種權威的等級身份和無個性的大眾趣味。

誠然，文學期刊作為現代媒介的一種，無論其表現出多少專業性，其本質都是傳媒性質的；而中國當代文學期刊大多作為機構刊物，其有著權威性的評價功能。但前一種性質是與生俱來的，是現代媒介誕生之日起就顯示出來的「場域」本質，這種「母胎」性無論如何都根除不掉；而後一種則是隨著社會結構和制度的變動而附加的特殊時代功能，我們顯然也無法極端地免除其機構的權威性。但是，隨著文學及學術局面的不斷變動，作為評價功能的文學期刊慢慢失去了它的「場域」空間的活力，成了一個文學及學術製造工廠的准入證，而不是表現個性言論的話語形態的集散地。縱然我們看到，每幾年一些更權威的文學學術組織機構會把那些所謂的「核心期刊目錄」、「CSSCI 目錄」重新審核，但這種滯後的專業期刊管理永遠跟不上文化思想變動的發展。它只會讓今天的文學話語主體者依然束身在期刊的等級空間之中，成為「場域」空間裏的言論奴僕，為進入等級言論空間而打造自己的專業言論。

當前，整個學術體制也同樣把文學和學術的繁榮建立在期刊的發表量上，建立在期刊的級別上。就某個單一的研究者來說，可能在發表文學作品及學術論文，爭取學術資源上有能力高下的分別；但對於整個國家和時代來說，這種將競爭引入人文藝術領域的做法是沒有更多益處的。如今的學術刊物擴充版面越來越多，各種文學雜誌也紛紛向學術刊物挺進，這無異於使原有的文學藝術交流的空間萎縮，學術領域裏呈現急劇的「通貨膨脹」。它造成了一種當代學術繁榮的假象，和當代文學評論增量的假象；同時，它也造成了今天文學批評的「偽批評」形式（如不讀原作照樣批評，沒有自己的文學見解和標準，或一味地捧殺或棒殺等），學術領域斂財的腐敗。而對於文學問題的藝術探討和爭論，只停留在最古典狀態下的茶餘飯後，或者網絡專業論壇和私人博客中去表現，並大大減弱了論爭主體之間的思想和藝術的探討和交鋒。

我們甚至可以感覺到，新世紀以來的文學期刊對於文學現場的跟蹤和活躍程度，還不如以前來得更有「熱鬧」和「看點」；甚至拋開了文學及學術大眾傳播最基本的傳媒本色，一味地依賴權威等級的評價來生存。一旦文學期刊陣地上堆積那些很難激發同人或對手的所謂學術道德文章，猶如「自說自話」。顯然，這一經濟利益分割下期刊改良的舉措，也弱化了文學期刊真正的「場域」功能。它無異於宣布文學期刊這一現代專業性媒介，作為「紙上歷史現場」的死亡。

那麼，如何形成文學期刊的獨立品格？專業期刊如何不依賴於學術體制內部的利益分配而生存？最理想的方式是，讓其成為真正的記錄文學歷史現場的鮮活的「園地」，這就需要強化三角結構關係中的真正主體，即言論的發出者。但又如何可能呢？

或許在一個自由開放的年代裏，文學論爭的必要性在於文學藝術工作者之間的交流與交鋒，論爭的旨歸在於文學藝術的得失以及文學對於社會生活的意義。其「場域」是為言論主體提供充分發言的陣地，其「本位」是文學問題本身。

但這是一個理論式的空想。從社會學觀點看，沒有一個年代是絕對自由的，文學論爭發生的「場域」是一種必然要進入意識形態化的時代陣地；同時，文學論爭也是一場文學主體之間話語權力之間的交換與爭奪；閱讀大眾也暗中支配著文學期刊這個空間的生存和權威程度。這樣，文學期刊必將繼

續在文化體制的作用下，提供給論爭主體表達一定的言論空間，同時又不自覺地發揮自身的「場域」功能限制主體話語的表達。這樣，文學期刊的「場域」永遠在文學論爭主體、主流機構以及文化大眾三者不斷流轉的結構框架中呈現自己的功能，並將對整個社會文化思潮的導向產生深遠的影響。

回溯 20 世紀的中國文學現場，各種文學方面的論爭比文學創作活動本身還要多樣和複雜。人的自由發現與文學創作主體的職業化，將文學這一高度個人化的精神活動推向了一個廣闊的社會場域之中。再也不是「吟賞煙霞」、「圖將好景」之類的文學品鑒，更多的是「文學宣言」與「文學闡釋」之類的場域較量。確實，文學活動的典雅宴席已經在 20 世紀的現代化進程中復歸大眾式火鍋了，這是文學現代化演進的方向。從創作活動的個人化到論爭活動的日常生活化，這就是一場圍繞「文學」而展開的現代「派對」，我們能不歡呼？

但現代性的場域不再有理想的田園模式，「煮茶話桑麻」，「邀約賞菊花」；而是充滿著拒絕與兼併，競爭與打壓，風險與機遇。但我們依然可以樂觀地向著前方。一如本書的前言所確言的那樣：「文學是人學」，「反映到文學論爭的各個層面」，「這個不斷被歷史塑造的『人』，創造了 20 世紀學術論辯的財富。」這也正是《二十世紀中國文學期刊與思潮（1949～2000）》作為《二十世紀中國學術論辯書系▪文學卷》之一，在大量文學期刊資料整理基礎之上，進行當代文學論爭的學術總結和反思的理由。

（《二十世紀中國文學期刊與思潮（1949～2000）》，楊聚臣等著，「二十世紀
中國學術論辯書系▪文學卷」，南昌：百花洲文藝出版社，2007 年。）

經驗的昇華與理性的沉澱
——讀《土地的黃昏》

　　當古老的鄉村腳步在現代化的破壞性節奏中慢慢地消失，當最後一塊孕育著自然生機的寧靜田園在現代科技的催促之下漸漸地離場，曾經空曠的原野送來的禾草混雜的清香，以及在農活中帶來的與自然交割的生存經驗和快感都將變得不再重現；鄉村社會在日益城鎮化、市民化而農民卻變得急功近利、茫然無序，生活日益便捷、樓房鱗次櫛比、土地變成了水泥而現代生活的安全係數卻在不斷降低，這個時候，那曾經沁人心脾的田野清香、村落物景都被無情地排除在我們的視野之外。無論這田野的主人和村落的居住者如何地被現代化的鼓點茫然地牽引，但他們在土地上獲得的幾千年的生存經驗都是極度豐富而寶貴的，它透露了人類與自然交往的親緣歷史，揭示了人類自身生長的秘密。如今，這種經驗卻正在遺失，被無情地拋擲在歷史無盡的航道中，衝入了現代化的垃圾海洋。於是，我們只有在漸漸遺失的鄉村記憶裏去尋找，無奈地躲在市民社會的狹小空間裏去懷想：

　　　　天色已黃昏。大地的輪廓消失了。黃昏是明與暗、生與死、動與靜的交界處。越過這個界限，一切可見的「動」都變成了「靜」。大地上的一切，都以一種死寂的形式在悄然生長。土地沉睡了，但它的分子和元素還在悄悄地行動，塵土的微粒和草葉的根莖都在喃喃自語。農民也沉睡了，但他們的夢還沒有睡，他們的夢，在召喚稻穀和子嗣的種子。黃昏之後的土地和生物，在一種可見的「靜」和不可見的「動」中運動。這是一種看不見，但能夠感受到的生生

不息的動和靜。這是一種來自土地的經驗,是感官和土地元素融為一體的經驗。

　　這依然在筆尖下、或者是鍵盤的指尖下跳躍著的「生長的節奏」是我們現在還能見到的真實的鄉村嗎?抑或只是一個鄉村經驗者懷著的永恆的鄉村美夢?

上面引述的關於「土地的經驗」的書寫來自於張檸《土地的黃昏——鄉村經驗的微觀權力分析》開篇的一段文字。「土地」是一個空間概念,它代表農民的生存空間,是農民的母親;「土地」又是一個時間概念,她是農民生命延續的見證和歷史記憶,在她的身上鎪刻著農民與自然交媾的無盡的妊斑;而鄉村的「黃昏」則是一個最富有詩意的時間點,也是一個對農村生活最具表現力的空間聚集點;同時,黃昏又顯示了一個歷史化的時間維度,它昭示了農民的命運及其文化精神正走向了一個現代性的末途,農村作為一個永恆的鄉土正在丟失。而作者正是憑著自己多年的鄉村經驗敏感地捕捉到了鄉村的這一「黃金時刻」。

　　在這段詩意與理性交錯的敘述中,我們讀到的不是一本鄉土散文集,而是一部近似於文化社會學研究的著作。誠然,她不是一部典型的社會學專著,不是通過科學系統化的社會數據和田野調查來研究農村的生存面貌和發展趨勢的;同時她又不是一部純粹的文化文學意義上的創作,一如作者慣常的文學批評者身份所要完成的任務一樣。作者無須像知識分子式的學者那樣去搞精細的田野調查,更無須像感傷的文人那樣去到鄉村尋找動人的創作靈感,他身上早就烙上了豐富的鄉村生活經驗,諳熟鄉村內部的每一處的細微變化。而這種早期鄉村經驗的激活沾染上他在城市裏習得的文化批判理論、社會學以及物理學、心理學、醫學、食品學等諸多現代知識經驗之後,作者恍如一位手持銳利手術刀的醫生,將充滿感性生活經驗的中國鄉村社會剖析得細緻入微,經絡畢現。

　　作者的意圖一開始就打破過去社會學者生硬的純科學主義式的農村分析報告,又解構中國文人停留在單純的古典浪漫主義式的對田園生活的詩意幻想;在鄉村經驗者、城市文化批評者以及社會研究學者的多重視野中,展開了對中國鄉村社會內部的微觀權力分析。

　　有了對鄉村社會內部結構的經驗優勢以及精密的社會分類學方法,作者圍繞整個鄉村社會的外在世界和精神世界進行了精細的分門別類和考察,

從這種大的社會分類學框架入手，輔之以內在的以關注農民生存與精神狀況的人文視角，將整個鄉村社會的結構體系分成幾組問題來進行微觀分析：

作者考察的第一組問題首先是利用社會學方法對鄉村社會生活中的時間與空間進行歸類，如生態時間、結構時間、節日時間、現代機械時間；地理空間和血緣空間、私人空間與公共空間、神聖空間與世俗空間等幾組分類，將傳統鄉村社會農民混沌的生存時空清晰地提煉到一個可供考察的科學層面，然後作者運用自身的文化批判目光和鄉村經驗者的感受力，去挖掘更內在的鄉村時空對於生存的意義，如從生態時間和節日時間發現依託於自然生存的農民在時間經驗中的皈依和救贖；從現代機械時間發現傳統鄉村在現代性的擠壓之下所導致的農民生存經驗的斷裂；而在對於鄉村空間的考察中，作者通過對鄉村內部結構的闡釋和選取諸如祠堂、曬場、墓地、田頭等幾個有特色的鄉村公共空間作為文化研究的典型案例，深刻地挖掘了鄉村社會精神層面的文化內涵和歷史性，從而清楚地描述了在遭受現代性的破壞之後農民是如何被拋離在鄉土價值法則之外，並逐步喪失其傳統的家園。顯然，這一從社會學和文化研究視野相結合對中國鄉村社會微觀的研究考察，是作為一個外在的觀察和研究者所難以達到的，尤其對於那些以當代社會的現代化發展的宏觀視野為考察方向的「三農」研究專家們是一個極好的補益，因為一貫地依賴數據化、財富化、資源化的現代經驗，則勢必在丟失複雜的農民生存經驗之下，對中國鄉村社會的現代性變遷產生片面的認識。

作者要考察的第二組是鄉村的器物現象，包括家具、農具、食物、服裝等，這一部分對於鄉村社會的日常生活知識的瞭解最為具象化、生活化，同時也是全面瞭解鄉村社會傳統秩序和價值體系的微觀著眼點。作者在對這些器物的介紹和分析當中，從它的形體、功用深入到這些器物所暴露出的農民與自然的關係以及農民身體的秘密，最終抵達文化意義深層的農耕文化價值體系，由此也精細地讓我們窺探到鄉村社會價值觀念在日常生活的細部得到的充分體現；當然，在對這些鄉村器物的研究考察中，作者也不無留戀地發現到，這些鄉村器物的純功能在日益現代化的消費社會中被瘋狂地替代和篡改，最終農民與器物的關係變化隨著鄉土社會價值體系的崩潰而失去了存在的意義，也許在城市的某個消費場所還能再次新奇地發現，但它僅僅作為一個文化表意的符號被我們玩賞。

　　接下來比較有興趣的是作者借助宏觀社會學的視野對於鄉村社會的不同人格和文化現象進行形形色色的微觀權力分析，如鄉村秩序中的族長、鄉村的變態人格（潑婦、悍婦、婆婆、「強頭」、手工業學徒等）、鄉村社會的陌生人（過繼兒子、上門女婿、童養媳；知青、土改工作組；貨郎、馬戲團；假洋鬼子、回鄉青年；種類神秘主義者、風水先生等）、鄉村婚育和性愛中的特例（「相好」、「護身娘」、「大肚婆」、娼妓等）、鄉村職業者（木匠、裁縫、理髮匠、郎中、牙醫、教書匠；配種者、器官閹割者、哭喪婆；盜墓賊、竊賊、二流子等）、鄉村生活中的兒童，等等。且不說所有這些鄉村人格和文化現象所能涵含什麼樣的社會文化意義，單看這齣現的一系列鄉村社會的人格和現象，就充分展示了作者鄉村經驗的豐富性和文化批判者的發現目光，這是社會學者的統計學、調查報告和旁觀者的姿態所無法傳達的。而作者憑藉自身對於鄉村社會諳熟的經驗和一種有意味的文化透析力度，不僅對於農村社會學的研究考察提供了一份豐富的資料，同時也遠遠超出了社會學本身的意義，而在文化人類學、農民精神史等領域顯示著它的研究價值。

　　最後，本書還針對農民的身體狀態進行細微的文化心理考察，如對農民的身體形態（表情、姿態、聲音等）、文學作品中的農民形象。儘管這一部分對農民身體化的微觀權力分析沒有充分展開，但它具有一種前瞻性，作者企圖通過一種現代性的知識背景，把農民形象放置在一個社會學背景和文學背景中進行客觀分析，以映襯出一貫缺失主體意識的鄉村農民的「主體性」存在。也許在書中敘述的那些「民間歌手」身上尤能體現。

　　以上幾組對中國鄉村社會的微觀權力考察的社會學框架，結合作者對於農民生存形態的文化剖析，以及比較鮮活的鄉村事例和圖片，構成了一部豐富生動的關於鄉村社會學的文化檔案，這也正好印證了一個人文學者對於「人」的強烈關注之情。我們可以同時將本書的幾組社會學意義上的微觀權力考察看待成是作者對農民與自然、農民與社會、農民與自我的關係的書寫，從而在另一層面詮釋了作者對於農村和農民自身現代性的人文研究。

　　正是人文學者參與了社會學研究，才讓我們對於農村和農民的研究更加發現了一種整體觀。它不僅將現代的知識經驗與中國鄉村經驗融合一起，而且對於中國鄉村社會的發展有了更為細緻的考察，使我們更切身地注意到中國農民生存的現代性問題、農村現代化的動態變遷，注意到中國整體性現代化的背景下農村現代化道路上所承受的物質與精神負荷。也許我們只習慣於

關注中國民族國家現代化的宏大命題，如啓蒙、革命、反殖民、反封建、改革，乃至宏觀社會學背景下的「三農」問題等等，而在這期間悄然發生的農村現代化的微觀變動卻被忽略，如在城鎮化、農民工進城的生活變遷中農民身體的負荷、精神的失衡，以及農民家庭內部的對象變化帶來的權力分配關係的改變、農民的胃部與他們的勞動方式的改變，鄉土社會的宗族意識與現代政權體系的細微碰撞等等。這些以小見大、見微知著的敏銳觀察與批判力所能獲得的社會研究的信息量，是僅僅靠現代知識和研究方法難以獲取的。

憑藉著自己的經驗優勢和對鄉村社會內部結構的熟稔，作者在本書的寫作過程中，將過去的生活經驗和現在的知識經驗發揮到一處，在過去的農民、農民生活的旁觀者、城市居住者、文人（感性的知識分子）、文化批判者、社會學者等多重的敘述身份中完成了這部學術著作的交叉研究。多聲部的敘述與研究視野也使得本書將獲得多重的閱讀期待：瞭解 20 世紀後半葉的中國農民生活史，瞭解中國農村社會的知識變遷史，農村文化的現代性批判，農村各階層生存狀況，從社會人類學意義看傳統鄉土社會和農民的消亡，乃至一定程度上滿足了我們的農民文化懷舊的心理。也許鄉村與城市、過去與現在、經驗與理性構成了作者精神世界的兩極，在這兩極之間，作者將深刻的鄉愁和對於現代性的文化批判都糅合到他豐富的經驗世界中，不僅是鄉村經驗，還包含了現代生活的城市居住經驗、精神世界的存在經驗等。這對於在消費主義生活籠罩的影響之下感到精神緊迫和環境惡化的現代人也許會提供了一種生存意義的思考

縱觀本書的寫作，與其說張檸在考察與研究鄉村社會的生存經驗與精神狀態，不如說他是用心靈去發現和剝離鄉村社會生存的秘密，從而讓一個嚴肅的學者身份與曾經的鄉村生活經驗者身份達到理性與詩意的最大的融合。而廣博的社會科學知識體系、敏感的文化批判目光加上深切而細微的鄉村生活經驗，使得這本可讀性與學術性相結合的文化社會學著作在作者本人策劃的「文化先鋒書系──蟪蛄文叢」中顯示出它的研究分量，也充分體現了他本人對於社會研究的兩栖性學術思路。

（《土地的黃昏──鄉村經驗的微觀權力分析》，張檸，北京：東方出版社，
2005 年。）

大陸理性詩學視野下的臺灣詩歌
——評《臺灣新世代詩歌研究》

　　關於大陸理性主義與海洋經驗主義的傾向，不僅關乎 17、18 世紀的歐洲哲學派別，而且對於不同地理環境下成長的生存態勢及人文風貌也亦能影響一斑。比如，這種人文哲學的觀念傾向移植到中國大陸與海峽對面臺灣的關係來考察，似乎也不算附會。當然，關於大陸與臺灣體現出的理性與感性的不同人文特徵傾向的對峙，我們並沒有哲學派別上的理論支撐點，像諸如當代大陸哲學與臺灣哲學派別之類的。近半個多世紀的分離以來，我們依然是活在同一個東方哲學，或向西方哲學吸取的觀念模式裏。所以，要考察臺海兩邊的人文特徵及差異，只憑地理環境上的特徵就下斷語顯然事理性不足，猜測性有餘。

　　我們還是回到 20 世紀中國的文化思想狀況中來考察。如果說，作爲東方民族的中華國家於上世紀初從傳統向現代的轉換是一次人類文明的再次覺醒的話；那麼，從中國古代的樂感文化及古典詩韻至現代啓蒙文化意識和文學革命的改變，則更顯示出它的現代理性精神。而在大陸這邊，40 年代末期的體制化，無疑是將充滿著感傷情緒的啓蒙理性向充滿社會階級意識的制度理性轉化。這種制度理性一度將制度化拖入到一種扼殺人性的極端處境，好在 70 年代末期的改革重新走出了這種理性的陷阱。但此後，「宏大敘事」幾乎成了大陸理性主義這一寬泛的哲學名稱在 80 年代以來中國大陸所有人文風格的代稱。無論是學術風格，還是藝術創作風格，80 年代以來的大陸學者及作家，均比海外學者來得越來越理性化；他們更加崇尚宏觀視野中的意義定格與結

構定勢，充滿一種現代理性的文化歷史感和焦慮情緒。這並非批評當代大陸學者及作家們的人文旨趣，而是他們與其生存的大陸精神難以割裂的事實所造成的。至於臺灣半個世紀的文化命運，似乎在承接「五四」時代那種感傷化的個性啓蒙上做得更好一些；而且因於此，其文化與文學的精神在面臨海洋性的雙面文化衝擊時，更強化了東方傳統的樂感文化的文化身份認同感，並與特殊的海洋性生存狀態融合，使之顯示出與當代大陸文化與文學風貌的截然不同。長久以來，在大陸學派的中國文學史書寫中，一直存在著將臺海彼岸的文學成就難以納進大陸理性的文學史視野及框架的困惑，幾乎不能在一種合理的文學史結構中跨越這一同宗同文的地域文學生態系統。

顯然，問題出於多方面。比如，雙方政治的隔膜造成的思想文化理念的差距，經濟發展水平的不同步調形成的生活方式及文學創作觀念的不同，等等。然而，一個最重要的原因則是，我們頑固的信守臺灣地域化的大陸文化視野，在平視臺海彼岸的文學生態時缺乏充分信任的世界性眼光。那麼，大陸學者在面臨彼岸的文學生態時，如何發揮自己理性主義學派的思想優勢，超越於狹隘的地域化文學生態劃分之上？這是一個值得新世紀大陸學者深思的問題。

真正的大陸理性精神應該是對理論資源的廣泛接收，對文學的本土經驗持有開放性的態度。臺灣文學能不能納入中國文學的版圖，不在於她是否是感性的文學形態，與大陸的文學潮流或派別是否同一性，而在於大陸學者能否在一種更豐富的理論資源及開放性的文學經驗上持有從容的眼光。

然而，有關這一問題只有放於具體的文學研究中才能得以證明，而大陸理性主義思想的概念也只有放在對臺灣文學的感性經驗的比較視野中才會見出其顯在的效用，否則只是成爲空談。在這方面，福建學者王金城先生的新著《臺灣新世代詩歌研究》正好提供了一個範例。一邊是研究者，典型的大陸學者；一邊是研究對象，臺灣的感性詩歌狀況，中間儼然隔著一個依然影響文學傳播的海峽。如何達到大陸理性詩學研究對海洋感性文學生態的科學判斷和人文闡釋呢？我們不妨在其研究成果中探個究竟。

說到這裡，我們不會全然拋開大陸學界對臺灣文學已有的幾十年研究歷史。然而，受到文學傳播與理論視野的局限，當代大陸文學研究界對臺灣文學的研究並非如對大陸文學的批評與研究那樣紅火，那樣黏合。批評者與創作者的交流，研究者對資料的獲取，都是文學研究最重要的前提。正是因了這兩者的局限，所以，對於大陸學者這邊來說，對彼岸的文學生態的研究只

能是漸次的進程，從感性研究到理性研究，從一點到全面，從閱讀式鑒賞到學術化整理，從個案分析到歷史綜合，等等。而這一漫長的歷程也正是促進了新的世紀之初，《臺灣新世代詩歌研究》學術成就得以完成的契點。

確實，王著《臺灣新世代詩歌研究》的出世，來自於大陸學界對臺灣文學研究幾十年學術積澱的基礎；然而，它又不完全是這一學術積累的自然之物。因為對臺灣新世代詩人及詩歌狀況的研究在大陸學界還關注頗少，研究者本人對於新資料的掌握，以及新理論視野的運用卻是全新的。他打破了以往狹隘地認同臺灣作為中國一個地域化的文學飛地，將臺灣詩歌放入一個世界性的詩歌藝術維度中來考察，一如我們今天的學者對開放後的大陸文學生態的考量一樣。

稍稍回溯到大陸學界對臺灣詩歌的認識與研究的前期，我們可以看到，作為一貫喜好臺灣詩歌的大陸詩歌愛好者和研究者，他們在接受臺灣詩歌藝術的閱讀與闡釋視野中，無不強化大陸人的情緒，對臺灣詩歌的「鄉愁」主題的感慨，對臺灣詩歌藝術中的古典詩歌資源倍感親切。他們將臺灣這一地域化的特殊省份比作遠離祖國的兒女，將臺灣詩人乃至臺灣人的所有情感比作可以深切理解的血肉親情，這使得大陸讀者與研究者對臺灣老一代詩人及詩作更容易接收與引進，極力推介臺灣老詩人如余光中、洛夫、鄭愁予、席慕容、瘂弦等的思鄉類及古典情韻的詩歌。這種典型地將臺灣地域化，形成一種定勢性的「大陸──臺灣」這一「主／分」思維結構。這一充滿濃厚大陸情緒的詩歌鑒賞與接受視野，顯示出我們是怎樣地對臺灣詩歌藝術發展認識的狹化和一廂情願。這種接受視野上的以「我」為主，幾乎是把臺灣人的詩歌情緒表達看成了「請臺灣詩人幫我們寫的詩歌」，從而越發在一種狹隘的地域關係上看待臺灣詩歌藝術的整體生態。

由緣於此，以及當下國民黨重新執政之後，臺海之間發生的政治與經濟的互動新狀況，我們更加注重《臺灣新世代詩歌研究》問世的現實情懷及詩歌理論意義。本書站在一個學理性的高度，跳出既有的大陸情緒之外，從「文化中國和地理臺灣」的宏大視野著眼，將臺灣看成是一個「中國」的縮影，而不是一個特殊的地域；從而不僅展示了臺灣詩歌的本土性，更理解了它作為中國詩歌的本土性問題。如著作中所言：「在回歸民族傳統和鄉土現實的社會文化思潮中，新世代詩歌的兩個重要指向就是『文化中國』的書寫和『地理臺灣』的表現。前者溝通了古典文學的遠傳統，後者連通了五四文學的近傳統。」

　　之所以說本書對臺灣新世代詩歌的研究脫離了早期情緒型的研究意願，提升到一種客觀化的現代理論視野，是因爲著者作爲一個典型的大陸型學者，他拋除了從臺灣詩歌闡釋的感性線路中尋找研究生長點，或者說他暫時忘卻了一個「大陸人」的身份，不投已所好，體現出一個高度學理化的知識態度。從著作中可以看出，著者有豐富的中國（大陸）當代文學研究經驗。在評價臺灣詩歌精神維度及詩歌文本的闡釋時，無不看到那種熟悉的當代大陸文學研究批評理路，甚至於經常在大陸文學形態與臺灣詩歌藝術特徵之間進行比較求證。從中國現代文學研究，到當代詩歌研究，再到女性文學研究視野，著者的思路開闊，從容地行進在通盤的知識視野和文學史結構的把握之上，在一種比較的維度中衡量著大陸這邊與臺灣彼岸的文學精神與形式之間的牽連。在著者的研究視閾中我們可以看到，臺灣新世代詩歌所呈現出的實驗性、反主流、生活化趨向，以及臺灣詩歌文本中體現的世俗都市精神、後現代性的符號美學、身體修辭等等，在詩歌的精神與形式上無不隱括出整體性的大陸詩歌創作生態；從大陸「第三代詩歌」所表現出的文化詩、口語詩，以及各種實驗性的詩歌形式探索，到女性詩歌，「知識分子寫作」與「民間寫作」的詩歌流向，下半身詩歌，網絡詩歌等等。這種詩歌生態在多元化社會發展中所呈現的整體性風貌，在兩岸的詩歌創作界均保持著近似的現代漢詩寫作的普遍性特徵；從而擺脫了早期臺灣詩歌研究者視野中的地域化或特徵性的狹隘詩歌版圖的認識觀念。

　　《臺灣新世代詩歌研究》不僅對大陸的臺灣詩歌研究在學理性上是一大突破，而且對於臺灣本土詩歌研究在理性研究的程度上同樣取得較大的突破。從完美的詩歌研究意義上說，對一段時期的詩歌發展狀況的全面考察與估量，既有研究者與詩人在表達經驗上的溝通，又有研究者自身詩學理論的建樹。前者可證明於臺灣詩歌本土的研究狀況。在感性詩風及研究風格上，臺灣詩人兼詩評家的新世代詩歌研究尤其興盛，如著者在《臺灣新世代詩歌研究》中總結到，出現兩類臺灣新世代詩歌批評群體：一是前輩詩人兼詩評家。他們幾乎是以序文式的批評引導這個新的詩歌群體的研究起點；二是新世代詩人本身兼及的詩歌批評與研究。這類群體中出現的批評及研究者雖然不乏較高理論素養和宏觀的現代藝術視閾；但在研究風格上依然注重的是那種感性化的詩論，或一些針對某些詩人個體的個案式研究。確然，詩人兼研究者的詩歌研究，不僅與研究者主體的詩人身份相關，而且與海洋性的哲學

思維及感性的文化氣質相關。在多重性的文化風向的影響下，在漂泊性的精神生存狀況的體驗中，臺灣本土的詩歌研究缺乏大陸學者理性而穩健的研究風格，難以走上理性化的文學史家式的宏大研究思路。

而就該書的著者來說，其對臺灣新世代詩歌一代人的準確史學定位，不僅來自於他先後在廈門臺灣研究中心與北京求學所養成的學理化的研究風格；而且其本人對詩歌創作的愛好及內在的詩人情結很好地轉化為研究者主體心靈溝通文本的前理解，從而更強化了一份客觀的理性態度和專業素養。著者通過對詩歌藝術形式高度理論化的總結，在詩學理論的建構及未來的發展上都提出了客觀而科學的見地。

對臺灣詩歌的理性研究不只是對臺灣文學本土研究的感性風貌具有借鑒或互補性意義；而且更對大陸文學研究界一直困擾的文學史建構具有很好的推動作用。幾乎所有的大陸華文文學研究學者都呼籲過，要建設一部包容海外華文文學的真正意義上的中國現當代文學史。而臺灣文學作為一個完整性的文學發展生態，應該在中國文學版圖中是首當其衝的。而大陸學者一直在作出切實努力的方案。如陳遼、曹惠民主編的《百年中華文學史論》試圖通過不同文學空間考察的角度，整體性地對百年以來祖國大陸和臺港澳地區文學空間遷衍流變的關係（從相連、疏離到溝通）作出綜合性的闡釋〔註 1〕；繼而，黃萬華提出的「20 世紀漢語文學史論」，從「天、地、人」的宏大觀念著眼，試圖跨越不同的政治版圖及不同社會經濟發展形態所產生的文學發展狀況，在一個大文化生命體中，整合包容既相互撞擊又相互糾結的複雜的中國現代文學形態〔註 2〕。一直以來，大陸學界在整合大陸與海外文學生存形態上進行了不懈的探索性研究。

然而，這種努力至今不能變為現實。一方面是學術資源上的分配在整合優先性上達不成意向。大陸當代文學研究和海外華文文學研究幾乎是兩個不同的圈子；另一方面是學術的可操作性還有待於解決。幾乎所有的大陸文學史在面對海外及臺港澳文學這幾塊文學版圖時，無不把它們另闢章節作為編外補充形態。確實，像一些前輩學者在整合的觀念上還更多地依賴於傳統性

〔註 1〕陳遼 曹惠民主編：《百年中華文學史論》，上海：華東師範大學出版社，1999 年，
　　　　第 6 頁。
〔註 2〕黃萬華：《中國和海外：20 世紀漢語文學史論》，天津：百花文藝出版社，
　　　　2006 年，見「緒論 1：生命整體意識和『天、地、人』觀念」。

的文學及文化資源，如「文學空間」、「天、地、人」觀念，均難以在一種文學及文化精神的形而上高度做出形而下的技術性層面的學理整合。

正由於此，新的大陸學者必須尋找更加具有當代學術理路的操作性研究視閾和方法。《臺灣新世代詩歌研究》雖然只是一部斷代史，截取了一個時代的詩人群體作為研究的對象和範圍，但其展示的研究新動向可以為學界未來整合整體性的中國文學史構架提供新的思維。

首先當然是研究史料的收集與整理。從本書的研究資料涵蓋看，不僅是對大陸的臺灣文學研究資料的收集，而且對臺灣本土的研究期刊、文獻及詩人傳記等資料的收集也非常豐富。比起早期的臺灣文學研究，這顯然是更加客觀、理性地作出文學史研究評價的學理基礎。

其次需要建立一個全面的知識系統。而著者以自身的研究經歷優勢入手，通曉大陸當代文學的發展狀況，繼而進入海外華文文學研究領域，在一種通盤平衡的比較文學視野中準確地把握臺灣詩歌生態的走向。這不僅將兩岸的文學批評的理論標準抬到了同一個闡釋平臺上，而且也防止了片面地將臺灣文學地位地域化造成的文學生態空間的不對等性，從而避免弱化臺灣及海外文學版圖在文學史構架中的意義存在。

而作出這些理性化的學術姿態更加重要的是，著者必須具有更加宏闊的現代理論視野，在超越不同文學及文化生態發展的文學版圖中尋求更加合理的理論闡釋。豐富的研究閱歷和研究跨度是學術理論積累的基礎。比前代大陸的臺灣文學研究者幸運的是，著者在已有的研究背景之上獲得了更加從容的研究園地，並擁有大陸近 20 年來全面的當代文學研究的理論資源和學術背景。著者除了一般的社會歷史批評外，對不斷譯介及引進的文學社會學、文化批判理論、女性主義、後殖民主義、符號學……，有了極好的理論準備，為打開更加學理性的研究視野建立了良好的基礎。

而這一理論優勢正是轉化為整合中國整體性文學史建構在理性操作層面的最好工具。站在一個現代性視閾的理論高度上，大陸學者那種嚴謹而樸實的理性學風，在面臨越來越縮短海峽兩岸的文學交流和文學傳播場域，一切都到了應該跨越的時候了。《臺灣新世代詩歌研究》無疑提供了一個較好的研究範例，為大陸華文文學研究者一直渴望的文學史建構的整合方向找到了可行操作的理論與批評的維度。

（《臺灣新世代詩歌研究》，王金城，廈門：廈門大學出版社，2008 年。）

後　記

　　編排完這本自選集，感覺有種濃濃的不在場感。這些結集的文字正在遠離自己，也遠離了文學現場。作為一名文學批評者，想起多年持續關注文學期刊、獎項和出版，使命與樂趣並存；如今漸漸淡然下來，已然少了文學閱讀的興致和敏感。或許是教研任務的拖累，和中年心理的疲態，致使自身的退步，無法進入到批評狀態之中，彷彿批評之氣與生活之軀剝離開來。當然，牢騷也是有的。一如本書刻意編排出的所謂當代文學思想意識之路，抱怨如今的文學已經陷入思想含混、情感瑣碎，文體的分裂、拼接，但最終卻發現這些跡象也成了自身狀況的寫照。

　　八年前第一次出版評論集時寫到：「批評的藝術手段不是抒情，而是一種理性式的激情。這種激情不是來源於感性世界的生命衝動，而是來自對社會的強烈關注，或者說一種精英意識和公共立場。沒有這種意識和立場，就無法激發出超越個人生活之外的批評和闡釋欲望。」存照於此，復見當初為文的心跡。

　　感謝李怡教授的號召與督促，讓這些論文能夠迅速聽到結集號。感謝花木蘭編輯部同仁的學術志業，趕著這些文字之蟻排成隊列，走上大道。

2019 年 4 月 17 日　成都